聊齋新編十二篇

狐鬼啟示錄：梁曉聲說聊齋

梁曉聲 著

狐鬼啟示錄

：梁曉聲說聊齋

狐鬼啟示錄：梁曉聲說聊齋
聊齋新編十二篇

梁曉聲　著

責任編輯　李斌
書籍設計　a_kun

出　版　三聯書店（香港）有限公司
香港北角英皇道 499 號北角工業大廈 20 樓
Joint Publishing (H.K.) Co., Ltd.
20/F., North Point Industrial Building,
499 King's Road, North Point, Hong Kong

香港發行　香港聯合書刊物流有限公司
香港新界大埔汀麗路 36 號 3 字樓

印　刷　美雅印刷製本有限公司
香港九龍觀塘榮業街 6 號 4 樓 A 室

版　次　2020 年 6 月香港第一版第一次印刷

規　格　16 開（170 × 240 mm）296 面

國際書號　ISBN 978-962-04-4648-1

自序：狐鬼在人間

蒲松齡筆下之狐鬼，不論善耶惡耶，其實無一不是在寫人。進而言之，古今中外，人類一切關於「鬼」以及其他精怪的想像，至今不能超出「人性化」的虛構。換一種說法就是 —— 有怎樣的人才有怎樣的神鬼或妖魔。即使美國大片中的機械人和外星獰類，也都是以人類的思維來支配行動的。

人類的進化可由多方面評說，但歸根結底要看人性進化到怎樣的程度。迄今為止，人性仍有善惡兩種表現。依我看來，人性惡的方面，委實比兇殘的動物兇殘得多。動物之間並不互相仇憎，更不以折磨「天敵」為快事。動物之間的弱肉強食，只不過是生存本能。

動物也不貪，不飢不捕。但一個「貪」字，往往會使人什麼傷天害理的事都做得出來。在香港黑幫題材電影《以和為貴》中，古天樂演的主角，為了爭當「說和人」，也就是實際上的黑幫老大，可以將同道中人大卸八塊絞成肉絲餵狼狗，並且不受良心譴責。而爭奪配偶和地盤的動物，本能的意識卻只不過是趕走對方，並非一心要將對方置於死地。在現代之社會，以上例子已十分罕見。而在人類的古代歷史中，則屬司空見慣之事。呂后對戚夫人的做法甚為典型。如此說來，人性確乎進化了。

美國黑人佛洛依德之死引發的騷亂，本質上是進步人性的憤怒反應。

故所以然，我對當代人身上自私、狡猾、貪佔、不義、趨利避害的種種表現，只要不過分，不一向如此；換言之，若屬於偶一為之的「不良」，往往持較為包容的態度。

畢竟，高等動物也還是動物，是動物則具有動物的先天缺點。

又畢竟，世界上沒有哪一個國家是真正的君子國；絕大多數人類之人性，也遠沒進化到理想人類的程度。

以包容的心態來看人世間，我每覺狐性在焉，鬼性在焉；一切動物身上不良的方面，往往都可以從人身上看出幾分來。

但我並不杞人憂天地陷於悲觀，我認為那是庸人自擾。我有時也竟至於怒火中燒，拍案而起，不常是由於小盜竊鈎之事，而是眼見大盜竊國居然一再得逞。

歸根結底，我是樂觀的，因為人類創造了任何動物種類都沒有的文化現象。靠了文化，人類修成了自省本能，於是產生了理性，產生了自律，具有了羞恥心。

《聊齋誌異》，自省之作而已，喚起羞恥之書是也。

二〇二〇年六月十一日

狐鬼啟示錄：梁曉聲說聊齋

目錄

《聊齋》中的仁義與報恩

余喜讀《聊齋》，自少年始。所讀皆「小人書」，即連環畫。當年，凡小人書舖，必有幾本《聊齋》。亦有成套的，或曰系列的更為恰當——並未出全過，十幾本卻是有的。每頁以中國傳統的白描畫法畫之，那是最見綫條功力的一種畫法。印象中，每本都畫得極細。畫中人物，眉目俊雅，衣裙褶皺，簡而有美感。

談及《聊齋》，多數人首先想到的是《畫皮》。當年，我自然也是看過的，但從不認為是一個好故事。這乃因為，覺得故事的「主題思想」，顯然是單向度針對男性的，而且首先是針對男青年的；無非就是告誡男青年，萬不可被女性的外表美所迷惑，那是很危險的。因為，美女美的外表很可能僅僅是一張美人皮，其下包裹的是專吃好色之男人心的厲鬼。

我們那時若學一篇新課文，老師必引導學生歸納「基本內容」，總結「主題思想」。故我們讀什麼課外書，也便養成了領悟「主題思想」的本能。

《畫皮》的「主題思想」並不深刻，完全囿於一個大腦發育正常的少年的領悟力之內。

正因為我完全能夠領悟，反倒極不喜歡，覺其單向度針對男性的「主題思想」對普遍的男性不啻是一種羞辱。

深層原因乃是，我既已為一少年，且屬相貌不俗之少年，對異性之美，遂日漸思慕，心頗好也。身處這樣的年齡而喜歡《畫皮》那樣的故事，反倒是心理不太正常的少年了。

我當年喜歡的是《嬌娜》、《青鳳》、《嬰寧》、《聶小倩》、《胡四姐》、《蓮香》、《青梅》等愛情故事。在那些故事中，美女子非狐即鬼，然美而有仁義心。男子或「為人蘊藉，工詩」，或「靜穆自喜」，或「狂放不羈」，或「性慷爽，廉隅自重」——總而言之，皆好男子，文學青年，還都屬清寒之士。因無固定房產，每借宅而居，甚至棲身於舊廟荒寺，所以才有與那些狐姐鬼妹的艷遇。

以上故事中的愛情，有仁在焉，有義在焉；其仁其義，不僅體現於男之對女，亦體現於女之對男，互銜恩也，互報恩也。「知恩圖報」四字，演繹得十分感人。於是，男女之愛具有了特別飽滿的恩愛元素。

我們中國人說某一對夫妻感情深厚，常用「夫妻恩愛」加以形容。在現實生活中，夫妻之間真的一方對另一方有恩可言的例子是極少的，遑論互有恩德了，更遑論彼此欣賞，兩情相悅了。非言「恩愛」，無非是共同生活久矣，互生體恤罷了。喜結良緣，便是相愛的男女之大幸了。對於絕大多數人，良緣也是談不上的，所結只不過是婚姻，是「男大當婚，女大當嫁」的人生任務的完成。

所以，少年時的我，愛讀以上《聊齋》故事，乃因那類故事中的仁與義、恩與報恩是其他故事少有的，不僅使男女之間的愛情顯得極為特殊，即使以廣泛的人與人之間的關係而論，對我也具有莫大的影響。

可以這樣說，那類故事中的仁與義、恩與報恩，對我後來的人性養成，確乎起到了潛移默化的作用。

比較一下，我們便會看出那類故事的不同：

《梁祝》是中國最出名的愛情故事之一。但不論梁山伯對於祝英台，還是祝英台對於梁山伯，其實都無恩可言。這個故事與其說令我們感動，毋寧說令我們同情。我們希望梁祝有情人終成眷屬，結果卻不是那樣——他們的愛情遭到了強勢外因的破壞，雙雙殉情而死，於是令我們心疼。化蝶固然是浪漫的、恆美的，但若問 —— 有誰理解梁祝二人何以互相愛得那麼深，八成許多人是回答不了的。

同樣的問題也存在於《紅樓夢》中的寶黛之愛。

不論紅學家、準紅學家們多麼着力地為我們解讀寶黛之愛的動人處，像我這種少年時期就很理性的人，卻一向難以被感動。

我每聽人言（多是女性）讀《紅樓夢》曾為寶黛之愛多番灑淚，便常起一種衝動，想要當面問：具體讀的哪一章哪一段？願讀給我聽聽嗎？

其實，很想獲得一種分曉 —— 看彼們是否會一邊讀一邊哽咽。

雖然並沒真的問過，卻覺得彼們斷不至於的。

我老老實實地交代，寶黛之愛從沒感動過我。但我確乎是有點兒同情黛玉的 —— 剛長成少女便失去了父母，從此寄住於外祖母家，愛上了表哥，卻又明知愛不得，是以終日心有難言情愫而積鬱成疾，以至於含悲早死。

說到底，不就是這麼一檔子事嗎？

然莫忘了，其外祖母可是賈府的「老祖宗」，而賈府可是富甲一方的名府人家。黛玉終日過的是衣來伸手飯來張口的錦衣玉食的生活，一旦頭疼腦熱的，那麼多人噓寒問暖，除了愛不順心遂願，其他方面是不是可以說過的是很貴族的日子呢？

這麼一想，我對她的同情就只能止於「有點兒」了，「多乎哉？不多也」。倘要求我對她的同情再多「點兒」，難。

有人說《紅樓夢》是曠世偉大的愛情小說，我從沒這麼覺得過。我認為，《紅樓夢》固然偉大，卻並非偉大在愛情的內容方面。甚至認為，恰恰是對於寶黛之間的愛情，曹雪芹沒表現出應有的想像力。我總覺得寶黛之愛缺一種或可曰之為「直教人生死相許」的元素。因為缺，所以並不動人。

《牛郎織女》中是有仁、義與恩的元素在的。

牛郎被不仁的兄嫂以分家為名逐出家門時，僅要求將一頭老牛分給自己。

為什麼？

因為他自幼放牧它，對它有感情了。

更因為，它老了，幹不動太多太重的活了。如果自己不要它，兄嫂不會善待它，其命運必特悲慘。

牛郎在與老牛相依為命的歲月裏，對老牛是特別愛護特別體恤的。

這是什麼？

這是仁。

這是一個人對一頭牛發乎本性的仁。

這一種仁，在中國古今文學作品和民間故事中寫到的極少。

牛郎的仁，對於老牛是恩。所以，老牛在自知將不久於世時，囑牛郎怎樣怎樣去偷一位織女的衣服；又在自己死前，囑牛郎剝下死後的自己的皮妥善保存，以備應急時用。

我們都知道，王母娘娘遣天神將織女押回天庭時，牛郎帶一雙兒女可是乘着牛皮追上天的。至於沒追上，終於還是被銀河隔開了，那是神力強大的原因。我們只能替牛郎嘆息，卻絲毫也不能怪老牛百慮一失。

它只不過是一頭老牛，它都心甘情願地將自己死後的皮貢獻給有恩於自己的主人了，還要它怎樣呢？

《牛郎織女》中的老牛，將義和「知恩圖報」四字詮釋到了極致。

我幼時第一次聽母親講這個故事，確乎鼻子一酸流淚了。我的淚首先是為那頭老牛而流的，其次是為牛郎和織女的兩個孩子，因為他們將很難見到媽媽了 —— 孩子總是更同情孩子的。

至於牛郎和織女之間的夫妻之愛遭到破壞，少年的我雖也同情，卻比不上對於那老牛的敬愛深入內心。當然，主要因為我還是少年，難以感同身受地體會夫妻之愛的寶貴。

事實上，《牛郎織女》存在着一個人物關係的疑問，即織女對牛郎的愛究竟有幾分是發乎真情的，又有幾分是無可奈何的？

故事的情節是——若牛郎未偷走織女湖浴時脫下的衣裳，則她不會成為牛郎的妻子；因為沒有那身仙衣，織女就回不到天庭。牛郎不但將她的仙衣秘藏了起來，後來還將它燒了，以使織女死心塌地做他的妻子。

如此看來，織女成為牛郎的妻子，當初肯定是無可奈何的。這不同於《天仙配》的人物關係。同樣是天上的一位織女與人間的底層男子結為夫妻的故事，《天仙配》中的織女卻表現為主動的一方：第一，她有思凡之心；第二，她已經在天上看得分明，董永不但是善良本分的人，且是大孝子，雖非什麼「孝廉」，卻具有孝廉品質，屬民間口碑承認的道德模範，令織女心生敬意。不消說，董永的容貌也是織女中意的類型。

那麼，對於織女而言，下凡之前就已將董永鎖定為自己的擇偶之不二人選了。

正因為是這樣，請槐為媒的情節才使我們看得會心。與織女會心了，由此樂見其成。董永與織女的關係，是先結婚後戀愛的關係。婚後之董永的幸福，必然先體現於織女的給予，後體現為互相的給予。在他們的夫妻關係中，不存在任何一方操控另一方去留自由的疑問。

這一類女方主動的愛情故事，在《聊齋》中舉不勝舉，佔到一半以上。

故而，簡直可以這樣認為——一部《聊齋》，未嘗不是中國最早的女子性解放主義文學的開山之作。

像《牛郎織女》那類表現為男子主動的愛情故事，蒲松齡大抵皆以正面評價的文字為他們的人品作交代。由於他們基本屬正人君子，便對所愛女子負有無怨無悔的道德責任。《畫皮》是個例，不在此論之內。像《西廂記》中的張生那種「始亂之，終棄之」的男子，在《聊齋》中是沒有的。

《白蛇傳》就故事屬性而言，與《聊齋》同屬一宗。

《白蛇傳》是有仁有義的愛情故事，也是女方主動的愛情故事。如上所言那種體現於男子身上的無怨無悔的道德責任，經由白素貞的行為傳達得淋漓盡致，具有令人揪心的感染力。不論是為了救許仙之命而以有孕之身冒死去盜仙草，還是為了真愛與法海所進行的愛情保衛戰，作為情節都是令人肅然起敬的。特別是後一情節，每使我聯想到《荷馬史詩》中的赫克托爾。赫克托爾是特洛伊國王的長子，在十萬大軍直逼城邦之際，敵方的不敗戰將阿喀琉斯終日在城門前挑戰的情況下，其迎戰具有「我不下地獄誰下地獄」的宿命的悲劇意味。因為他明白，對於自己，勝算幾乎為零。他之迎戰，既是為其王族存亡的迎戰，也是為城邦榮譽所選擇的殉身方式。

同樣，白素貞迎戰法海，也是明白最終的勝利根本不可能屬自己這一點的。她是為真愛而決一死戰並且不惜殉身的。

故我一向認為，在中國一切形式的愛情故事中，《白蛇傳》當列於經典榜首。

在希臘神話中，愛神和美神是分開的。小愛神丘比特是維納斯的兒子。

中國沒有公認的愛神和美神。

在繪畫界，某些畫家一廂情願地將「山鬼」這一傳說中的女性尊為美神，並畫出了不少表現「山鬼」之美的畫作。

那麼，在中國，如果像評選一種國花般進行海選，哪一個愛情故事中的女性有可能被多數票選為愛神呢？

我要表明的是，即使反覆選一百次，我的票也會一百次毫不猶豫地投在白素貞名下。這一文藝形象塑造得多麼成功已無須贅言，還有另一原因在我看來尤其重要，即她的真身乃是一條巨蛇。

巨蛇啊！

自從人類有了編故事的能力，中國的《白蛇傳》是迄今為止獨一無二的。它產生之前，蛇要麼被視為圖騰，要麼是邪惡絕無絲毫人性可言的可怕之物。

蛇，而且巨，則不但可怕，簡直還令人聞之色變，一見必定魂飛魄散。

將巨蛇變成的女子，塑造為不但令人必生大敬意而且令一個世紀又一個世紀的人深受感動的形象，這種創作之念太超出人類想像的理性了。

或換一種說法，一個編故事的人的頭腦是會極其本能地排斥此念的——因為像赫克托爾迎戰阿喀琉斯一樣成功率也幾乎為零，不論其多麼善於編故事。

成功率幾乎為零之事，在我們中國獲得了完美的成功——這使身為小說家且以虛構能力為職業能力的我，每一思及此點便會對古代同行卓越的想像力佩服得五體投地——有找不到北之感。

評價小說、戲劇以及電影電視劇的一個至今尚未過時的標準——是否成功地塑造了一個或幾個人物形象乃首要價值。

《白蛇傳》中的白娘子、許仙、小青、法海四個人物形象，不僅皆成功，而且皆出色，各有各的性格光彩。

比之於《牛郎織女》、《天仙配》，《白蛇傳》之民間故事的經典性最牢固，不可撼動也，以至於不但在戲劇舞台上經久不衰，一再被搬上銀幕，而且還被近年挺火的一首流行歌曲所唱。

就在此刻，鄰家所放的音樂正傳入我耳中——「法海法海你不懂愛……」

聽來，不禁令我有穿越之感。

一個問題是——《牛郎織女》為什麼越來越失去魅力了？

許多人肯定會這樣回答——它在戲劇舞台和電影電視劇中再現的次數太少了。

那又是為什麼呢？

乃因內容太簡單了，簡單得除了牛郎偷衣想要組成家庭和擔着一雙兒女乘着牛皮追織女追上天去兩個情節具有故事性，此外再無任何具有故事性的情節可言。不似《天仙配》，雖然內容原本也很簡單，但後人在原基礎上加以豐富，使其內容足夠一部電影。

每想，若《牛郎織女》是印度的民間故事會怎樣？——大約彼們早已拍成電影了吧？印度電影載歌載舞的風格，必會使單薄的內容得到一定程度的充實。

若由好萊塢拍成電影，我推測，彼們必會在人與牛的關係上大做文章。

牛郎與兄嫂分家之前，兄嫂對老牛怎樣，牛郎對老牛怎樣，這無疑是有着很大想像空間的。

分家後，牛郎和老牛又是如何相依為命同甘共苦的，彼們肯定會想出生活化的好情節。

老牛教牛郎偷織女的衣裳這一原有情節，估計彼們會予以改變。這一原有情節有目的至上之嫌。雖然西方人中目的主義者也是不少的，但在文藝作品中，不顧當事一方願意與否而以無禮方式達到目的之人，實際上便有了不可愛之處。以大多數西方人包括兒童的眼看來，牛郎靠偷正在湖浴的織女的衣裳使她回不了天庭而不得不成了他妻子的行為，顯然是不可取的，甚至可能被認為是不光彩的。

彼們會怎麼改呢？

偏偏那位織女的衣裳不知被鷹或猴子帶到哪裏去了，牛郎出於善意將不知所措的織女請回了家，並表示願意為她尋找衣裳，而且真心誠意地帶她四處尋找過，並終於找到了。

牛郎這麼做，得到了老牛的支持。

織女恰恰是在牛郎將她的衣裳給她後，決定留下做他的妻子。這時的她，不但愛上了牛郎，對老牛也深懷敬意了。

後來呢，當牛郎和織女有了孩子，老牛成了他們的孩子最信任的朋友，孩子也從老牛身上學到了某些做人的原則和生活的常識。

如果《牛郎織女》在中國有着以上一種內容較豐富的版本，那麼可以肯定這個故事的命運便不至於像現在這樣被邊緣化，甚至有可能成為當今的孩子們愛聽愛讀的故事。

從本源上說，《牛郎織女》是成年人為成年人所編的故事，目的在於給底層的男人們一種精神慰藉。當現實命運太清寒，與神女結為夫妻遂成為底層男人們的想像。但此種想像伴隨着焦慮，目的主義的色彩就難免會摻雜進故事裏。

中國人對牲畜一向缺乏西方人那種具有宗教情懷的愛心。中國人即使愛它們，也往往是視為大宗財物來愛的。若對它們發狠，則完全沒有什麼罪惡感。

所以，儘管《牛郎織女》的故事中明明有一頭非比尋常的老牛存在，千百年來我們也就是任它在那故事中僅僅作為一個使故事能夠編下去的因素而存在，並不曾多賦予它點兒更文學化、人性化的意義。

如果《牛郎織女》中的那頭老牛被賦予了較為感人的文學化、人性化的意義，則它將會成為全世界一切故事中最令人敬愛的一頭牛。

迄今為止，全世界的一切古今故事中還沒有一頭令人敬愛的牛的形象出現過。就我的閱讀範圍而言，當代一位保加利亞作家寫的《老牛》的確打動過我的心靈，但那是一篇散文，非故事。

前邊提到了「神女」，與之有關的民間故事是《劈山救母》—— 一位書生，不知怎麼迷路了，闖入了二郎神的妹妹的人間領地。神女由敬佩書生的才華進而愛上了他，而他也對神女一見鍾情並進而傾心。於是，相敬相愛、心心相印的二人在神女的洞府中結為夫妻，並有了一子。二郎神知曉後，覺得有辱神祇尊嚴，前來拆散。其妹當然不依，於是兄妹二人大戰於華山，最終其妹不敵二郎神的法力被壓在巨石下……

這個故事是文人為與自己同樣在仕途上無望的同類而編的。文人們在仕途上無望，在愛情方面便也難遂心願。文人們也需要以想像來自我慰藉，而這種情況下男主人公一向是書生。

之所以提到《劈山救母》，乃因此故事與《白蛇傳》有相似之處，只不過後者中的女子是蛇精變的，列於妖冊；而前者中的女子被尊為山神，列於神冊。二郎神像法海一樣，充當的同樣是「替天行道」的角色，並都甚為強勢，法力無邊。二郎神的妹妹，則像極了白素貞，骨子裏也有赫克托爾那麼一股子「不戰勝，毋寧死」般視死如歸的勁頭，為了維護自己的真愛敢於拚命。這個故事由於最終導致了親兄妹之間的反目成仇、殊死較量，故也給少年時期的我留下深刻記憶。

在我這兒，以民間故事而論，《劈山救母》是當列於愛情故事經典第二的好故事。

《白蛇傳》也罷，《劈山救母》也罷，若其一為蒲松齡所編，那麼《聊齋》的文學價值當比現在高出許多；若都為他所編，那麼蒲松齡與馮夢龍在中國古代短篇小說方面的成就則難分軒輊矣。所謂「三言」，百二十篇中，流傳最廣的無非《賣油郎獨佔花魁》、《灌園叟晚逢仙女》、《十五貫戲言成巧禍》、《杜十娘怒沉百寶箱》、《白娘子永鎮雷峰塔》等篇。

不同的是，「三言」是白話小說，《聊齋》是文言小說；「三言」中的小說多為編選，而《聊齋》中凡能曰之為小說的，則大抵是蒲松齡的原創。蒲松齡雖然承認自己能完成《聊齋》，亦賴「四方同人，又以郵筒相寄，因而物以好聚，所積益夥」，但通讀過後定會有此印象——凡「以郵筒相寄」的，大抵是那些沒什麼文學價值的民間流言罷了。

由是可以得出這樣的結論——馮夢龍的貢獻在於編選潤色，蒲松齡的成就體現為創作。打着廣泛徵集的幌子進行創作，未嘗不是一種自保穩妥的策略。

馮夢龍乃明人，蒲松齡是清人。

明人而以白話整理「古今傳奇」，清人卻以文言寫狐鬼故事，這又是為什麼呢？

估計是欲證明自己的文學才華吧。

須知，蒲松齡青年時期即有文名，曾被視為地方才子，卻非考場寵兒，始終沒考上過舉人。只是秀才而始終考不上舉人，乃是在人前備覺羞愧之事。他差不多是一輩子當私塾先生，一生鬱鬱不得志。《聊齋》中《嘉平公子》一篇，講該公子「風儀秀美」，「年十七八，入郡赴童子試。偶過許娼之門，見內有二八麗人，因目注之」，故而與冒充娼妓名叫溫姬的狐女發生了男女關係。

然此狐女非一般貌美之鬼女，極富文采。伊與公子在床笫親愛之際，「聽窗外雨聲不止，遂吟曰：『淒風冷雨滿江城。』求公子續之。公子辭以不解。女曰：『公子如此一人，何乃不知風雅，使妾清興消矣！』因勸肄習，公子諾之。」

但是，這位公子委實只不過是腹中空空、徒有其表的「小鮮肉」而已。提筆落墨，每滿紙錯別字，如將「椒」寫成「菽」，「薑」寫成「江」，「可恨」寫成「可浪」。

美狐女終於難忍其學淺薄，批語紙上：「何事『可浪』？『花菽生江』。有婿如此，不如為娼！」「遂告公子曰：『妾初以公子世家文人，故蒙羞自薦。不圖虛有其表！以貌取人，毋乃為天下笑乎！』言已而沒。」

對於徒有其表的世家公子哥，這樣的諷刺足夠辛辣了。蒲松齡還嫌溫吞，又借「異史氏」之口評曰：「溫姬可兒！翩翩公子，何乃苛其中之所有哉！遂至悔不如娼，則妻妾羞泣矣。」—— 意思是，溫姬呀可愛的人兒，他乃是世家之翩翩公子，你還計較他腹中有沒有文才幹什麼呢？你這麼要求，使他妻妾的臉往哪兒擱呢？

嘉平公子是《聊齋》故事中唯一一個「有幸」與狐鬼美女發生過親愛關係，卻因胸無點墨而遭棄的男子。與《西廂記》剛好相反，「始亂之，終棄之」的不但是女方，而且是美狐女。

由此可見，蒲松齡的懷才不遇之心結是多麼塊壘難銷了，在明人馮夢龍的白話小說流傳廣泛的情況下，作為後人而偏以文言寫小說，以證明文言功底的扎實，這一種有意為之也就大可理解了。

蒲氏之恃才自傲，確乎有其不菲資本。且看他的自序，與同是清代文人的他者的評序相比，辭藻之旖旎絢麗，顯居上乘，大有唐宋行文之考究，且不乏《離騷》、《橘頌》之遺風：

披蘿帶荔，三閭氏感而為騷；牛鬼蛇神，長爪郎吟而成癖。自鳴天籟，有油然矣。松落落秋螢之火，魑魅爭光；逐逐野馬之塵，魍魎見笑。

才非干寶，雅愛搜神；情類黃州，喜人談鬼……

人非化外，事或奇於斷髮之鄉；睫在眼前，怪有過於飛頭之國。遄飛逸興，狂固難辭；永託曠懷，癡且不諱……

門庭之淒寂，則冷淡如僧；筆墨之耕耘，則蕭條似鉢。每搔頭自念，勿以面壁人果吾前身耶？蓋有漏根因，未結人天之果；而隨風蕩墮，竟成藩溷之花……

獨是子夜熒熒，燈昏欲蕊；蕭齋瑟瑟，案冷疑冰。集腋為裘，妄續幽冥之錄；浮白載筆，僅成孤憤之書……

嗟呼！驚霜寒雀，抱樹無溫；弔月秋蟲，偎欄自熱。知我者，其在青林黑塞間乎！

字裏行間，作者之清貧生涯，亦躍然紙上矣。

我尤愛最後幾句中「寒雀」、「秋蟲」之比擬，「抱樹無溫」、「偎欄自熱」的形容，讀來令人愀然不復有語。

順帶一筆，1990 年代，馬爾克斯的《霍亂時期的愛情》在國內出版，有評論者奉為「真愛寶典」、「愛情大全」。

那小說我看過，拍成的電影也看過；小說真的一般般，電影簡直可以說很平庸。

若以「真愛寶典」、「愛情大全」溢美之，竊以為《聊齋》倒是擔得起幾分的。用民間話說，可謂「五花八門」，以文學評論術語言之，便是「林林總總」、「多姿多彩」，「各有其悲，各有其仁，各有其義，各美其美」。

文言的精妙

我下鄉前，從鄰家叔叔收破爛的手推車上發現半本《聊齋》，頁脆卷殘，約上冊三分之二，由《勞山道士》始。如獲至寶，補角修邊，加白紙書皮，寫「個人批判資料」六字。下鄉時，秘帶之。

是知青之初年，無書可看，每避人閱，聊以解悶。少年時所讀小人書，詞句簡白，不過是畫頁之說明。欣賞者，實非文字，乃繪畫也。及讀原文，幾乎頁頁有生字，甚為古文之深奧折服，亦被精準華麗所迷。後，對知青的思想監管不特嚴矣，遂膽大，敢將字典放於一旁，邊看邊查生字也。再後，起一念，欲以白話改寫之。

然特難矣，如「酒戩霧霈」，前二字自可白話，後二字則不知該怎樣改寫為佳了。「環佩璆然」之「璆」，美玉耳，以白話改寫，頓覺俗不可耐。「翠鳳明璫」、「麝蘭散馥」之類，一經改成白話，不但了無炫絢色彩，其俗亦不可免。

「為人蘊藉」之「蘊藉」，本指言語含蓄；若指性格，內斂而已。以當下語「譯」之，不妨曰「低調」，卻又不盡是「低調」之意，亦有氣質的儒雅在內。總之，欲將「蘊藉」在原文中的「含義」表達全了，囉唆至極，無非某些常見詞的連綴，反莫如不改。

「丰彩甚都」之「都」，只不過是形容詞，若改為「出來一位少年，氣質相貌俱佳」，實在不成樣子。古時形容令人刮目相看的男子，特別是書生、文人，絕非當今「顏值高」三字可比。但無論怎麼形容，氣質也必包括在內。形容高格調的美女亦然。若以白話，既寫到容貌且寫到氣質，囉唆幾乎難以避免。「嬌波流慧」、「細柳生姿」、「畫黛彎蛾」、「頰若桃花」之類描寫女性美的詞彙，不但在古文中頻現，還成了公用詞，若改寫為白話，其實也甚少現代文學語言的生動與特別。

「及笄」或「未笄」，指古代女孩子到了某一年齡就按習俗改變髮式，若以白話寫來，近於注釋文字，莫如乾脆加一條注釋了。

「跽」字其實也是跪姿，只不過昂首而上身挺直；「跽曰」便是那樣子說話，若以白話寫來，亦失古文洗練之優點。將「駭絕」以白話寫為「大驚失色」或「嚇呆了」，也便都沒了古文那種想像空間較大的意味。

以「大雪崩騰」誇張雪況之大，是我這個見慣了大雪的北方青年從未讀到過的形容，如果以白話改寫，那就只能寫成「彷彿雪崩自天而下」，結果必使人覺得誇大其詞了。

形容一人肉體消失，「衣冠履舄如脫委焉」之後四字，無論怎樣以白話寫來，都難及原文的言簡意賅而又形象精準。尤其那一「委」字，將常用字用活了，於是便也用得極佳。

最難以白話改寫的是某些名篇中的對話，又尤以男女主人公間的對話為難。如《嬰寧》，書生王子服對一位叫嬰寧的女子一見鍾情，非彼不娶。多處尋訪，至某村，夢想成真。並且得知，自己還是對方「姨兄」——對方實為狐女，幼失生母，由鬼母撫育長大。於是，姨兄妹二人在她家花園中有了如下對話：

女笑又作，倚樹不能行，良久乃罷。

生俟其笑歇，乃出袖中花示之（初見時女子棄於地的）。

女接之，曰：「枯矣。何留之？」

曰：「此上元妹子所遺，故存之。」

問：「存之何益？」

曰：「以示相愛不忘……」

女曰：「此大細事。至戚何所靳惜？待郎行時，園中花，當喚老奴來，折一巨綑負送之。」

……

生曰：「我非愛花，愛撚花之人耳。」

女曰：「葭莩之情，何愛待言？」

生曰：「我所為愛，非瓜葛之愛，乃夫妻之愛。」

女曰：「有以異乎？」

曰：「夜共枕席耳。」

女俯首思良久，曰：「我不慣與生人睡。」

……

女曰：「大哥欲我共寢。」

……

生大窘，急目瞪之。

……

女曰：「適此語不應說耶？」

生曰：「此背人語。」

女曰：「背他人，豈得背老母？且寢處亦常事，何諱之？」

……

若以白話寫來，必顯生之輕佻不軌，女之二百五也。同時，原文亦莊亦諧，令人忍俊不禁的冷幽默感極可能蕩然無存，結果成了粗俗情節。

因為有如上種種難以改寫的問題，當年的我雖有字典，亦自知文字功底不逮，實難了念，遂作罷，未敢強試之。

對於文言的敬意，由而愈增也。

我與《聊齋》

依稀是 1980 年，我在外地的書店發現了內蒙古人民出版社出版的上下兩冊《聊齋》。當年的書有「出版說明」,「說明」中言是由資深編輯比對了「解放」前後的各種版本集優而編，內容最為全面。

我曾有過的半本《聊齋》，當年雖殘書自珍，業已因保存疏忽，被愛讀的知青夥伴竊為己有了。見新書有售，自然驚喜，毫不猶豫地買了。那時國人工資仍低，物價也低，書價甚廉，才兩元，首印八萬餘套。以今而論，估計定價會在一百四五十元。寫至此，比今憶昔，亦如《聊齋》中穿越實虛二界之人物，恍如隔世。

1980 年的中國，出版業正復甦，古今中外的許多書籍允許公開出版了。新版的「四大古典名著」甫一面世，即成轟動之事，購書者所排長隊，每繞書店數匝。

但對於《聊齋》，許多出版社出於顧慮，未敢貿然觸碰，因為即使在當時也容易被視為宣揚「怪力亂神」的有害之書。內蒙古人民出版社不畏「問罪」之可能，搶先一步，勇氣委實可嘉。我推測，他們是那時出版《聊齋》的第一家出版社。

買是買了，以後卻幾乎未曾翻過。自忖其中主要故事，少年時看過小人書了，青年時也看過些原著了，記憶猶新，何必再讀？置於書架，只不過滿足了對於自己從前喜歡的小說的擁有欲望。此欲望曾分外強烈，也可以說是一種情結的實現。

不久前，嚴重失眠，而家中的書皆看過了，有的是在睡前看的，有的是作為必讀書看的。失眠是我的痼疾，只服過幾次安眠藥，後來再不服了。對於我，床讀可醫失眠也。兩冊《聊齋》，當年雖珍惜地包了書皮，但在敞開式書架上擺放了三十八年後，便成很舊很舊的書了。

1990 年前後，我曾寫過幾篇半文半白的短篇小說，自詡《新編聊齋志異》，散見於幾家刊物，並收入過自己的小說集中，足見我對《聊齋》的喜歡是多麼的非比尋常。

一日，不由自主地從書架上取下《聊齋》，信手一翻，回憶種種。再看目錄，原來有些故事自己根本沒讀過。於是決定自那日起睡前不看別的書了，只讀《聊齋》，讀過的也要重讀。

半月內，將上下兩冊《聊齋》從頭至尾細讀了一遍。比之於讀別的書，對醫我的失眠效果奇佳，卻從沒做過「聊齋」夢。其實，少年時也沒做過，青年時也沒做過。大約因我自少年時起過於理性，從不信鬼魅神明之說的緣故吧！母親曾為幼時的我算過命，算命先生言，按八字推導，屬「霹靂火命」。屬此命之人性剛烈，估計連狐仙鬼魅、花精樹怪也會以遠避為明智。何況我已七十歲的人了，一老朽也。在蒲松齡那時，落魄文人每自嘲為「長爪郎」。「爪」之所以長，蓋因執筆久矣。

本老朽爬格子四十餘年矣，「爪」並未長，然齒長確確也。《聊齋》中有一狐女，年四十許，風致猶存。一中年書生心儀其成熟美，欲求相好。

彼云：「妾齒長矣。感君厚愛，然自愧難做君意中人也。」

方四十許狐姬亦自愧齒長，我這等滿口假牙的文明人類更豈敢對彼此仍存非非之想哉！

然夜夜細讀《聊齋》，卻從無異類美人入夢，終究是有些遺憾。

所幸讀感多，記錄幾則，冒昧以悅讀者，亦一快事也！

「怪力亂神」

當年內蒙古人民出版社出版的《聊齋》，除蒲松齡本人的序外，還附有紫霞道人高珩和豹岩樵史唐夢賚的序。

高、唐二人的序，有共同點：其一都屬辯論之文，文風亦皆有論戰色彩；其二都對「聖人不語」之說頗多駁語。在唐夢賚的序中，則不避聖嫌，乾脆將「聖人不語」明寫為「孔子不語」。

「聖人不語」也罷，「孔子不語」也罷，其議都是衝着「子不語怪力亂神」而發的。

確乎，孔子一生不對「怪力亂神」發表任何看法。孔子既已被尊為「聖」，那麼便是普天之下文人學士的「偉大導師」，楷模不言，君子們便也該自覺地不言，以固高端話語體系之一致。那麼，妄言者，當不在君子之列也。倘還編寫成書，使之流傳，擴大影響，則簡直等於冒天下之大不韙。

高、唐二人，與蒲松齡一樣，也都是大清之文人。

自唐以降，「尊孔」最為賣力的朝代非清莫屬，且實行自康熙朝始。高珩、唐夢賚對「聖人不語」的微詞，往輕了說是褻孔，往重了說是冒犯朝廷，足見二人都是腦後似有反骨的。

又，那唐夢賚的名字也起得幽默。「賚」字之意，賞賜也。豈非現實中從無受「賚」之幸，於是寄夙願於夢耶。

於是，我們可以得出這樣的結論——道人也罷，「夢賚」之人也罷，都是與蒲松齡同呼吸、共命運者。

紫霞道人是如何反駁「聖人不語」的呢？

他認為「吾謂三才之理，六經之文，諸聖之意，可以一貫之」，就是「君子以同而異」，就是「求大同，存小異」。若大義同，輒不應以小異劃分君子的是與否。

進一步認為，即使「義」體現在異類身上，然符合聖人主張，那就未嘗不可以「天下正道」而論。

他接着反問——人人都明白「君仁由義，克己復禮」便是善人君子，而那終日圍在帝王左右假借聖賢之名呼風喚雨的人，每每說出話來近於巫言鬼語，那又算什麼行為呢？

弦外之意是，彼等亦屬「怪力亂神」也。

他舉《山海經》為例，認為該傳世經典的文化意義絕不遜於「禹鑄九鼎」的歷史價值。

他再次反問——「豈上古聖人而喜語怪乎？」

於是，他發此議論：「且江河日下，人鬼頗同，不則幽冥之中，僅是聖賢道坑，日日唐虞三代，有是理乎？」

意思是，若以雙重道德標準評人論鬼，仁義之鬼也被視為邪，而對人則為尊者諱，縱然孽種橫行，亦視而不見，聽而不聞，那麼聖賢們的主張豈非只在陰曹地府才能起良好作用嗎？

這道人的序，對仙鬼精怪之傳說，既未肯定，亦未否定，只不過借題發揮——「聖門之士，賢雋無多」，「非天道憒憒，人自憒憒故也」。關於「怪力亂神」，他給出的結論是「然天地大也，無所不有」，「異而同者，忘其異焉可矣」。

我自少年時起，深受無神論影響，既不信神，自然也不信鬼。故對道人為《聊齋》作文化意義解讀的良苦用心以及所發之感慨全盤認同。

倒是唐氏的序，似乎對仙鬼精怪之傳說是肯定的。

他的理由是——「人之言曰：『有形形之，有物物之。』而不知有以無形為形，無物為物者。無形無物，則耳目窮也，而不可謂之無。」

這種辯論邏輯，在當時顯然也是說得通的。

到了現代，高倍顯微鏡下能見到的東西太多了，卻沒有一種科學儀器足以證明任何神鬼仙怪的存在。連「尼斯湖水怪」也被證明是作假欺世之事了，各地的「雪人」、「野人」之說亦成當代《聊齋》，則我這種人便更信「人死如灰散」了。

但我覺得他的結束語，對於為《聊齋》一書的意義和價值的肯定，卻比高珩更加給力。

「惟土木甲兵不時，與亂臣賊子，乃為妖異耳。今觀留仙所著，其論斷大義，皆本於賞善罰淫與安義命之旨，足以開物而成務，正如揚雲法言，桓譚謂之必傳矣。」

也正是他的序告訴我們，聊齋先生「幼而穎異，長而特達。下筆風起雲湧，能為記載之言」。

蒲松齡當年因編創《聊齋》而受到過某些文人學士的譏誚嗎？我想會的吧。文苑士林乃是分階層進而分族群的，古代隔閡尤深，加之門派歧見、文人相輕，怎麼會沒有那樣的事呢？世家子弟中的文人學士，科考場上一向被刮目相看，入仕順遂，往往是瞧不起出身平凡的同類的。縱觀歷史，唐宋時期，並非世家子弟的文人學士，雖科考背運，卻還可以詩名和才藝在社會上爭得一席之地。及至明清兩朝，當局唯重論政治世之文，對詩名並不怎麼青睞了，對非皇家想用的實用之文甚不以為然，一概貶之為雜文矣。是故，蒲松齡們那樣的文人學士，不可避免空前地遭到冷遇，並被極度邊緣化了。這也就是蒲氏在《聊齋》中每亦嘲諷並無真才實學的世家子弟的原因，而紫霞道人高珩和豹岩樵史唐夢賚之序的辯論色彩顯然並非多此一舉，起碼可曰之為有針對性。但是，估計那譏誚並未對蒲松齡構成過太大的壓力。

清朝的官方對《聊齋》又是什麼態度呢？

未有史料證明被禁過。

故可作如此推斷 —— 屬允許存在，但不正面評價而已。這其實便是蒲氏應該謝天謝地的了。何況，他在成書方面相當謹慎，極講策略，避免使他的書和他自己遭到制裁。

在我 1980 年購得的《聊齋》的「出版前言」中有這樣一行字：「書中也存在着一些宣傳忠孝節義的封建倫理觀念和迷信色彩。」

聯想到高、唐二人的序，似乎其辯駁言辭倒有的放矢了。

「忠」者，古代一向專指忠君。「忠君報國」，乃古代官場首律，名言。邏輯是，倘不忠君，何言報國？既思報，前提當必忠君。今人想來，此邏輯最封建。然而，在古代此邏輯等於常識。國即為一君之國，皇家社稷，那麼「一心思報國」，當然應該自覺地做到「生死固為君」了。

我讀《聊齋》，最另眼相看的一點正是竟無隻言片語涉及「忠君」二字。其字裏行間，「忠」只體現於愛情和友情。忠於愛情，忠於友情，只要不危害他人和社會，其實至今仍符合人類美好心性。

至於「孝」，《聊齋》故事中的「孝」反而比《二十四孝》中的「孝」更人性化一些。

《聊齋》中的「節」，每直接與「義」有關。

《聊齋》中的「義」像「忠」一樣，主要體現於愛情態度、友情原則。

至於「迷信色彩」，高、唐二人的序已言之成理，不贅議。

當人性遇上道德

《聊齋》首篇《考城隍》，即一篇頌孝故事。

前面所言蒲氏編創的策略，由此可見一斑。

中國民間有言，「百善孝為先」。

歷代聖賢認為，人的君子修為應從幼年起，分為三個層級 ——「首孝悌，守仁義，泛愛眾」。至於「忠君」，其實他們並不談的，因為非人間通則，乃官場之規。

蒲松齡編創《聊齋》，以頌孝故事為一卷首篇，意在表明自己的宗旨與聖賢主張保持高度一致。

《考城隍》情節簡單 —— 宋姓某人，死於睡中。其死恍惚如夢，被吏役押走，曰「請赴試」，於是到了冥府，面向諸考官，筆答關於善惡論的考卷。考官們對他的議論甚滿意，這才向他宣告，他已被任命為某省一城隍。在民間，「土地爺」管鄉村平安，城隍主城鎮公義，屬冥職，基層「幹部」，相當於陽間縣令。

宋某這才意識到自己死了，「頓首泣曰：『辱膺寵命，何敢多辭？但老母七旬，奉養無人，請得終其天年，惟聽錄用。』」

閻王即命「稽母壽籍」，知其母仍有「陽壽九年」。

於是諸冥官合議，當護仁孝之心，給假九年。九年後，必復相召。

如此，他得以活轉，繼續在母親床前盡孝九年。殯葬之事一畢，「完濯入室而沒」。

《聊齋》中曾廣為流傳的頌孝故事首推《席方平》一篇，收在卷十之中。此篇故事較《考城隍》複雜，足夠拍一部電影的內容。1980年代中期，也確由北京電影製片廠拍成過彩色片，由後來擔任過影協主席的謝鐵驪執導，並且是由他親自改編的。

《席方平》的內容是——席生素孝。其父因被壞鬼在陰曹誣告，雖陽壽未滿，卻被鬼吏們鎖了去。其父託夢於他，細訴自己在陰曹所受之冤苦。席生心如刀剜，但陰陽隔界，徒喚奈何。忽一日，頓悟，若死，可代父於陰曹伸冤也，於是自縊。然而，從閻王到一干陰官，受了巨賄，貪贓枉法，不但不糾改冤案，反而將席生暴打一頓，驅回陽間。如是三遭，席生之意志越挫越堅，下定決心，不達目的，誓不罷休。終於，在上天一位「九王」赴地府視察時，席生攔轎鳴冤，始得昭雪。閻王等一干陰官，皆受懲罰；陰曹眾多冤鬼，命運也同時獲得改變。

試想，該篇若非收於卷十之中，而是放在首卷首篇，蒲松齡及其《聊齋》影射現實的罪名很可能就坐實了。

謝鐵驪乃北影招牌導演之一，有「紅小鬼」革命經歷，亦是多屆全國人大常委會委員。他當年拍《席方平》，許多人不解。1980年代末，官商勾結，腐敗甚焉，不解之多數人，包括我在內，遂解其想也。

《聊齋》卷一，至《王六郎》，凡十一篇，除《畫壁》，無非民間流言所記而已，既無文學價值，亦無風物民俗之認識意義。我推測，當屬「郵筒所寄」之類。

《畫壁》有些不同，首先是文字考究了，蒲松齡文言的美感初現旖旎。筆墨重點亦開始傾向於人物了，於是小說屬性顯明。其刻畫人物的奇思妙想、神來之筆，給我留下栩栩如生的印象。

該篇講一位朱姓孝廉，與友人偶遊一觀，見壁上畫中有垂髫美少女，「拈花微笑，櫻脣欲動，眼波將流」，於是靈魂離體，飄入畫中。又，畫並非畫，境皆真實，且與垂髫女成就一夜之情，進而認識了她的眾女伴。

待前來祝賀的女伴散去，正兩情熾燃，「樂方未艾」，忽有金甲使者查房而至，慌怯伏榻下。待四周復靜，聽到友人呼喚自己，始出，身已在畫下也。望壁上畫，垂髫女髮已成髻。

然老道士給出的答疑話語，卻只不過「幻由人生」四字而已。

但是，畫上明明多出了朱孝廉自己的形象。非言是「幻」，殊難成理。

若僅僅為了證明「幻由人生」，那麼此篇除了人物刻畫之生動一點，另外也沒什麼可圈可點之處。

我之所以也比較喜歡此篇，乃因以當下的文學概念來定義的話，它屬較典型的一篇「意識穿越」小說。與《考城隍》、《席方平》相比，其不同在於，前者是魂體同時「穿越」，而後者僅是意識的瞬間「穿越」，寫法上是「意識流」與「穿越」的結合，構思有妙趣。

朱生是《聊齋》中出現的第一位孝廉人物，而《聊齋》中出現的孝廉人物不少於十幾位。在古代，孝廉者，民選的道德模範也。在蒲氏筆下，「生」者為青年，「公」者乃中老年。

道德模範，非尋常人。他們這種人，見了美女，雖然只不過在畫壁上，居然也會頓時「神搖意奪」，靈魂出殼。—— 倘言蒲氏內心一點兒沒有對某些孝廉人物的質疑，鬼才相信；起碼，不存惡意的戲謔成分，肯定是有幾分的。

「幻由人生」—— 人者，聖賢也罷，君子也罷，孝廉也罷，「食色性也」，概莫能超拔。

故此篇之深意乃在於 —— 依蒲氏看來，人既為人，由善與義區分耳。過多的道德附加，未免反使人性受其累也。

《王六郎》一篇，余甚喜歡。倘自卷十二中薦「十佳」，余所薦其一必是矣；倘薦「五佳」，亦不忍去之。

該篇人物許姓，乃漁夫。

「每夜，攜酒河上，飲且漁。飲則酹酒於地，祝云『河中溺鬼得飲』，以為常。」

「一夕，方獨飲，有少年來，徘徊其側。讓之飲，慨與同酌。既而終夜不獲一魚，意頗失。少年起曰：『請於下流為君驅之。』遂飄然去。少間，復返，曰：『魚大至矣。』果聞唼呷有聲。舉網而得數頭，皆盈尺。喜極，申謝。欲歸，贈以魚，不受，曰：『屢叨佳醞，區區何云報。如不棄，當以為常耳。』……」

少年叫「王六郎」，這裏實際上等於委婉相告，他非人也。

然而，許某性直通，未明潛意，相約見於明日。

這麼着，二人成了酒友。

半年後，少年忽直言相告，自己正是一溺鬼，「明日業滿，當有代者，將往投生」。

因為熟稔且有感情了，許駭，卻依依不捨。

「因亦唏噓，酹而言曰：『六郎飲此，勿戚也。相見遽違，良足悲惻。然業滿劫脫，正宜相賀，悲乃不倫。』遂與暢飲。」

許某問代者何人？

六郎曰是一女子。

二人飲自雞唱，灑涕而別。

此篇的問題在於，六郎乃一少年。按現代社會的法理要求，成年人與少年對飲，顯然是違法行為。但古代之少年非今之少年概念，只要十四歲以上，媳婦也是娶得的。故少年郎飲酒，社會見慣不怪。

再說許某，明日「敬伺河邊，以覘其異」。

未料，所見是一年輕母親，懷抱嬰兒，「及河而墮，兒拋岸上」。

此時，許某「意良不忍」。救吧，怕壞了六郎投生大事；不救吧，實違善性。正矛盾之際，見女子浮而不沉，撲騰幾下，上岸了，「藉地少息，抱兒徑去」。

這是中午的事。

到了晚上，許某又漁於舊處，六郎復至，主動說：「且不言別矣。」

問出了什麼岔子？

六郎告曰 —— 人家抱着孩子呢，以我一命，遂亡二命，太不道德了。所以，甘願放棄投生機會。至於下一次機會在何年何月何日，我也不知道呀，就當你我二人的友情之緣未盡吧！

「許感嘆曰：『此仁人之心，可以通上帝矣。』由此相聚如初。」

後來，少年再未投生，被神界封為某縣的「鎮土地」。

人鬼二者，分別之日終於到了。

六郎說，希望你有空常去看看我，免得我太想你了啊！

許某說，人神路隔，我的願望可如何實現呢？

此時，人鬼之間，已不僅是酒友，早成知己了。

別時，六郎給了許某一個幾百里之外的地址。

許某思念六郎了，欲治裝東下。

許妻取笑道，即使有那麼一個地方，你與土偶之間又有什麼話說？

許某不聽，執意前往。住下一打聽，店家極驚。因為當地不但確有土地祠，而且神已夢囑 —— 有自己的好友前來探視，望好生招待。

於是，許某「乃往祭於祠而祝曰：『別君後，寤寐不去心，遠踐曩約。又蒙夢示居人，感篆中懷。愧無腆物，僅有卮酒；如不棄，當如河上之飲。』」

「至夜，夢少年來，衣冠楚楚，大異平時。謝曰：『遠勞顧問，喜淚交並。但任微職，不便會面，咫尺河山，甚愴於懷。居人薄有所贈，聊酬夙好。歸如有期，尚當走送。』」

許某歸時，獲當地居民誠贈不薄。「欻有羊角風起，隨行十餘里。許再拜曰：『六郎珍重，勿勞遠涉。君心仁愛，自能造福一方，無庸故人囑也。』」

這後三句話，其實還是囑咐。真友誼，基於同德，此一例也。

一成年人，一少年郎，始於人鬼之交，續以人神之好，相互那等思念，讀來令人心熱脾暖。

許某回到原籍，因帶回了不少贈予，家境遂好，不再以打魚為生了。

凡遇從六郎那邊來人，輒問土地造福如何？皆答：「其靈應如響雲。」

豈能謂許某之囑無輕重耶？

《王六郎》每使我聯想到好萊塢電影《人鬼情未了》。該片似乎沒有在國內上映過，但三十餘年前影碟確乎大為流行過。後來，鳳凰衛視也播放過。我對內容本身並無多高的評價，無非是某些《聊齋》故事的現代版，卻特別喜歡片名，覺若作為《王六郎》之冠名，便有了詩意。

我這一筆耕四十餘載的人，一直有一個未能實現的夙願，便是總想寫篇體現男人之間心心相念的友情的小說：年齡要有差距，但差距不大，如漁夫許某與少年王六郎；二人身份，也以底層勞動者與知識分子為好；或中篇，或小長篇，小長篇為佳。然苦於「可信度」不高，夙願難了。

在我的人生中，知青時期是很有一些知交的。有的年長於我，有的同是知青，都是我人生中的貴人，有恩於我。不非以文結緣，僅僅意氣相投者曾在焉。但，他們都先我而去了。為誌友誼，曾一一寫下過懷念他們的文章。既已如此，則不便再以我與他們的關係加以虛構和演繹創作為小說了。

我一直有一個文學觀點，作家若能將男人之間的友情寫成經典，亦是足可欣慰的文學成就也。「桃園三結義」，《水滸傳》中男人與男人間的生死交，並不中我之意。在《水滸傳》中，唯林沖與魯智深之間交情，有些令我刮目相看。但他二人，又都是當時大大的名人，屬名人之交。我所喜歡的，乃一方為名人一方為平凡人的兩個男人之間的綿長友誼。人類的社會是分階層的，故在人類之間這樣的事本就極少發生。故言「可信度」不高，也是有一定道理的。在中國，「可信度」尤其不高。中國的政治運動以往甚多，男人們想要遊離度外者可能極少，何況大多數情況下他們並不想遊離度外，而是都踴躍參加，以期獲得常態人生獲得不到的益處。所以，捲入得深的男人們，身心往往都留下過彼此危害的傷痕。

我又認為，在人類的社會中，男人的責任感應該更大一些。因為男人雖同為人，但男人負有在特殊情況下保護婦女和兒童的義務，而從未聞反過來的強調。

那麼，文學的一個任務 —— 倘男人們在現實中做得並不好，文學作品除了應予以反映、否定，還應完成這樣的使命 —— 既寫男人在現實中是怎樣的，也應該寫男人在現實中應該是怎樣的。

回到《聊齋》，蒲松齡在鬼少年王六郎身上委實也寄託了男人應該怎樣的現實理想。蒲氏大約在人身上同樣遇到了「可信度」問題，所以寄理想於鬼。在中國，人應該怎樣面對現實，往往反彈強勁，而這理想附麗於鬼，便沒了異議。這是很奇怪的一種中國文化現象，是中國文學的一種悲哀，也是許多中國人的悲哀。在中國，情況似乎如此 —— 文學作品中一旦出現好人形象，「不可信」之聲每頓起，聚蚊成雷；倘出現的是好鬼形象，人們倒是肯於接受的。鬼嘛，又不是人，願怎麼好怎麼好，好逑的，謅書咧戲，騙看騙錢唄！

在許多中國人的心性裏，對人在現實中應該是怎樣的這一點，具有強大的排斥力。

但我如實招來，我的「好人」文學觀形成，少年時受蒲松齡的「好鬼」小說影響甚深，青年時受雨果作品之繼續熏陶。《王六郎》一篇，乃是我每在作品中不惜筆墨寫男人之間綿長友誼的最初範文。

除《王六郎》外，《聊齋》中尚有《葉生》、《陸判》、《田七郎》、《白于玉》等篇，亦以頌男人與男人的義交為主旨，其緣或媒以文，或媒以酒，或媒以禮，即使一方為陰曹判官，另一方也相敬如貴賓，漸至莫逆，推心置腹。所傳達之思想，無非你敬我一尺，我敬你一丈，銜恩必報，以踐俗常男人之義之節爾爾。但個中除《田七郎》一篇，其他了無意趣。《陸判》一篇，尤荒誕不經，毫無文學價值。

《田七郎》，即使對現代人，亦有警示意義。獵戶田七郎，中年，已婚，有獨子，奉七旬老母甚孝，安於過清貧生活。

忽有武某，大富戶人家主，慕其有豪俠氣，幾番登門求交，如三顧茅廬。

七郎老母因見武某面呈凶兆，代兒擋於門內，並囑兒：「富人報人以財，窮人報人以命。他攜厚禮求交，兒與之交，日後欠情尤多，一旦求報，兒除一命，復何相報？」

七郎雖深以母訓為然，無奈武某特執着。日久，遂成座上賓也，不得已受贈與，雖儘量以獵物相抵，卻終於還是受多回少。

後來，武某果遭遇橫禍，事涉命案官司，雖屬冤枉，但難辯清白，求七郎助解。

在七郎，拒之，有背「受恩圖報」之理，將義名不再。是以夜做，屠貪官，不得突圍，自刭死。

按小說交代——「武聞七郎死，馳哭盡衰」，自家也因此厄而破產。

「七郎屍棄原野月餘，禽犬環守。武厚葬之。」

「異史氏」評曰：「一錢不輕受，正一飯不敢忘也，賢哉母也！……苟有其人，可以補天網之漏；世道茫茫，恨七郎少也。悲夫！」

我讀此篇，有道德綁架之感。

竊以為，夫封建道德，雖不能一言以蔽之皆糟粕，但與其言意在優化人，莫如說意在馴化人。蓋封建社會所以為封建，乃因幾乎一切促人優化的社會資源，莫不由統治集團所掌控，由是建立在由封而在的系統內。進言之，人怎樣便算道德，完全是由統治集團來界定的。

如「俠」，民間視為道義的伸張者，而官方卻一向視為「以武犯上」的「異種」。「上者」，制度也，按封建之邏輯，乃在人的價值之上。「捨生取義」，若言針對少數人的要求，便也罷了；若推及向全社會，便有綁架之嫌。封建社會的人之所以容易被綁架，乃被馴化而不自知也。

以田七郎為例，其上有老母、下有幼子，從來正派做人、低調生活，與世無爭，與人無爭，若非與武某發生了超階級的似乎相敬相知的往來，斷不至於落得暴屍郊野的下場。正所謂，受人恩澤，替人消災。不過，那恩澤卻是武某單方面的強予，而那替人消災的行動卻明擺着要由田七郎拋母棄子並搭賠上自家性命。不然，田七郎必終生承受不義之民間譴責也。

故亦可以言，封建社會的民間，往往不自覺地充當道德綁架的強大助推之力。

現代社會之所以現代，其進步的顯明標誌是 —— 人自然應當成為道德的人，自覺地律己，但前提是首先成為自由之人。現代社會具有高度的制度自信，相信人越自由則越道德，並且這一點已被證明了。

故真正意義上的現代社會，道德非但不至於淪喪，反而會更加體現為自覺、自願，於是道德綁架現象甚少。

倘一個社會道德綁架現象甚多，呼喚道德回歸聲不絕於耳，而道德卻越來越與人心相背，主要根源乃在於封建社會的不道德性已病入膏肓矣。

清朝到了蒲松齡那個時代，正是封建道德病至肺腑的時期。蒲松齡對此點感同身受，然不可能超越時代提出什麼現代的道德觀來，只能在《聊齋》中極策略性地不顯山不露水地隱發對封建道德的質疑。

所以，《田七郎》一篇並非對封建道德所鼓吹的「義」的謳歌，而是輓歌。否則，蒲氏就不用「悲夫！」二字來結束他這位「異史氏」的評論了。至於「恨田七郎少也」一句，乃是針對「天網之漏」、「世道茫茫」所發的感慨也。

一個社會，沒有一套廣為認同的道德觀顯然是不行的，唯靠封建道德觀來延續自身壽命也是不行的。在蒲松齡的筆下，每現此種糾結、矛盾，而這一點是他所在的那個時代的文人們普遍的內心矛盾，是人類全體封建社會的命門式的內在矛盾。

《聊齋》裏的民間記憶

縱觀《聊齋》，凡十二卷近五百篇故事、雜記，用民間話講，可謂五花八門、光怪陸離，幾近包羅萬象；用文學評論語言概括，內容豐富、內涵豐富、認識價值豐富之「三豐富」，確乎是當得起的。

但，若歸納之，亦無非如下幾類：

一、顯然不足信的民間流言類；

二、雖也實屬流言，卻未嘗不具有可信性一類；

三、文學性較高，小說特點分明的愛情故事；

四、藉志異故事辛辣諷刺社會現實的。

《聊齋》中顯然不足信的民間流言類雜記，幾乎卷卷有之。那些流言，又顯然是同好者以「書筒郵寄」的方式傳送給蒲松齡的，可以說沒有任何史料記載並使之進一步傳播的價值。蒲松齡在《聊齋》中收錄了不少，究竟是出於對素材提供者的尊重，還是出於自我掩護的策略，或是出於吸引讀者的動念，我們無法得知。

這一部分，實可謂糟粕。

僅以卷一為例，《耳中人》、《屍變》、《噴水》、《瞳人語》、《山魈》、《咬鬼》、《捉狐》、《蕎中怪》、《宅妖》、《鬼哭》、《焦螟》等篇，皆屬愚民喜聞愛傳之流言，如當下某些網民明知所閱實謠言也，然樂見且相互轉發，並分外來勁。

封建社會之所以封建，另一特徵乃是愚民甚多而不知其愚。既愚，常識寡也。所見逾其常識，遂以為鬼怪；他人言之，但信不疑。如《山魈》、《蕎中怪》所記，想來無非便是猿類因飢而偶入宅舍，或在表現上公然與人搶奪新糧而已。後幾卷中，《雷公》與《龍取水》兩篇，尤可說明其流言性質。依文中描述，所謂「龍」取水，便是水上「龍捲風」現象無疑。至於什麼「雷公」，實則一大蝙蝠罷了。

《瞳人語》是主題先行的流言故事——一輕儇書生，於郊外尾隨美女，狎近以觀芳容，結果歸家不久雙目先後長出了肉釘。

其行為，嚴重違背了「非禮勿視」。

用當下說法，此流言乃為維護當時道德正能量而口口相傳的。

這一流言歷史甚久，在民間具有強大的生命力。我小時候，常聽大人們如此教誨小兒女：「見了不該看的要轉身就走啊，萬一看到了也要立刻捂眼睛，否則長針眼！」

當年的那些大人們成為城市人的年代不久，他們所言之小孩子不該看的事，蓋指與成年男女的身體或親愛行為有關的事。從文化內容的包含性上講，迷信文化也曾是人類文化的組成部分，而且其歷史比現代文化要古久得多。甚至可以說，人類最初的文化是塗着濃厚的迷信色彩逐漸過渡向現代文化的。

現代文化形成於城市，此點已被人類的文化史所證明。其形成過程，始終有迷信文化相伴隨，至今迷信文化之基因影響猶在焉。在漫長的歷史時期，農村是迷信文化最適宜的土壤，農民是迷信文化半自覺不自覺的傳承者。

迷信文化曾有一個農村包圍城市的優勢時期。

現代社會之所以現代，則體現為現代文化竭力擺脫迷信文化的影響，並且反過來以文化的現代性影響農村。

我小時候，每聽大人們議及黃鼠狼迷人之事。黃鼠狼，即黃鼬，比狐的體形小得多，大者尚不及狐尾，身柔如無骨，善鑽狹隙，害雞。據說，僅吸血，不食肉。

在城市是見不到狐的，卻亦常見黃鼬，於是關於它的迷信說法盛行。因為它的樣子，使人覺得像狐一樣有媚態。在難得一見狐而黃鼬常見的農村，關於狐的傳說便少，關於黃鼬的迷信流言則幾成共識。

若單論媚態，貂也是不遜於狐的。但中國民間，關於貂惑人的迷信流言，至今仍是空白。

何故之有？

因為貂不但生活在寒冷的東北，而且只在林海中出沒，除深山獵戶，一般人根本見不到。

漂亮的貓也是媚態百生的。《聊齋》中寫到了各種各樣的精怪，大到虎狼蟒鱉，小到鸚鵡蝴蝶，就是沒寫到又媚又善於黏人的貓。

卻又何故之有？

蓋因貓如犬，與人類的關係既古老又親密，並且在這種關係中首先體現為人類對貓的容納、寵愛。凡人類所熟稔和容納於生活的，一般不迷信也。文學家的筆，通常也就不會妖化之了。

狐則不然。它們是野生動物，不可能被人類馴化。人類謀它們的皮，又認為天經地義。故狐對於人類，是本能地有敵意的。

人對於狐，卻難免會有罪孽之感 —— 從體形到頭臉都那麼漂亮的小動物，對人本身從來構不成任何威脅，所謂危害也無非便是叼走隻雞或拖走隻兔，這構不成見則捕殺的符合天道人性的理由。

人心既存此感，卻又克服不了獲無本利的欲念，於是只能將狐妖化。這麼一來，見之則捕，捕之則殺，剝皮棄其骨肉，便心安理得了。

天地之間，只有人，縱使行冷酷事，也要找出足夠正當的理由。倘現存的理由不夠用，便會腦洞大開地編創出來。人不僅以此法危害於異類，也慣以此法加害於同類。

人的這種惡，可曰之為進化之惡，也可曰之為智後之惡。智後之惡，尤屬邪惡。如人為危害某些既不能食其肉也不能用其皮的動物，只要編創出它們身體的某一部分可入藥，或僅僅可壯陽，於是便似乎有了極充分的理由到處搜捕，大開殺戒。

蒲松齡之憐狐乃至愛狐，不惜冒天下之成見，以連篇累牘的關於狐的美好故事為狐正名，足見他是一個對小動物心懷大愛之心的人。

《聊齋》則不啻是中國之第一部文學形式的保護野生動物宣言書、倡議書。

在《聊齋》中，有些人事，既非虛構，亦非流言。其可信度，如今看來也並不存疑，可作為當時年代的民間記憶來了解。

例如，《龍取水》一篇，不過是發生於水面的龍捲風罷了。《水災》則實錄了康熙二十一年（1862 年）山東某地的水災而已，只不過加入了孝子夫婦及兒郎倖免於難的頌孝情節，並且寫明「此六月二十二日事也」，分明大體不妄。至於某地某人喜生吃蛇，又某人為救被蟒所吞之兄長力斬蟒頭，都沒什麼可懷疑的。《義鼠》一篇，記甲鼠被蛇所吞，乙鼠「力嚼其尾」，迫蛇吐出死鼠「啾啾如悼之，銜之而去」。此類動物界中的感人事，今天的《動物世界》中亦屢見不鮮。

至於《蛇人》，講一個「以弄蛇為業」者，曾飼馴兩條小蛇，數年後長大無比，只有放歸山林，於是每聽人言，遇而駭絕，幸未殞命。某月，某人自己必經山林，也見到了。驚怖無措之際，忽憶起往事，急喚蛇名。「蛇昂首久之，縱身繞蛇人，如昔弄狀。覺其意殊不惡，但軀巨重，不勝其繞，仆地呼禱，乃釋之……更囑一言：『深山不乏飲食，勿擾行人，以犯天譴。』二蛇垂頭，似相領受。」

一個「似」字，用得極好。「似乎」怎樣，不過是主觀感覺，非客觀見證。

這樣的事，涉及一個至今人類興趣很大的話題——動物對於人類，具有感情記憶嗎？

答案是肯定的——有。

中央電視台曾播放過的由國外拍攝的《動物世界》節目又一次證明了

此點 —— 男女保護動物飼養員到野外去尋找他們放歸自然界的猩猩和獵豹，雖時隔二三年，但他們對給它們起的名字仍有敏感反應，並仍認得自幼關愛過它們的人，一見之下與他們的親愛互動令人心暖、唏嘘。

猩猩之間以及猩猩與人類之間的親憎之情，不但一再地被證明了，而且被想像為系列電影了，如《猩球大戰》。

獵豹則是大型貓科動物中較容易被馴化為寵物的；美洲獅也有這種可能。人類與它們的個別親密關係，至少也有兩三千年了。

但人類與非洲獅 、野生虎的關係會否如此呢？如果人是將它們從小養大的恩人，它們一旦回歸自然界，時隔二三年後仍會認得那個人並與之親密如初嗎？

這一點卻至今未被證明。

據說象的記憶力是最為長久的，可以記住十幾年前殺害過它們父母或兄弟姐妹的仇人。真遺憾，現在尚無關於它們長期記住恩人的記載。

至於蛇，我雖五體投地般崇拜《白蛇傳》，卻從不相信蛇是可以與人產生任何好感情的。

我一向認為，《白蛇傳》中的青、白二蛇應該屬蟒。蟒雖與蛇同類，但確乎是可以自幼家養的，及大，也會像牲畜一樣與人形成依存關係，甚至在主人受到攻擊時會產生保衛主人的本能反應。

印度的當代新聞曾報道過 —— 有與小蟒同時長大的少女在水災中被困樹上，已成大蟒的小蟒泅水救之。

大千世界，確乎無奇不有。人與各類動物的個別關係，也真的不由人不信。

講一件關於蟒的真事 —— 十五六年前，某出版社編輯陪我去瀋陽簽售，來接站的是當地書店的一小夥子，忘了怎麼一來便在車上聊起了寵物話題。彼言，七八年前，純粹出於好玩心理，買了一條二尺長的金黃色小蟒，養於玻璃缸中。那時，已長至中號盤直徑那麼粗，四米多長，快重達一百斤了，而玻璃缸已早裝不下了。無奈，騰出了家中的小書房，改造成了像動物園那種蟒舍。同時，每星期還要餵一隻活雞、活兔，開銷不微。老母頑兒，閒來無事，每將那蟒放入客廳。頑兒與之身體糾纏，老母則每訓其費錢累人。蟒諦聽之，似有愧感。此情此景，全家習以為常。

我問:「那不是會將家裏搞得很有味兒嗎？」

彼言:「是呀，是呀。特別是在夏天，每天都得用水沖一遍它那小房間的地。幸好預先做了防水處理，要不樓下人家準告我了。我家所有的紗窗，都是小手指那麼粗的鋼網做的。不怕一萬，就怕萬一啊！」

我問:「以後怎麼打算的呢？」

彼言:「想捐給動物園，可人家動物園拒收：一是人家有了；二是若收得按規定辦一道道手續，還得請專家檢疫，太麻煩。想放生，可也不敢隨便往哪放啊！有次收水費的阿姨來了，那天它房間的門忘了從外邊門上了，它爬出半截來，差點沒把人家嚇死！老師，你說真要嚇出個三長兩短，我不得吃不了兜着走嗎？」

我也不禁說:「是呀，是呀。」

小夥子曾央朋友陪着，開自家車載上那蟒，想直開到南方的深山老林去，偷偷放它一走了之。沒離開瀋陽多遠，被路卡給攔住了，連人帶蟒一塊被公安部門拘走了。

「我現在只有兩個選擇了 —— 一是賣給飯店，那我家『大寶貝兒』死路一條了。我才不會那麼做，自己把它從小養大的，比養大個孩子也省事不到哪兒去，何況互相有感情了，怎麼忍心？二是給它來個安樂死，但對於它，不總歸還是個死嗎？」

五大三粗的東北小夥子，那麼說時都快哭了。

聽他將他家大蟒叫「大寶貝兒」，還說出兒化音，覺那時的他彷彿是現實中的許仙，而他家那大長蟲於是便有了白娘子般意味。

後來，我聽人講，他全家還是忍悲將那「白娘子」安樂死了。

蛇與蟒雖屬同類，習性頗不同也。從前，中國民間並不區分，既大，統曰蟒蛇。蟒是可以從小家養的，家養的蟒逐漸長大，對養它的人另眼相看，也非是什麼天方夜譚。

故，蒲松齡筆下所記的《蛇人》，未嘗不可視為或許有之的民間記憶。

《聊齋》中有兩篇關於狗的事，或記載義犬救主，或感嘆它們為了守護住主人丟失於路途的盤纏寧肯飢渴而死也不離去的「忠心」，未加虛構，着實可信。古今中外，人類反覆講述關於義犬的種種故事，證明人類對狗是有感恩心的，而且忠犬、義犬也完全配得上人類一向以文字紀念它們。在以文字或其他方式的紀念過程中，實際上是人性之仁獲得了不斷提升。

卷一中有一篇是《犬姦》，記因丈夫每常外出經商，獨守空房的妻子性心理變態，引犬與交，犬習為常。事發，遂成醜案，「人犬俱寸磔以死」。—— 這是我甚為排斥的一篇。在中國古代，若事涉姦情，從官方到民間，對女子的懲辦一向極嚴。若姦情導致其夫喪命，則無論以怎樣殘酷的方式處死之，似乎都不為過，都是普天之下拍手稱快之事。想像一下吧，「寸磔以死」，多麼令人毛骨悚然。在古代，凡一施刑，圍觀者眾。於是，《水滸傳》中武松弒嫂，剖腹剜心；石秀助楊雄以此等宰殺牲畜式的方式處死楊雄不貞的妻子，也似乎尤顯英雄好漢的氣概了。對此，余厭極厭極，說一百個「厭」字，也難除心中反感。在國人的字典裏，所謂「貞」，專指對女性的要求，若也同樣要求於男人，古代的一多半男人則就個個都該死了。

《聊齋》中還有另一篇《成仙》也存在令我嚴重排斥的情節 —— 二男子「少共筆硯，遂訂為杵臼交」。其一修道成仙，不但為另一方化凶為吉，而且以所謂仙能替對方殺死不貞之妻，「劍決其首，罥腸庭樹間」。殺便殺吧，何至於破其腹拽其腸，像曬臘肉似的掛得滿樹皆是？！何況，其妻還不像潘金蓮，並未生害夫惡念！

該篇字數頗多，情節跌宕。凡此類故事，蒲松齡大抵要加「異史氏曰」的。然該篇屬少數例外，不知何故。也許，他的心中亦存與我同樣的思忖？

不論誰是多麼惡的惡人，若其罪當誅，也不過就該「斬立決」罷了。以車裂、凌遲、騎木驢等殘酷方式將人折磨至死，其實也是變態現象。體現於刑典，乃刑典的異化。

西方人發明斷頭台，後以絞刑代之，再後來以電刑、注射死代之，直至在有些國家廢除死刑，主張終身監禁，都是試圖以較為人道的方式防止人性的變態以及刑典的異化。

魯迅曾在日記中記下過夜讀中國古代刑法的體會，一言以蔽之，也是「毛骨悚然」四個字。

故，也許可以這樣認為，一個國家的酷刑歷史越悠久，酷刑方法越是五花八門，其國民之心性離「不忍」越遠。人類若逐漸喪失了「不忍」之心性，則孔子關於「仁」的諄諄教誨，實際作用必然大打折扣矣。

好在，這些都是古代的事了。

《聊齋》還記載了一些雜技現象、魔術現象，如《偷桃》、《種梨》、《口技》、《戲術》等。

關於《戲術》，書中如此描寫：「戲人以二席置街，持一升入桶中；旋出，即有白米滿升，傾注席上；又取又傾，頃刻兩席皆滿。然後一一量入，畢而舉之，猶空桶也。」

此種無變有、有變無的雜技，至今仍在國內外各地的很多場合上演。但米也罷，爆米花也罷，其他什麼東西也罷，都只能是少量的變無變有，多則純屬流言。假如，當街所置非兩方席片，而是兩張整席，若使「兩席皆滿」，非二三百斤米不足以實現，便不足信了。《戲術》中同時記載了另一件事 —— 一個買缸的人，在陶場與老闆發生爭執，不歡而散。至夜，他將人家窯內的六十餘口大缸都「搬」到了三里外的地方。此即所謂在民間流言甚廣的「大搬運」、「小搬運」。

「小搬運」，其實便是至今仍在表演的「招之便有，拂之便無」的魔術。「魔」字與「怪力亂神」有涉，古代忌之，言為「幻術」、「戲術」。

「大搬運」，各類民間雜誌皆有記載，但沒誰親見，所記每以「據言」

二字作為前提。

將六十餘口大缸用意念轉移到較遠的地方去——民間為什麼喜歡傳播這類明顯不靠譜的事呢？無他，對「特異功能」及奇人的迷信而已。這種迷信，不必完全從負面來評說，實際上也激發了人類的想像力，而想像力與科學方面的發明創造關係密切。

《偷桃》講表演者拋粗繩向空，於是繩直如戟杆，自動向上延長，直達天穹，高不可見其端。遂命小兒郎奮力攀之，亦入雲霄，頻呼不聞回聲。須臾，小兒郎順繩滑下，手中有桃，自言摘自天宮花園。

這類記載，古代各地方史志中出現多多。唐以前，未現文字描寫。唐以後，幾成紀實，其實都是道聽途說，人云亦云的無稽之談。顯然，流言是從別國傳入中土的，如印度、埃及、巴基斯坦，且彼國的各類雜誌中皆不乏相同記載。幾年前，國內電視台還播過一部關於魔術史的外國人製作的紀錄片——採訪者親到印度，遍訪城鄉，呈現早期畫冊和報上的報道給人看。甚至，在一個古村落中，尋找到了一條極長的粗繩，眾口一詞，言之鑿鑿，都說便是可以通天的神繩，是一戶人家祖上傳下來的，可惜那種異能早已失傳。當時，我連看了兩集，就是為了看個究竟，結果大失所望，有被故設的懸念忽悠了的感覺。

《種梨》是講表演者就地埋種，於是在眾目睽睽之下可見發芽、成樹、開花、結梨的全過程。不但可見，亦可摘之、食之。該內容被導演陳凱歌用在了他的電影《妖貓傳》中，只不過種梨改成了種西瓜。《偷桃》也罷，《種梨》也罷，甚至像《勞山道士》中所寫的那樣將嫦娥從月宮請下為高人歌舞助興也罷，像《狐嫁女》中將豪門中的餐具「搬」來以使婚禮顯得更有檔次的故事也罷，若在今天聲光技術的配合下，由一流之魔術演員表演為節目，都將是小菜一碟，完全可天衣無縫、以假亂真，看得人瞠目結舌。

現代之魔術，對設備的依賴甚重，關竅也甚多，觀看的人表現為自蠱式的上當受騙，其實已沒多少看點。規模越大，科技成分越多，人技成分越少；倒是小型的側重於體現指間功夫的表演，還有令人鼓掌叫絕的地方。

中國的傳統雜技「五彩戲法」，憑的就是身手功夫，故行內亦曰「手活兒」或「手彩」。但也有要憑全身功夫進行表演的，曰「大戲法」，如「端火盆」、「端魚缸」—— 表演者着寬綽及地之斗篷，多為外紅內黑或綠，像舞台上架子花臉鍾馗的戲服，在助手相接的配合下就地一滾，瞬間變出火盆或魚缸。若為魚缸，不但水盈盈然，且有游魚。這是笨而令人不禁嘆服的功夫，曰「硬功夫」。笨在觀眾心知肚明，曉得斗篷裏邊有掛鈎，火盆或魚缸是出場前掛穩的。嘆服的是，火盆或魚缸，最大直徑一尺有餘，掛許多個，只一滾，站起便托於掌上；火盆必須同時火苗升騰，魚缸則不能灑出水來，太要勁兒了！又，變出單數不符合規則，只變出六個則太少，觀眾若不買賬，只能在倒彩聲中灰溜溜地下場，所以起碼要變出八個。據說，高明者有變出大小十四個的，正是「台上幾分鐘，台下十年功」。

幾年前，天津電視台的節目中尚有六旬開外老藝人表演過，估計那是此傳統戲法的最後一次亮相了，因為根本招不到繼承人。那麼「要勁兒」的戲法，誰肯學呢？欣慰的是，已保留在錄像中了，不至於使真的存在過的也成了將來的「流言」或「妄記」文字。

《聊齋》的這一小部分內容，具有對民間雜技史的參考價值，也具有對「民間」二字的認識價值。

在古代，對任何現象、人、事的記載，一向分為「正」、「野」兩類。所謂「正史」，記什麼，怎麼記，一向由皇家依賴的史官、文人有明確選擇性地完成。其選擇的宗旨，有時未見得便是去偽存真。皇家需要怎樣的記載，「工作人員」是不能不揣摩上意的。若會錯了意，不但自身禍事當頭，家眷也往往大受牽連。若被認為性質嚴重，誅滅其族也是可能的。不過，不應因此便說「正史」完全不可信了，但反「史」之道而行之去真存偽專為皇家文過飾非的現象確是有的。於是，古代的當朝「正史」，一向以歌功頌德為主，而匡正其偽多是改朝換代多少年以後的事。

「野史」則不同，大抵是民間記憶的整合。雖也有選擇性，但是以民間感受來記載的。例如，《聊齋》之《地震》一篇，將發生於康熙七年（1668年）六月十七日戌時的大地震對民間造成的災難，進行了極為寫實的記載。此次地震，在皇家「正史」中，卻只不過兩行冷靜的文字而已。《野狗》、《公孫九娘》兩篇，起筆分別寫道：「于七之亂，殺人如麻」；「于七一案，連坐被誅者，棲霞、萊陽兩縣最多。一日，俘數百人，盡戮於演武場中。碧血滿地，白骨撐天……」

所謂「于七一案」，乃是清王朝對一次民間反清復明運動的強勢鎮壓，僅無辜冤死者亦近千人。「正史」中曰「平亂」，以「大捷」頌之，而「野史」一向無敢記者。蒲松齡能在《聊齋》中如實寫下幾筆，亦算勇氣可嘉也！

狐鬼愛情

愛情故事，自是《聊齋》的主要內容。蒲松齡為筆下那些美且善的狐鬼佳人起的全是令人過目不忘的好名字，如「嬌娜」、「青鳳」、「嬰寧」、「聶小倩」、「蓮香」、「紅玉」、「梅女」、「巧娘」、「小謝」、「青娥」、「細柳」、「阿纖」、「瑞雲」、「晚霞」、「湘裙」等，大多皆妙齡女郎，大抵年少於故事中的男子；另有一些雌狐女鬼年齡要長幾歲，或與故事中的男子同庚，或從年齡上講可做他們的姐姐，如《胡四姐》、《庚娘》、《封三娘》、《荷花三娘子》、《花姑子》、《葛巾》、《黃英》等篇中之女子。

以人物性格寫得活潑可愛、栩栩如生而論，《嬰寧》第一敢當。其對話之詼諧、精妙，具有短篇小說之示範價值。初學寫作者，賞讀此篇，定會獲益匪淺。篇名也起得好 ——「嬰」字，意謂天真無邪，童語無欺；「寧」字，對應人物笑口常開，每至於前仰後合，即笑難止，反襯也。定篇名之良苦用心，盡在爾耳。

但此篇令人怦然心動之處，乃在於嬰寧因過「由是竟不復笑，雖故逗之，亦終不笑」,「一夕，對生零涕」。

何故？

懷念養母也。

原來，她雖狐產，卻是鬼母帶大的。狐母歿前，將其託於鬼媼。相依十餘年，因與王生喜結連理，於是與鬼母兩相分離。

「老母岑寂山阿，無人憐而合厝之，九泉則為悼恨。君倘不惜煩費，使地下人消此怨恫，庶養女者不忍溺棄。」

文中，此狐女曾問生：「適此話不應說耶？」

生曰：「此背人語。」

女曰：「背他人，豈得背老母……」

好個「豈得背老母」！雖為狐鬼，養母庶女間情同骨肉的親密關係非比尋常也。

嬰寧的哭訴，着實起到了數語雙關的文學效果。既寫出了她對養育之恩沒齒不忘的美善心靈，也寫出了鬼母受人之託則身體力行、負責到底的人間女君子風範。須知，嬰寧將嫁人間有才有貌有品有德家境亦殷實的王生，全靠老鬼母玉成之啊，且其恪守「功成身退」、「德不圖報，仁不索賚」的君子原則，甘願從此隱於陰間獨受淒苦，從未相擾。比起當今有些母親視麗質女兒為奇貨，待價而沽；親生兒女卻不孝，視貧寡孤鰥之老父母如糞土的現象，人不羞對鬼耶？人不慚於狐耶？

因為此篇並非僅講了男歡女愛的故事，亦稱頌了鬼狐之間的溫馨真情，故蒲松齡本人亦尤自愛，藉「異史氏」之語讚曰「至淒戀鬼母，反笑為哭」，「我嬰寧」何常憨耶。

對於自己筆下那些美且還善、可愛可敬的狐鬼女性，蒲氏僅在此篇中用過「我嬰寧」這樣的寫法。

《小謝》一篇，刻畫人物之生動傳神，莊諧並現，可與《嬰寧》有一比，難分軒輊。此篇不但寫活了倜儻而貧，實則劍膽琴心、有豪俠氣的狂生陶望之，而且寫妙了兩個美麗的女鬼——一對姐妹花。

那陶生，因無穩定居所而常借宿於敬其文才的「當地幹部」家中。「幹部」家有婢夜勾之，「生堅拒不亂，部郎以是契重之」。一年，溽暑難當，「因請部郎，假廢第。部郎以其凶故，卻之。生因作『續無鬼論』獻部郎，且曰：『鬼何能為！』部郎以其請之堅，諾之」。

結果，不信鬼的偏偏在廢第傍晚活見鬼了。「一約二十，一可十七八，並皆姝麗。」麗鬼先將他的書卷偷走，接着藉還書之機，公然現身挑逗。

二麗鬼「逡巡立榻下，相視而笑。生寂不動。長者翹一足踹生腹（膽子也忒大了，怎麼想得出來！），少者掩口匿笑。生覺心搖搖若不自持，即急肅然端念，卒不顧。女近以左手捋髭，右手輕批頤頰，作小響。少者益笑（皆得寸而近尺也）。生驟起，叱曰：『鬼物敢爾！』二女駭奔而散。⋯⋯夜將半，燭而寢。始交睫，覺人以細物穿鼻，奇癢，大嚏；但聞暗處隱隱作笑聲。生不語，假寐以俟之。俄見少女以紙條拈細股，鶴行鷺伏而至（形容傳神，有舞蹈狀）。生暴起呵之，飄竄而去。既寢，又穿其耳。終夜不堪其擾」。

二麗鬼之行為，若頑皮捉弄親愛自己之父兄的勾當也，故不可懼，反覺可愛。日一落，又來了，搗亂使生不能讀。叫秋容的坐到桌上，一次次將書合上；叫小謝的則「潛於腦後，交兩手掩生目，瞥然去，遠立以哂。生指罵曰：『小鬼頭，捉得便都殺卻！』女子即又不懼。因戲之曰：『房中縱送，我都不解，纏我無益。』」。

二麗鬼這才不鬧了，都笑盈盈地轉身為生淘米做飯去了。

生也及時予以表揚：「二卿此為，不勝憨跳耶？」

人家將飯菜替他擺桌上了，他才又問：「感卿服役，何以報德？」

人家說飯裏可放了毒了！

他說：「與卿夙無嫌怨，何至以此相加。」

「啜已，復盛，爭為奔走。」

自此習以為常，熟了，兩方面都願促膝相談了，於是問人家姓甚名誰？

小謝笑曰：「癡郎，尚不敢一呈身，誰要汝問門第，作嫁娶耶？」

生正容曰：「相對麗質，寧獨無情；但陰冥之氣，中人必死。不樂與居者，行可耳（不喜歡住這兒了，要走便走，我才不留你們）；樂與居者，安可耳。如不見愛，何必玷兩佳人？如果見愛，何必死一狂生？」

此一番話，誠可謂義正詞嚴，且情理交融，情中有理，理中含情。

「二女相顧動容，自此不甚虐弄也。」

態度誠懇的說服教育，某些鬼也是聽得進去的，如秋容、小謝。何況她們並非惡鬼，只不過是未有過戀愛經歷，因而偶見異性春心蕩漾的純情倩鬼罷了。

情節陡然一轉，忽而變化。因小謝見了陶生作的詩，憶起自己在人間時也曾受父親影響對筆硯發生過濃厚興趣，於是跟陶生練起字來。生喜出望外，自是認真指點。他倆影響秋容也躍躍欲試，而生亦手把手教之。於是故事到這裏也易了風格，由初時的嘻哈戲鬧轉而莊重端肅了。又於是，二麗鬼敬陶生為師，不但跟他練字，還樂於聽他談詩論文了。這麼着，他如同收了兩名女學生，三人成了師生關係。

「小謝又引其弟三郎來（招之即至的又多出了個三郎，且亦是鬼少年。小謝姐弟緣何都成早夭之人，並無交代，未免唐突），年十五六，姿容秀美。以金如意一鈎為贄。生令與秋容執一經，滿堂咿唔。生於此設鬼帳焉。部郎聞之喜，亦時給其薪水。積數月，秋容與三郎皆能詩，時相酬唱。」

古代的詩，大抵可以當歌來唱，此處又獲一佐證也。

以金如意為學費，交者誠意，收者坦然，師生關係蠻正式的。二麗鬼還互生小妒，暗中較勁，不但各自好強上進，課罷還搶着為老師揉肩、捶腿、推腰，就差沒進行足底按摩了。一言以蔽之，她倆都爭着朝「三好學生」方面努力。這一情節發展看似陡然，細細一想，其實也極自然，符合規定情境中的生活。

三郎的出現雖然未免唐突，但蒲氏的構思在此篇也顯示了周到的一面，即對「部郎」的提及。那兩句十一個字，即表揚了部郎是一位「好幹部」，不將發生在自己廢第中人鬼結誼的現象視為邪事而粗暴干預，還實行贊助，端的開明厚道也。同時，也寫了陶生工作和收入的可持續。否則，人鬼四口子的日常開銷，「一鈎金如意」賣了是不夠用的，故事也就陷入瓶頸了。僅十一個字，使必然產生的疑問得到了順理成章的預告。

情節接着又有了極富戲劇性的變化——陶生赴考，因「好以詩詞譏切時事，獲罪於邑貴介（與「界」同），日思中傷之。陰賄學使，誣以行簡（涉嫌作弊），淹禁獄中。資斧絕，乞食於囚人，自分已無生理」。

於是，故事風格轉向了苦情敘事。

老師有難，鬼弟子們豈有袖手旁觀之理？

營救行動急迫開始——三郎與秋容代師四處鳴冤。秋容入獄使師知曉，再去打探音信，竟一去不返。

「忽小謝至，愴惋欲絕，言：『秋容歸，經由城隍祠，被西廊黑判強攝去，逼充御媵。秋容不屈（見貞骨也），今亦幽囚。妾馳百里，奔波頗殆；至北郭，被老棘刺吾足心，痛徹骨髓，恐不能再至矣。』因示之足，血殷凌波焉。出金三兩，跛踦而沒。」

絕境逢生，峰迴路轉。三郎的狀子引起了重視，我們的男主人公由而獲釋了。

歸居處，「更闌，小謝至」。她說，三郎被神吏押赴冥司，冥王因三郎義，使託生富貴人家了，而「秋容久錮，妾以狀投城隍，又被按閣，不得入」。

正是，冥王雖不乏仁心，下級鬼官鬼吏卻多行不義。

陶生不禁又生憤慨，誓言天明即搗毀城隍塑像。

秋容卻恰在此時出現了，泣曰：「今為郎萬苦矣！判日以刀杖相逼，今夕忽放妾歸（大概因為風聞了冥王的惻隱決定），曰：『我無他意，原以愛故；既不願，固亦不曾污玷。煩告陶秋曹，勿見譴責。』」、「生聞少歡，欲與同寢，曰：『今日願與卿死。』二女戚然曰：『向受開導，頗知義理，何忍以愛君者殺君乎？』執不可。然俯頸傾頭，情均伉儷。」

直至彼時，人鬼尚無性的關係。情濃之際，唯肌膚相親耳。女人愛男人至極，非奉獻身體不足以明心；男人愛女人至極，則雖死可也。一人二鬼，陰陽相剋，真若性愛一番，確關乎陶生性命也。

然好事雖多磨，多磨亦每促成好事，只不過條件尚未具備。

首先，「二女以遭難故，妒念全消」。

之後陶生偶遇一位道士，先言其「身有鬼氣」，繼言「二鬼大好，不宜相負」。

彷彿「偶遇」，分明是上仙前來玉成。

於是，秋容先獲超脫，附富室亡女之體轉生了。這麼一來，生成了女婿。洞房花燭夜，仍是鬼女的小謝隱至，「哭於暗陬」。一對新人陪着落淚，哪還有心思顛鸞倒鳳行枕席之歡呢？

陶生便依秋容之言，再往求道士，遂使小謝也轉生了。又於是，二女同嫁，生併娶，得一對佳麗嬌妻。出人意表的是，「生應試得通籍」，不但獲得了高等文憑，還被同屆好友認出小謝竟是自己夭亡的妹子。從此，陶生便有了兩門都是富戶的岳家，過上了幸福美滿如神仙的日子，實現了一介布衣的「中國夢」。

若論內容的豐滿，情節的一波三折，此篇實勝《嬰寧》一籌。《嬰寧》在刻畫人物方面固然很精彩，然《小謝》此一點卻也不遜。但《嬰寧》內容單薄，若改編為電影，結論大分明矣。如此，前者難夠半集，而後者則無須怎樣補充，便可拍得時滿事足也。

此等人鬼故事，創作它有什麼意義呢？

對蒲氏而言，意義肯定是有的 —— 人間永遠需要對真愛的講述，也永遠需要對「仁」、「義」二人性原則的頂禮。陶生對二麗鬼始終是仁愛有加的；二麗鬼對他也做到了銜恩必極，雖千辛萬苦卻無怨無悔。如此，雙方都為對方表現得仁至義盡。

蒲松齡的自我療癒

在蒲氏那兒，另有一種個人創作意義的實現感——不要忘了，他本人便是清貧的教書匠，唯以設帳授學為業的不得志秀才。若幸收小謝、秋容那樣的麗鬼弟子，不但美妻成雙，而且一輩子的生活問題也不再是個愁了。一下子有了兩位是富翁的老丈人，那還為生活愁個什麼勁呢？兩位美妻也不許他再愁呀！整天面對美女，多養眼啊！心情好，吃嘛嘛香身體也會好的。其實，蒲氏可是個身體一向不怎麼好的文化人，而這是長期鬱悶造成的。科舉這條道歧視般地排斥他，屢屢落榜是他心口難以啟齒的疼，而《小謝》不啻是他為自己研製的「創口貼」——在想像中衣食無憂，美妻成雙，都愛聽他評詩論文。那麼，他完全可以讓科舉見鬼去了！

作家不但以文學療人、療社會，也每以文學療自己——這是關於作家與文學的關係的真相之一。但後一種真相往往被忽略，一向不怎麼被研究的。

都道是——蘇軾以「不應有恨，何事長向別時圓？但願人長久，千里共嬋娟」這樣的詩句療彼弟思兄的深切苦緒，療人間骨肉牽掛之幽情。其實，他也是同樣思念弟弟的呀，他內心對世態炎涼、義缺誼薄的現狀是很失望的呀！所以，他也是在以一首《水調歌頭．明月幾時有》療自己的憂傷。

如果說蒲松齡背朝寒壁、面對青燈在寫《嬰寧》時只不過是專執一念地想要創作一篇好小說，那麼在構思《嬌娜》時便已在嘗試療自己之積鬱成疾的心病了。同時，他希望自己的小說亦能是許多與自己同命運的人的「創口貼」。

《嬌娜》的故事是這樣的——「孔生雪笠，聖裔也。為人蘊藉，工詩。有執友令天台，寄函招之。生往，令適卒。落拓不得歸，寓菩陀寺，傭為寺僧抄錄。寺西百餘步，有單先生第。先生故公子，以訟蕭條，眷口寡，移而鄉居，宅遂曠焉。一日，大雪崩騰，寂無行旅。偶過其門，一少年出，丰采甚都。見生，趨與為禮，略致慰問，即屈降臨。生愛悅之，慨然從入。屋宇都不甚廣，處處悉懸錦幕，壁上多古人書畫。案頭一冊，籤曰『瑯嬛瑣記』。翻閱一過，皆目所未睹。」

此段傳達三個信息：第一，少年氣質好，所謂「腹有詩書氣自華」；第二，乃書香人家，且主人尚文藝而崇古；第三，少年所讀格調異雅，連工詩的孔生也「目所未睹」。

少年熱情好客，孔生樂於陪談，有共同語言。兩個喜讀之人，對話不消數語，便知對方腹中知識的成色矣。

少年很同情他的遭遇，勸他設帳收徒。

孔生回答，像我這等落魄者，誰肯做我的學生呢？

少年便說，如果不嫌我質淺唐突，我願拜您為師啊！

「生喜，不敢當師，請為友。」

進而了解到，少年一家非當地人，更非單氏子弟，只因單府久曠，而自家焚於野火，遂在那裏暫借安頓。

當晚，二人談笑甚歡，都以相識為幸，於是孔生就住下了，且與少年同床。

忽然，人家老父親來了，「白髮皤然，向生殷謝曰：『先生不棄頑兒，遂肯賜教。小子初學塗鴉，勿以友故，行輩視之也。』已而進錦衣一襲，貂帽、襪、履各一事」。

接着，設拜師宴，甚為重視。

「酒數行，叟興辭，曳杖而去。餐訖，公子呈課業，類皆古文詞，並無時藝。」

此處所言「時藝」，指科考必學內容耳。

問之，笑云：「僕不思進取也。」

這話弦外有音，明寫其對「進取」的態度，卻隱含對科舉的不以為然。

少年又曰：「今夕盡歡，明日便不許矣。」

這話也有分教，證明了家風的嚴謹。

就是在此一晚，孔生見到了其家之婢香奴，頗懷愛意。

少年是聰明人，於是笑言：「兄曠邈無家，我夙夜代籌久矣。行當為君謀一佳偶。」

孔生便說，但願容貌如香奴般姣好。

少年說，您要求不高呀，那您的願望太容易實現了！

這一片段，乃為嬌娜的出現作鋪墊，誠所謂以雉襯鳳之筆法。

「時盛暑溽熱，生胸間腫起如桃，一夜如碗，痛楚呻吟。」

「又數日，創劇，益絕食飲。」

少年及父，自是朝夕省視，着急上火的。

在此種情況之下，少年的妹妹嬌娜走親戚回來了，年約十三四，端的是天生麗質，如出水芙蓉、帶露桃花，聰穎且穩重。陪歸的，還有兄妹倆的姨表姐阿松。

嬌娜善外科手術，於是刃落病除。

「公子最慧，過目成詠，二三月後，命筆警絕。」

孔生自見嬌娜後，「懸想容輝，苦不自已。自是廢卷癡坐，無復聊賴」。

為人師者，單戀上了學生的妹妹。

學生看在眼裏，慰解道：「我已經為老師物色到一位佳偶了。」

老師卻說：「不必了。」

「面壁吟曰：『曾經滄海難為水，除卻巫山不是雲。』……」

學生只得明告：「家君仰慕鴻才，常欲附為婚姻。但只一少妹，齒太稚。有姨女阿松，年十八矣，頗不粗陋。」

前邊提到《嘉平公子》一篇，講一麗狐慕其世家子弟之名，主動委身，及發現其胸無點墨，鄙而速去，且言：「有婿如此，不如為娼。」這裏，「家君仰慕鴻才」一句，再次證明了狐族欲嫁女的原則是很強的：一要人品好，二要才貌雙全。不似人類，以攀龍附鳳為榮，只要是大家子，人品如何，是否俗到骨子裏的俗人，便都不考慮了。

人家妹子確實尚不到談婚論嫁的年齡，孔生又不便預訂，也就只有徒喚奈何了。及見了阿松，竟與嬌娜之美不相伯仲，遂亦大悅矣。

於是，成如願婿也。

情況忽有變故，「單公子解訟歸，索宅甚急」。

學生一家必須遷離了。老師也即表姐夫願從去，而學生勸之返鄉。

老師因路途遙遠，且無盤資，面有難色。

學生卻說：「勿慮，可即送君歸。」

由師生關係而近親了，「太公」以黃金百兩相贈。對一般人，其數可至富也。

「公子以左右手與生夫婦相把握，囑閉目勿視。飄然履空，但覺耳際風鳴，久之曰：『至矣。』啟目，果見故里。始知公子非人。」

阿松確乎賢妻孝媳，「艷色賢名，聲聞遐邇」。

後，我們的男主人公也中了進士，服了官政。不久卻以諫直指，被罷了官。偕妻同返途中，偶遇學生，還有初戀人兒嬌娜——實為單相思之美少女也。此時之嬌娜，已嫁作人婦矣。久別重逢，雙方自是互動感情。老師雖知學生一族非人，但已親如一家，且已與學生成為思想知音了，自然那種親反而尤勝人與人的關係。勿忘，當初學生可是說過「僕不思進取也」一語的。想那做了人家表姐夫的老師，此時回憶起來肯定欲說還休。狐類無功名心，只不過有成仙的追求。中了進士又怎樣，做了大官又怎樣？倘遇昏君當朝，奸臣霸道，若不趨炎附勢，下場好的又有幾人呢？這麼一想，追求成仙，不是比角逐功名還明智些嗎？

於是，老師就在學生也是親戚家小住下了，為敘別情，為祛悶緒。

忽一日，學生「招一家俱入，羅拜堂上。生大駭，亟問。公子曰：『余非人類，狐也。今有雷霆之劫。君肯以身赴難，一門可望生全；不然，請抱子而行，無相累。』」。

「以身赴難」四字，重如泰山也，可謂「直教人生死相許」。

「生矢共生死。」——「矢」，同「誓」。

「乃使仗劍於門，囑曰：『雷霆轟擊，勿動也！』生如所教。」

接下來，所見所聞，所覺所感，恐怖非頂天立地之猛士所能堅持也。

「生目眩耳聾，屹不少動。忽於繁煙黑絮之中，見一鬼物，利喙長爪，自穴攫一人出，隨煙直上。瞥睹衣履，念似嬌娜。乃急躍離地，以劍擊之，隨手墮落。忽而崩雷暴裂，生仆，遂斃。」

當然，蒲松齡是不會讓男主人公就這麼一死了之的，那就成了悲劇故事了。蒲松齡筆下的愛情故事，無一悲劇。最終，真愛總是會有好結局的，善也總是會有善報的。用評論說法，是「給人以希望」；用時下說法，叫「具有正能量」。

不但嬌娜獲救了，而且狐一族都保住了性命。

勇哉孔雪笠！以一介書生之軀，揮劍鬥猙獰之惡神，其泰山石敢當之舉，胡不令人欽敬耶？

嬌娜救活了他。

但，嬌娜自己成了年輕寡婦，其夫吳郎家同日遭劫，一門俱沒。

尾聲——「同歸之計遂決。生入城，勾當數日，遂連夜趣裝。既歸，以閒園寓公子，恆反關之；生及松娘至，始發扃。生與公子兄妹，棋酒談宴，若一家然。小宧（其子）長成，貌韶秀，有狐意。出遊都市，共知為狐兒也。」

「異史氏曰：『余於孔生，不羨其得艷妻，而羨其得膩友也。觀其容可以忘飢，聽其聲可以解頤。得此良友，時一談宴，則『色授魂與』，尤勝於『顛倒衣裳』矣。」

竊以為，蒲松齡之「良友勝艷妻論」，言不由衷也。「艷妻」已成事實，心中仍戀別美，遂有此議耳。

但，在此篇中，他的出世思想已露端倪矣。他的失意文人夢 —— 家宅不必闊綽，夠住就行；生活不必奢侈，豐衣足食可耳。漂亮之妻是必須有的，但這是起碼的。若如願以償，最好還要多一靚友，並且若是初戀人兒，又有層至近的親戚關係，隨時便能見到，見到能無拘無束地相處，則美滿了。不，似乎還缺什麼。什麼呢？對了 —— 像嬌娜的哥哥皇甫公子這樣一位能與之進行男人和男人之間的高端思想交流的知音，也是少不得的。過哉，松齡！

如此文人之人生，誰又不想過上一生呢？

但，若非高官富賈，豈不是夢想嗎？

然如此美夢，乃古時候一代又一代的科舉場上連年落榜的文人們的共同夢想。美夢做過了也就做過了，做多了反而有礙身心健康。但將美夢寫成小說給人看，因為體現了文學本身的吸引力，滿足了欣賞願望，於是另當別論，既可澆自己心中塊壘，亦慰千萬人精神苦情也。

孔雪笠者，全部《聊齋》故事中唯一有幾分俠氣概的書生人物也。

這是我也比較喜歡的方面。

《聊齋》中有一篇為《聶政》。

講的是：某王侯稱雄一方，「時行民間，窺有好女子，輒奪之」。某生妻，為王所睹，命惡僕闖入家門，女子號泣不服，強擄而去。其夫隱聶政墓後，冀妻經過，得一遙訣。結果被發現了，遭毒打。「忽墓中一丈夫出，手握白刃，氣象威猛，厲聲曰：『我聶政也！良家子豈容強佔 …… 寄語無道王，若不改行，不日將抉其首！』眾大駭，棄車而走。丈夫亦入墓中而沒。」

聶政者，古之俠也。《史記》之《刺客列傳》中載有其名。

書生而不能為官，不能為官所庇，倘亦非名胄世家子弟，遭惡勢力欺凌之時便可悲可憐可嘆，亦如芸芸眾生也。

與這個文人相比，孔雪笠拯救狐一族時，如聶政也。

但，若他所面對的不是天上惡神，而是人間霸王，肯定再逞能也救不成了，結果只有白搭上自己的命。

惡官歹吏狠僕之兇惡，惡於兇神惡煞。—— 蒲松齡的筆，見縫插針地總是會暗道此點。

這是他的勇敢，也是他像孔雪笠一樣可敬的一點。

《青鳳》是蒲松齡自己也喜歡的一篇。

何以見得？

因為他在某一篇故事中，借人間未婚女子之口說「自幼喜讀《青鳳》」。

蒲松齡偏愛《青鳳》哪幾方面呢？

此篇雖名為《青鳳》，其實對於女狐青鳳的形象塑造並無特別值得點評之處。她也不過就是一隻被愛的女狐罷了，由被愛後來被救。其幸運乃是，因她自己被愛，唯一的長輩也是監護人的叔父亦獲救。同時，她們那一族狐從此有了安全的居所。她們被救的過程，不似孔雪笠救嬌娜一族狐狸那麼驚心動魄。對於深愛青鳳的耿生耿去病，不過倘願遂成之事耳。

實際上，比之於青鳳，此篇在耿生身上的筆墨反而更多些，若將篇名改為《耿去病》，似乎更順理成章一些。但也確乎的是，《青鳳》比《耿去病》陰柔雋永也。

《聊齋》之愛情故事的寫法，大抵是雙重視角的結構法，也大抵從男性寫起。作者用文字引導讀者了解一男性，再由該男子從其視角引導讀者看一女性。雙重視角也不是多麼難能的寫法，恰是較普遍寫法，與並行的寫法及兩者交織的寫法、始終主觀講述的寫法，同為小說之四種基本敘事法，古今中外慣用。

耿生，耿去病，乃大戶人家從子即姪子，「狂放不羈」，然而腹中還是有些學問的。若無後一點作為資本，前一點與「二杆子」沒區別了。

耿氏，「第宅弘闊。後凌夷，樓舍連亙，半曠廢之。因生怪異，堂門輒自開掩，家人恆中夜駭嘩。耿（去病伯父）患之，移居別墅，留一老翁門焉。由此荒落益甚，或聞笑語歌吹聲」。

去病則「囑翁有所聞見，奔告之」。

某夜，又有情況了——「生欲入覘其異。止之，不聽。門戶素所習識，竟撥蒿蓬，曲折而入。登樓，殊無少異，穿樓而過，聞人語切切。潛窺之，見巨燭雙燒，其明如晝。一叟儒冠南面坐，一媼相對，俱年四十餘。東向一少年，可二十許；右一女郎，裁及笄耳。酒胾滿案，圍坐笑語。

「生突入，笑呼曰：『有不速之客一人來！』

「群驚奔匿。

「獨叟詫問：『誰何人入閨闥？』

「生曰：『此我家閨闥，君佔之。旨酒自飲，不一邀主人，毋乃太吝？』

「叟審睇曰：『非主人也。』

「生曰：『我狂生耿去病，主人之從子耳。』

「叟致敬曰：『久仰山斗！』乃揖生入，便呼家人易饌……」

人家那長者是「儒冠叟」，證明人家肚子裏也是大有學問的。那麼，「久仰山斗」四字，也證明人家除了他的狂放不羈，對他的文名亦早有所聞。否則，單憑主人從子身份，人家不會那麼尊敬他、禮遇他的。

古時書生文人沒名片，所謂文名，如第二生命也。

那耿去病亦不見外，人家一敬酒，不但擎杯便飲，還說：「咱們兩家分明就如一家嘛，一家人還避見個什麼勁呢，將您全家都叫來唄。」

於是，人家先將兒子喚出來陪飲了，那雅公子乳名孝兒。

「生素豪，談論風生（有才學墊底兒嘛），孝兒亦倜儻；傾吐間，雅相愛悅。」

正是，你說得出，我接得上，不至於冷場陷於牛琴之尬。一談得攏，便結了蘭義。去病二十一歲，長孝兒兩歲，遂以兄弟論。

老狐問：「聽說貴祖上編過《塗山外傳》，您也知其一二嗎？」

生得意地回答：「當然囉。」

老狐說：「我們一族正是塗山苗裔呀，唐以後譜系尤能憶之，五代以上失傳了。請垂教。」

去病略述塗山女助禹治水之功，「粉飾多詞，妙緒泉湧」。—— 肚子裏有貨，口才也好。顯然的，吃着人家的，喝着人家的，亦甚通趣，不無取悅之心。

難道他對那「塗山苗裔」之說法深信不疑嗎？

才不是。

他早已猜到那是一窩子狐狸精了，但心中明鏡兒似的，不置一詞，只管說順水推舟的話而已。

「叟大喜，謂子曰：『今幸得聞所未聞。公子亦非他人，可請阿母及青鳳來共聽之，亦令知我祖德也。』」

至此，寫出了一位不但狂放不羈，而且襟懷坦蕩，直面群狐無拘無懼，談笑自若，一視同仁，以自己的平等、幽默儘量使狐族各位也輕鬆愉快的書生。

他的心性，肯定為蒲氏所喜歡無疑，也肯定有他在現實中所無法效仿的方面。蒲松齡的一生，因為心心念念從沒真的放棄過對仕途的追求，其實言行謹束，活得挺抽巴也挺擰巴的。

耿去病身上，既有他自己的理想人格的影子，也有與他同病相憐的一大批文人的理想人格的影子。

我們讀者閱至此處，也會蠻喜歡耿去病那種瀟灑不偽的性格的。「去病」二字，意味深長也。

於是，青鳳出現了。

生「審顧之，弱態生嬌，秋波流慧，人間無其麗也」。

聊齋先生筆下之美女，寫來寫去總是那樣一些文字，這是其修辭老套的一面。所幸，他寫她們性格時，每能做到桃紅柳綠，各有風姿，各美其美。

儒叟老狐為什麼也要請出姪女呢？

因為她「頗慧，所聞見，輒記不忘，故喚令聽之」。

「（生）瞻顧女郎，停睇不轉。女覺之，俯其首。生隱躡蓮鈎，女急斂足，亦無慍怒。」

「隱躡蓮鈎」這一小動作，顯然與前面耿去病的形象有些不合。

但依蒲氏想來，必屬小節，而且完全可以理解 —— 窈窕淑女狐，君子亦好逑。「食色性也」，天道允焉，人性容焉。狂放不羈如耿去病者倘見「人間無其麗」之美女而反應不異，那還是他嗎？

果然，「生神志飛揚，不能自主，拍案曰：『得婦若此，南面王不易也！』媼見生漸醉，益狂，與女俱去。生失望，乃辭叟出。而心縈縈，不能忘情於青鳳也」。

原來，他是有婦之夫，「歸與妻謀，欲攜家而居之，冀得一遇。妻不從，生乃自往，讀於樓下」。「夜方憑几，一鬼披髮入，面黑如漆，張目視生。生笑，染指研墨自塗，灼灼然相與對視。鬼慚而去。次夜更深，滅燭欲寢，聞樓後發扃，闢之閛然。生急起窺覘，則扉半啟。俄聞履聲細碎，有燭光自房中出。視之，則青鳳也。驟見生，駭而卻退，遽闔雙扉。」

耿去病跪下哀求道：「我不怕鬼不怕邪地搬到這種雜草叢生的地方住，還不是為了再見到你青鳳一面嗎？趁這會兒周邊沒人，你就是能讓我握一下手，我也死而無憾了呀！」

這話不但符合事實，也頗能打動女子之心。

那青鳳則在門內說：「這我知道的呀，但我叔父對我管得甚嚴，不敢與你發生愛情關係呀！」

耿去病說：「我也沒敢奢望肌膚之親啊，僅讓我好好欣賞一番你的美還不行嗎？」

此時，再不開面兒的女子，也會心軟的。何況，她對他也一見鍾情，於是墜入愛河了。

她便開了門，將他拉了進去。

「生狂喜⋯⋯擁而加諸膝。女曰：『幸有夙分，過此一夕，即相思無益矣。』問：『何故？』曰：『阿叔畏君狂，故化厲鬼以相嚇，而君不動也。今已卜居他所，一家皆移什物赴新居。而妾留守，明日即發。』言已，欲去，云：『恐叔歸。』生強止之，欲與為歡。」

誰都看得出來，人家青鳳並未失去理智，而耿去病卻不管不顧了。到了這份兒上，男人個個如此。何況他「病」已重焉，非達目的難「去」之矣。

「方持論間，叟掩入。女羞懼無以自容，俯首倚床，拈帶不語。叟怒曰：『賤婢辱吾門戶！不速去，鞭撻且從其後！』女低頭急去，叟亦出。尾而聽之，呵詬萬端，聞青鳳嚶嚶啜泣。生心意如割，大聲曰：『罪在小生，與青鳳何與？倘宥鳳也，刀鋸鐵鉞，願身受之！』」

一恢復了理性，耿去病又是耿去病了，亦復可愛矣。

「良久寂然，乃歸寢。」

從此，宅院中再無異事異聲了。

他叔叔聽了他的經歷，很同情他的相思之苦，以便宜的價格將宅院賣給他了。

「生喜，攜家口而遷焉。居逾年，甚適，而未嘗須臾忘鳳也。」

故事至此即將結束，尾聲簡單圓滿，一如姐妹篇那般令人愉快——耿生偶在城郊路上見猛犬逐狐，其一擇荒逃去，另一隻逃已不及，向生伏首哀救。耿生惻隱，抱起於懷。歸宅至榻上，轉眼變為青鳳。正是：踏破鐵鞋無覓處，得來全不費工夫。

那逃走的一隻，乃青鳳貼身丫鬟。青鳳推斷，其向她叔父、兄長的報告必是——青鳳已喪命矣。那麼，他們也就會當她不在了，他和她，便可自作主張——有情人終成眷屬了。他雖有妻室，她卻十分懂事，從不爭名分。

又不久，青鳳的哥哥深夜出現在耿生的書房，一見即跪，哀求耿生救他父親。救法已很容易——明日某公子狩獵歸時，獵物中必有一褐色老狐，要下即可。

耿生與某公子有世交，那是一句話的事。耿生想到自己曾受那老狐呵斥，冷拒之。但也只不過是為了挽回面子，實際上卻極為重視，第二天便將青鳳她叔也救了。

如此一來，耿去病沒費什麼周章便成了一門子狐的大恩人。他很豪爽，開通，誠邀一門子狐久住他的別院中。

耿生嫡出子到了該識字的年齡，青鳳她哥擔任起了蒙學先生的角色。那狐大舅子亦飽學之狐，教的又上心又得法，使學童進步飛快，估計日後出息大了。

對於一個二十多歲的男人，還有比這更幸運的緣分嗎？狐有狐招，從此日常生活之入項開銷，也全不必他操心過問了。

聊齋先生沒提到快樂不快樂的只有一人，便是耿妻。若她快樂着丈夫的快樂，那麼便皆大歡喜了；倘偏想不開，也就只有隨她獨不樂也。耿去病本一狂生，嫁給狂生凡事須早有思想準備，我們也只有但願她能往開了想了！

《嬰寧》、《嬌娜》、《小謝》、《青鳳》四篇故事之人物聯繫，或一書生愛上了一狐女；或二鬼女同時愛上了一書生；即使《嬌娜》中的孔雪笠雖與兩位狐女發生了感情，實際上也只能一為佳妻一為俊友，不能同時為鸞鳳關係；似乎這種不能，在聊齋先生那兒是種遺憾，所以才有了《小謝》，使陶生不但得以實現左擁右抱的無憾之愛，且二鬼女亦相親相愛，如姐妹共嫁。不過，二鬼女畢竟屬同類，說到底還是一場人鬼戀。

某一書生，是否可能同時與一狐一鬼發展一場生死戀呢？

這在創作上也未免顯得太任性了。

但蒲松齡的想像，彷彿偏愛朝任性的方面想入非非，而且創作之「初心」越任性，結果反而越和諧美滿，越理想化。這一點或可曰之為蒲氏關於愛情的「任性的理想主義」。

於是，我們作為讀者，便又能從《聊齋》中讀到《蓮香》一篇了。

美狐蓮香

蓮香，狐美女的名字。

她愛上的書生，姓桑，名曉，字子明。

她為什麼就會愛上他呢？

因為他「少孤」—— 這樣的書生，每令狐美女們心生同情，產生憐愛。女狐的母性，有時比人類更容易發揚光大。

「桑為人靜穆自喜，日再出，就食東鄰，餘時堅坐而已。」—— 也就是說，像書癡，徹夜苦讀，天亮了，便到鄰家蹭口飯吃。

這種典型的具有定力且行為規矩的書生，每引起狐美女的敬意。

「東鄰生戲曰：『君獨居，不畏鬼狐耶？』笑答曰：『丈夫何畏鬼狐？雄來吾有利劍，雌者尚當開門納之。』⋯⋯」

既說出這等豪言壯語，別人就要對他進行惡搞了 —— 當夜，彼們用梯子幫一名妓女翻牆而過，並讓其敲他窗。

他問：「誰？」

妓女答：「鬼也。」

「生大懼，齒震震有聲。妓逡巡自去。鄰生早至生齋，生述所見，且告將歸。鄰生鼓掌曰：『何不開門納之？』生頓悟其假，遂安居如初。」

某些話，由某些人口中說出，儘管是戲言，那也會引起大小事端的，所謂尷尬人難免尷尬事。

不久後的又一個午夜，有人再次以指彈扉。

桑生以為又是壞小子們捉弄自己。「啟門延入，則傾國之姝。驚問所來，曰：『妾蓮香，西家妓女。』埠上青樓故多，信之。」

既然又是壞小子們的故伎重演，桑生也就不端着斯文的架子了，那還客氣個什麼勁呢？何況對方並非鬼狐，不過是青樓女子而已，且是佳麗。

於是，「息燭登床，綢繆甚至。自此三五宿輒一至」。

但這一位「傾國之姝」，真狐仙也。人家對他那句「雌者尚當開門納之」的戲言，認了真了，慕名而來。

不論女鬼女狐，一向都是親近書生文人的，在《聊齋》中大抵如此。

「一夕，獨坐凝思，一女子翩然入。生意其蓮，承逆與語。覿面殊非，年僅十五六，嚲袖垂髫，風流秀曼，行步之間，若還若往。」

燭光不亮，細看非蓮香。「大愕，疑為狐。女曰：『妾良家女，姓李氏。慕君高雅，幸能垂盼。』」

但凡是一個男人，聽了那麼一番表白，哪裏還忍心拒絕她的投懷送抱呢？

「生喜，握其手，冷如冰，問：『何涼也？』曰：『幼質單寒，夜蒙霜露，那得不爾。』既而羅襦衿解，儼然處子。女曰：『妾為情緣，葳蕤之質，一朝失守。不嫌鄙陋，願常侍枕席，房中得毋有人否？』生云：『無他，止一鄰娼，顧不常至』。女曰：『當謹避之，妾不與院中人等，君秘勿泄。彼來我往，彼往我來可耳。』雞鳴欲去，贈繡履一鉤，曰：『此妾下體所着，弄之足寄思慕。然有人慎勿弄也！』…… 越夕無人，便出審玩。女飄然忽至，遂相款昵。自此每出履，則女必應念而至。異而詰之。笑曰：『適當其時耳。』…… 」

對世間男子而言，艷福乃仙羨之福。因為人一成仙，便超脫了「食色性也」的人類俗欲，雖可長生不死，亦算有得有失吧。想那桑生，本也不過是凡夫俗子身，忽地桃花之運接踵而來，可謂艷福大大的，其幸運顛覆了「福無雙至」的民間經驗，其美事也照應了「禍不單行」的墨菲定律。

蓮香已是狐也，自言是「良家女」者，實為早夭的李通判之鬼女。一狐一鬼黏他，即使都是出於「耍朋友」的好意，絕無危害之心，但對他那書生的小身板，終究是不利的。何況，單就人類而論，房事勤亦必至腎虧。沒過多久，病態顯現了。

「一夜蓮來，驚曰：『郎何神氣蕭索？』生言：『不自覺。』蓮便告別，相約十日。去後，李來恆無虛夕。問：『君情人何久不至？』因以相約告。李笑曰：『君視妾何如蓮香美？』曰：『可稱兩絕，但蓮卿肌膚溫和。』李變色曰：『君所謂雙美，對妾云爾。渠必月殿仙人，妾定不及。』因而不歡。」

那小女鬼居然還是醋罈子，須我們的桑生哄着愛，愛着哄。愛是考驗愛心的累活兒，如此這般地愛着雙美，夠累的。

十日後蓮香來了，起初還談笑甚洽，及寢，大驚失色，審問道：「身子掏空到這種地步了，敢說絕無第三者插足？」

桑生狡辯。

蓮香數落他：「我以神氣驗之，你的脈象拆拆如亂麻，這明明是鬼症嘛。你不說實話，我不跟你親熱了！」

蓮香賭氣而去。

次夜小女鬼來了，說你的蓮香昨夜在時我偷看到她了，人間哪有那麼漂亮的女子呢！我尾隨之，發現她住在南山一個洞裏，是隻狐狸呀！

桑生認為她是出於妒意才那麼說的，不信。

小女鬼再來時，蓮香也偷看，驚走了對方。蓮香對桑生說：「你呀你呀，處境危險了！她果然是女鬼呀！你要是再不離她遠點兒，小命不保了！」

桑生也以為她是出於妒意而誹謗。

第二夜，蓮香帶來了藥，逼桑生服下。片刻，桑生便覺神清氣爽。她夜夜與他同眠，卻不行房，即使他強烈要求也沒用。十幾天後，桑生身體復原了。

她千叮嚀萬囑咐地告誡他，絕不能再與那小女鬼有染了。

但是那小女鬼一至，桑生還是難以拒之榻下。

蓮香再來，怒道：「你真想找死嗎？」

桑生說：「你認為她是鬼，她還認為我之前生那場病，是由於被狐所祟造成的呢！」

蓮香嘆道：「你執迷不悟，我也有口難辯了。一百天後，我再來看你那時怎樣了吧！」

狐說鬼害人，鬼言狐亂性 —— 對於桑生，孰狐孰鬼，他是都不信的。他倒也不是一個貪色不要命的主兒，而只不過是一介癡情書生而已。狐也罷，鬼也罷，既都對他一往情深，他也就哪一個的心都不願傷害。在一夫多妻尚屬常態的古代，不能非說他一心兩愛是多麼不道德吧。

兩個月後，他真的病入膏肓了，每天只喝得下一碗鄰生派僕人送給他的稀粥了。直至此時，他才起了疑心，對「良家女」說：「吾悔不聽蓮香之言，以至於此。」

說完，昏過去了。

再睜開眼時，「良家女」已不在了，自是遂絕。

於是，他陷入了無人照料的可憐境況。

到了這時，每「羸臥空齋，思蓮香如望歲」。

一日，朝思暮想的人兒來了。

蓮香說：「你已奄奄一息，我沒法醫救你了。但畢竟相愛了一場，是來告別的。」

桑生哭着說：「是非已明，只能請求你的原諒了。我枕下有一樣東西，煩你代我毀了吧！」

蓮香剛一從枕下摸出那小女鬼的鞋子，小女鬼不由自主地現身了。見蓮香在，想逃，被蓮香堵住了門。桑生數落她，她愧無言答。蓮香質問之，「即投地隕泣，乞垂憐救」。小女鬼的反應，證明她還沒有什麼鬼的能耐，自知在年長於自己且還修煉出了某些狐道行的蓮香面前是弱者，只有承擔後果，接受懲罰的下場。

但小女鬼也非全然無話可說。

她如此為自己辯白：「（妾）早夭，瘞於牆外。已死春蠶，遺絲未盡。與郎偕好，妾之願也；致郎於死，良非素心。」——「瘞」，掩埋。

那麼，自從桑生就讀於此院中，她這小孤魂便似乎有了一位陽世的異性伴兒了。雖陰陽相礙，卻可聞其聲，可見其形，久而久之，自然便生鬼情也。何況，生曾有言「雌者尚當開門納之」。而且呢，在陰間無友，或有親人，也不知到哪裏去尋，孤獨無依，斗膽向陽間來獲得溫暖，似亦可諒解。

聽了小女鬼的辯白和陳述，桑生不那麼怨恨她了，蓮香也起了惻隱之心。

此處有一個問題需要說清楚 —— 按當下的常識，十五六尚是少女，二十歲方可通婚，於是桑生的行為起碼違反法律。若發生在當代，絕對是該判刑法辦的。但在蒲松齡的那個時代，女子十六歲即可明媒正娶嫁作人妻了，故桑生與其發生性關係也不是男人品格多麼大的污點。

蓮香對她一惻隱，也像桑生一樣不計前嫌了，反以長姐的資格對她諄諄教導起「房事須知」來。

蓮香說：「小妹妹，你腦子進水了呀！夜夜為之，人且不堪，何況鬼耶？你陰氣那麼重，做愛頻頻，不要了他的命才怪了呢！」

小女鬼反問：「狐與人做愛不是也會害人嗎？姐姐，你靠什麼方法避免的呢？」

「蓮曰：『是採補者流，妾非其類。故世有不害人之狐，斷無不害人之鬼，以陰氣盛也。』生聞其語，始知狐鬼皆真。幸習常見慣，頗不為駭。」

於是，狐姐鬼妹接下來就該發揚人道主義精神了 —— 救人要緊。

百日內，蓮香採藥於三山，物料早已備齊。再加上她是修成了仙丹的狐，以丹反覆哺之，桑生性命保全矣。對於蓮香，那如同武林中人以氣功療人，對自身的損耗也是很重的。故結論是，其對桑生的愛，是不惜做出犧牲的。

小女鬼所能做的，無非便是在接下來的日子裏「每夕必至，給奉殷勤」，如同小阿姨那般。她「事蓮猶姊，蓮亦深憐愛之。居三月，生健如初。李遂數夕不至；偶至，一望即去。相對時，亦悒悒不樂。蓮常留與共寢，必不肯。生追出，提抱以歸，身輕若芻靈。女不得遁，遂着衣偃臥，蜷其體不盈二尺。蓮益憐之，陰使生狎抱之，而撼亦不得醒。生睡去，覺而索之，已杳」。

蓮的狐體既於生無患，甚至還有些益處，二人自可仍以夫妻般關係處。之間夾一個小女鬼，明擺着她的嬌小鬼軀陰氣還盛，那兩位實際上是不知拿她如何是好。但人、鬼、狐感情都很深了，豈能疏冷於她？她也懂人事了，有自知之明了，也有自尊了。

再後來，她不出現了。不論蓮香或桑生，反覆擺弄她的鞋也不靈驗了。這使他倆不但思念她，也擔憂她的安危。

此篇故事的後半部，幾可謂隨心所欲，胡編亂造矣。

先是，富戶張姓有女燕兒，「年十五，不汗而死。終夜復甦」，自言通判女魂，感桑郎眷注，「遺舄猶存彼處」。

這就是民間流言借屍還魂之說也。

張氏夫婦使僕尋訪，果晤桑生，索鞋而歸，以驗女兒之言。那燕兒急試之，然足肥鞋窄，哪裏穿得下去！這才攬鏡自照，見鏡中人其貌平平，大哭曰：「當日形貌，頗堪自信，每見蓮姊，猶增慚怍。今反若此，人也不如其鬼也！」

於是絕食七日，但求復死。未達目的，卻恢復了鬼時俏麗。浴後盛裝，拜見父母。睹者皆愕異，獨父母不排斥，寵愛如前。

蓮香聽說此事後，鼓動桑生趕快將燕兒娶回，莫失良機。燕兒父母嫌他窮，不同意他娶，只接受他入贅。

他向蓮香如實彙報，蓮香說：「你去做入贅婿，我跟去怎麼解釋呢？我是真心願意成全你和她的，莫如我出局吧！」

桑生自然是絕不答應的。

他又去向張家聲明自己是有妻子的，入贅絕對不行。張家父親一聽就火了，怒道：「那我女兒嫁給你不就成了妾了嗎？沒門！」

無奈那燕兒卻拽住桑生不放，自言為妾也心甘情願，否則又不想活了。如此一來，她父母便無奈了，只得順從。

迎娶之日，桑生出門時，一切準備草草而已。及與燕兒雙歸，則「罽毯貼地，百千籠燭，燦列如錦」—— 乃蓮香以仙術佈置也。而且，親扶新婦入洞房，「搭面既揭，歡若生平」。

燕曰：「爾日抑鬱無聊，徒以身為異物，自覺形穢。別後憤不歸墓，隨風漾泊，每見生人則羨之。晝憑草木，夜則信足浮沉。偶至張家，見少女臥床上，近附之，未知遂能活也。」

「蓮聞之，默默若有所思。」—— 此又言者無意，聽者有心，一伏筆耳。

其後，一夫二妻，若三位一體，未知如何做到的。此世上最難和諧之關係，該篇的理想主義可謂任性至極矣。

再後來，蓮香生寶寶了，產後一病不起。某日，「捉燕臂曰：『敢以孽種相累，吾兒即若兒。』燕泣下，姑慰藉之。為召巫醫，輒卻之。沉痼彌留，氣如懸絲。生及燕兒皆哭。忽張目曰：『勿爾！子樂生，我樂死。如有緣，十年後可復得見。』言訖而卒。啟衾將斂，屍化為狐。生不忍異視，厚葬之。子名狐兒，燕撫如己出。每清明，必抱兒哭諸其墓。後生舉於鄉，家漸裕。而燕苦不育，狐兒頗慧，然單弱多疾。燕每欲為生置媵」。

也就是說，燕兒不能受孕，狐兒又身體不佳，萬一早歿，桑生無後也。為他傳宗接代考慮，她總想為他再娶一個能生養的女子。

事有湊巧，偏偏某日有嫗過門，攜女求售。

「燕呼入。卒見，大驚曰：『蓮姊復出耶！』生視之，真似，亦駭。問：『年幾何？』答云：『十四。』『聘金幾何？』曰：『老身止此一塊肉，但俾得所，妾亦得啖飯處，後日老朽不至委溝壑，足矣。』生優價而留之。燕握女手，入密室，撮其頷而笑曰：『汝識我否？』答言：『不識。』…… 燕屈指停思，蓮死恰十有四載。又審視女，儀容態度，無一不神肖者。乃拍其頂而呼曰：『蓮姊，蓮姊！十年相見之約，當不欺吾！』女忽如夢醒，豁然曰：『咦！』熟視燕兒。生笑曰：『此「似曾相識燕歸來」也。』女泫然曰：『是矣…… 』」

一男二女，共話前生，悲喜交至。

而且呢，燕兒還對桑生說：「『妾與蓮姊兩世情好，不忍相離，宜令白骨同穴。』生從其言，啟李冢得骸，舁歸而合葬之。親朋聞其異，吉服臨穴，不期而會者數百人。」

如果此篇故事並非輯於《聊齋》，而是出現於當下的網絡文學之中，我偶讀定會貶之曰：「庸俗不堪，低劣若此，尚敢自詡文學乎？」

但作為《聊齋》中較長且情節曲折的一篇，我則不禁由而想了些問題。—— 儘管，我對此篇給出的分數很低。

第一，需要說明的是，此篇不是蒲松齡的原創，而是他從朋友那兒看到的。作為鬼狐故事的收集者，未見則已，既已見到，卻不收入，對朋友無法解釋。

第二，原作萬餘字，由他縮寫為兩千餘字，足見其縮寫能力十分了得，這是不由人不欽佩的。

第三，既為縮寫版，刪捨定有疏漏。如那桑生，究竟有何德何能，何才何藝，何種性格美或心靈美？讀者從故事中一點兒也看不出來。那兩位狐姐鬼妹僅憑其一句「雌來尚當開門納之」的戲言，便都不棄不離地兩世以愛他為幸事，甚欠合理性。而且，小女鬼初現時年方十五六，蓮香再現時年齡僅有十四，想那桑生時年已三十五六矣，此種構思使我覺得作者似有戀少女之癖，深嫌之。但轉而一想，若她們轉化為人時的年齡為十八九，即使是十七八，那麼，非為人妻，也必訂下了親事，將會使人物關係複雜得拉不開筆，於是便也釋然了。

第四，此篇故事有着「以人為尊，以狐鬼為卑」的顯然主題，而愛情之不悔、親情之銘記反為副主題，而這不符合蒲松齡的宗旨。他苦心孜孜地編創《聊齋》，就是為了構思出一個狐鬼世界——在那裏，狐有狐品，鬼有鬼格，普遍高於人世間之人格，所以他才不顧非議地頌狐讚鬼，附麗愛情之理想。正因為如此，才借「異史氏」之口質疑曰：「嗟乎！死者而求其生，生者又求其死，天下所難得者，非人身哉（簡直有振聾發聵之天問的意味）？奈何具此身者，往往而置之（類行屍走肉），遂至靦然而生不如狐，泯然而死不如鬼。」

實際上，這等於批判了此篇的原創主題。

並且，有王阮亭的一句評語：「賢哉蓮娘，巾幗中吾見亦罕，況狐耶！」

這就使主題從尊人而卑異類又扳回到了「不以類別論尊卑，單以品格言美醜」的方面。

第五，蓮香究竟有什麼賢的呢？

其賢如下：

既愛之，便愛得有責任。其一而再再而三地告誡桑生，而桑生執迷不悟，甚而疑其妒，卻仍以救其性命為己任。這是白娘子精神的繼承，除了女權主義者，天下男子所共思得之女子也。須知，桑生的缺點，實為天下男子所共有之缺點也。

她有同情心，一見小女鬼那弱得可欺的小模樣，未以分明的強勢欺辱之，反而包容、呵護、教誨，進而憐惜有加，此女子最難能之襟懷也。人類常言愛是絕對自私的，彼狐女以自己的表現顛覆了人類的思維。

她還有幽默感，如戲對小女鬼曰：「恐郎強健，醋女娘子要食楊梅也。」

她對男人的先天缺點還能持「理解萬歲」的可貴態度，從未因桑生思念那小女鬼而說三道四。

如果不是她的「高風亮節」，桑生也根本不可能將那附體而生的小女鬼娶回家來。

她以和諧之願望處理一夫二妻的三角關係，遂使和諧不難。此萬難之事不難，乃一顆好狐心為前提也。

從古至今，科舉也罷，現代教育也罷，教育的主體理念無非兩條：一曰「知識改變命運」，二曰為國家培養人才。只不過，知識的內容有所不同，漸而全然不同；國家內涵和人才內涵也大相徑庭，所謂兩股道上跑的車，駛往不同之方向。古代的讀書種子，自幼所接受的是「修身，齊家，治國，平天下」的學習目的，概言之為「修齊治平」。但真的以將來「治國，平天下」為學習己任者，少之又少，絕大多數學子首先還是為了改變自身命運，或延續家族地位，所以才有「書中自有顏如玉，書中自有黃金屋」兩句話，才有「出人頭地」、「光宗耀祖」的「勵志口號」。「出人頭地」四字，本就出於科舉選拔，若未中舉，那就無論如何沾不上「出人頭地」的邊兒。正如當今之學子，升學道路上競爭慘烈，首先也都是為個人命運將來怎樣而比拚。其實，書中並沒有「顏如玉」，也沒有「黃金屋」。在古代，「學而優則仕」之後才能兌現。正如在當今，只有成為某業界的精英才真的算學有所成。

又，在古代，學而未獲學名，概謂書生。《聊齋》中的男主人公們，大抵是書生。學成了秀才，才算躋身於「士林」了；中了舉人，才算名列「後備幹部」隊伍了。

蒲松齡雖然早歲有文名，少年得志過，但科場卻屢屢失意，七十歲之前都是秀才，七十歲以後才被「援例」為貢生。貢生，也就類似官方授予的「學者」，給予一定的「政府津貼」；而「援例」，其實具有「關照」的意思。

這樣的一個人，「修身」儘管「修」就是了。但倘無皇家恩典性的「關照」，亦無祖業支撐，僅憑所謂才學，「齊家」是不可能的。若希望他的筆下竟能一味寫出洋洋灑灑的家國情懷的文章來，實屬「站着說話不嫌腰疼」。

蒲松齡也曾有過「修齊治平」的理想嗎？

肯定地說 —— 有過，他寫下的豪情萬丈的長聯便是證明。

當然，即使有，那理想所經歷的，肯定也是產生了，受挫了，接連受挫了，一輩子受挫着；受挫一次萎縮一次，一次次地萎縮，先是失望於考場，繼而對官場看透了，又繼而連對自己所處的時代也不抱任何希望了，終至於對世道人心備感厭嫌。

但他那樣一個人畢竟非同樵伯漁父、販夫走卒或有幾畝地可種的自耕農，若沒一點兒理想，他是活不不去的。

故所以然，他那萎縮、萎縮再萎縮的理想主義，最終萎縮到男女愛情方面了，凝固，成核。即使在愛情方面，以他的眼看來，也不能從現實中尋找到多少可參照的依據，於是乾脆寄理想於鬼狐而歌之頌之，使自己的理想表達在鬼狐身上體現為極其「任性」的發揮。

聶小倩、連瑣與狐奶奶

《聶小倩》一篇，在《聊齋》中甚為特別。

小倩者，鬼女也。

而且，還是個有嚴重污點，甚至可以說有罪孽，但能幡然悔悟，以自我救贖之方式終成人之賢妻的美鬼。

她曾經的罪孽是 —— 被諸惡鬼脅迫，以色迷人，以金誘人，同眠共枕之際，陰使錐刺男人足底，「彼即茫若迷，因攝血以供妖飲；又惑以金，非金也，乃羅剎鬼骨，留之能截取人心肝。二者，凡以投時好耳」。

在故事中，她以此法害死了投宿寺中的主僕二人的性命。似此等罪孽，不可謂不重大也。雖屬脅迫下所為，起碼也應以從犯論之。

故事中有兩位男子：一名甯采臣，書生，性慷爽，廉隅自重；一名燕赤霞，士人，是先於甯的寄宿客。二人一見如故，成為朋友。

一夜，甯「方將睡去，覺有人至寢所，急起審視，則北院女子也。

「驚問之。

「女曰：『月夜不寐，願修燕好。』

「甯正容曰：『卿防物議，我畏人言；略一失足，廉恥道喪。』

「女云：『夜無知者。』

「甯又咄之。

「女逡巡若復有詞。

「甯叱：『速去！不然，當呼南舍生知。（南舍生，燕赤霞也。）』

「女懼，乃退。至戶外忽返，以黃金一鋌置褥上。

「甯掇擲庭墀，曰：『非義之物，污我囊橐！』

「女慚，出，拾金自言曰：『此漢當是鐵石！』……」

比之於《蓮香》中那桑生，甯采臣可敬多了。

是否他的不動心，乃因女子不美呢？

非也。前邊已通過他者語交代了——「小娘子端好似畫中人，遮莫老身是男子，也被攝魂去。」

蒲松齡筆下的書生型男主人公，大抵都有品格美點。這，也是他的理想主義的體現。

第二天晚上，女子又來了。

這次不是來騷擾的，是來報信的——再取甯生性命的，該是極兇惡的妖怪了。

她說：「妾閱人多矣，未有剛腸如君者。君誠聖賢，妾不敢欺。」

問怎麼才能避害呢？

女曰：「與燕生同室可免……彼奇人也，妖不敢近。」

臨別，泣曰：「妾墮玄海，求岸不得。郎君義氣干雲，必能拔生救苦。倘肯囊妾朽骨，歸葬安宅，不啻再造。」

甯「毅然諾之」。——「毅然」，在此處有「一諾千斤」、「一言九鼎」之意。

可想而知，接下來的情節便是異人燕生之小劍自行出匣，凌空而巨大，滅了妖邪。甯生亦向有為世除害之念，願從而學之。

燕生卻說：「如君信義剛直，可以為此。然君猶富貴中人，非此道中人也。」

甯生踐行諾言，「託有妹葬此，發掘女骨，斂以衣衾，賃舟而歸。甯齋臨野，因營墳葬諸齋外。祭而祝曰：『憐卿孤魂，葬近蝸居，歌哭相聞，庶不見凌於雄鬼。一甌漿水飲，殊不清旨，幸不為嫌。』」。——白話之意是，將你葬在我的書房外，離我近，彼此一見甚易，再有地下惡鬼欺凌你，我也好及時相救。

他說的並非大話，燕生贈其劍囊，憑之亦可降妖驅煞也。

「憐香惜玉」一詞，體現於人類，有性之作用使然；體現於人對鬼，確可謂宅心寬厚也。

聶小倩由是現身。

她說：「君信義，十死不足以報。請從歸，拜識姑嫜，媵御無悔。」

甯生素坦蕩，無疑懼，圓其願，攜歸。

其實，他是有媳婦的，只是在重病中。

他娘聽他據實講罷，免不了擔驚受怕。

小倩又說：「兒實無二心。泉下人，既不見信於老母，請以兄事，依高堂，奉晨昏，如何？」

甯母亦善良人，不忍再拒。誠所謂有怎樣的兒子，自有怎樣的母親。

從此，「朝旦朝母，捧匜沃盥，下堂操作，無不曲承母志」。

甯妻還是不幸過世了，小倩以女兒、妹妹身份擔起了一切家事。

這期間，兄妹關係，未嘗有絲毫僭越。小倩自幼喜誦經文，若陪甯讀得稍晚，甯必促曰：「齋中別無床寢，且兄妹亦宜遠嫌。」

小倩便悄然退去。

甯母這時也喜歡她了，隱有納意，然恐於子不利。

「倩微知之，乘間告曰：『居年餘，當知兒肝鬲。為不欲禍行人，故從郎君來。區區無他意，止以公子光明磊落，為天人所欽矚。實欲依贊三數年，借博封誥，以光泉壤。』」

又言：「子女惟天所授。郎君注福籍，有亢宗子三，不以鬼妻而遂奪也。」

由是皆大歡喜，甯家遂廣而告之，擇吉日使甯生與倩正式拜堂，結成續婚。

這故事的特別之處乃在於兩點：

第一，小倩既未投胎轉世，也未借屍還魂，乃受堪稱君子的人類之一的正氣感召，並在一戶好人家明受人間煙火和日常生活的熏陶影響，直接祛盡陰氣而變得與人無異。說明在蒲松齡的思想深處，高尚之人文營養不但可以化人，且能化鬼。

第二，書生甯采臣身上附麗了蒲松齡對於書生、士子之好人格的由衷理想。所以，願使筆下之甯生中進士，並使他的三個兒子後來也皆在士林有文名。就兒子之數而言，「三」在中國古代非不祥，乃「中庸」數，不多不少，意謂君子風範有傳承。

當然，君子不君子，要以一貫的做人準則來證明。近當代之小說，若證明此點，作家須為筆下人物設計樁樁可信事例。事例在那兒擺着了，未言君子，亦君子也。在《聊齋》中，卻每以寥寥數語先入為主地予以肯定，類似「某某是正派人」、「某某心地善良」的人物介紹，後來的實際也證明大抵局限於對雌狐女鬼的態度而已。這便使其筆下的好書生、好士子們的「好」，形象總體單薄、蒼白。倒是《王六郎》中的男鬼六郎，因不忍以自己一命之生而使陌生的女子兩命俱亡，便毅然放棄了投胎轉世的光明機會 —— 那大約比北京人盼自己終於輪到了一次車牌的概率還小，故能使讀者過目難忘。

《連瑣》一篇，與上篇有同格之處。

此篇中的女鬼顏值既高，且內秀充盈，棋琴詩畫，樣樣皆通。伊與楊生，可謂以詩相識，以藝相投，於是雅相知也。

「玄夜淒風卻倒吹，流螢惹草復沾幃。」—— 此乃連瑣反覆吟誦於郊夜荒野的兩句詩。楊生不但每每聆聽到了，而且不禁離開書齋，攀自家宅牆循聲久望過，「悟其為鬼，然心嚮慕之」。隔得遠，又是夜晚，僅能從身姿和衣着看出是女子，難辨顏容也。

那麼，楊生「心嚮慕之」，完全是由詩而慕矣。

我少年時看由此故事改編的小人書，情節後來記不得了，然兩句詩卻印在記憶中了，五十幾年不曾忘了。

那的確是兩句好詩。「玄夜淒風」無高明處，「卻倒吹」三字甚精當，特別一個「倒」字用得活，實為「亂風」之意也。不言「亂」而「亂風」之象撲面一般，修辭考究。「流螢惹草」四字中的「惹」字，古詩中「比」之一法妙理在焉。「復沾幃」三字是此法的延伸——螢蟲在草叢中挑逗似的紛飛飄舞，之後彷彿發光的花絮附着在腰際佩帶的香囊上。

「幽情苦緒何人見，翠袖單寒月上時。」——相較而言，楊生隔牆所續的兩句詩，只能說尚過得去了，還算合乎情境而已。凡五言、七言絕句，大抵兩類：一類前兩句佳，後兩句則往往難以更佳；一類前兩句平實，後兩句尤見意韻，於是成名句。例如：

「兩個黃鸝鳴翠柳，一行白鷺上青天」兩句，除了對仗之工，此外沒什麼令人嘆服之處；但「窗含西嶺千秋雪，門泊東吳萬里船」兩句，對仗不僅更工整，詩懷也更開闊了。

《登鸛雀樓》亦然——「白日依山盡，黃河入海流」，視域雖也開闊，卻只不過體現於純粹寫景；「欲窮千里目，更上一層樓」兩句，則詩懷頓在焉。

張九齡的《望月懷遠》屬前一類，由是「海上生明月，天涯共此時」成千古佳句，喜歡古體詩者人皆知之，但能將全詩背出的人卻不是很多。王勃的《送杜少府之任蜀州》則屬後一類，能背出它的前四句的人是不多的，但「海內存知己，天涯若比鄰。無為在歧路，兒女共沾巾」這後四句可就太出名了，與其他古詩詞中的佳句共同成了影響國人心性千百年的詩性「語錄」。

舉以上例子，不是想證明「玄夜淒風卻倒吹，流螢惹草復沾幃」兩句詩有多麼好，而是強調要續得好委實不易。那楊生隔牆續上了，證明他是有詩才的。當然，歸根結底，證明蒲松齡是有詩才的。

因為他續上了，叫連瑣的女鬼也就不揣冒昧地會晤他了。

她說：「妾隴西人，隨父流寓。十七歲暴疾殂謝，今二十餘年矣。九泉荒野，孤寂如鶩。所吟，乃妾自作，以寄幽恨者。思久不屬，蒙君代續，歡生泉壤。」

那麼，男人女鬼，可謂詩為緣也。

一見面首先聲明自己非人，其坦蕩不遜磊落君子也。這與前邊那些對自己「身份」起初總是諱莫如深的狐鬼麗人是很不同的，令人不由得心生敬意。

「楊欲與歡。」—— 楊生對她的愛心，顯然包含了對她的詩才的欽佩，這也與前邊的諸書生不同。彼們的迷戀，起初皆由狐鬼麗人的佳色使然。

「（連瑣）蹙然曰：『夜台朽骨，不比生人，如有幽歡，促人壽數。妾不忍禍君子也。』」

於是，人鬼自此成詩友也。即使相互戀慕，也主要是精神層面的。

她不僅腹有詩才，且於棋琴書藝方面也當起了楊生的老師 ——「每於燈下為楊寫書，字態端媚。又自選宮詞百首，錄誦之。使楊治棋枰，購琵琶。每夜教楊手談，不則挑弄弦索」，而且喜歡演戲，「挑燈作劇，樂輒忘曉」。

在詩才和文藝的綜合素質方面，分明的，連瑣絕對在楊生之上，還不止高出一個層次。這也是與前邊的故事不同的 —— 在前邊的故事中，書生們是狐鬼麗人的才藝導師。

由是我們看到，蒲松齡對其筆下的狐鬼麗人所寄託的理想主義的完美性，是在講一個又一個關於她們的故事的過程中不斷升級。

接下來的情節就簡單了，類似好萊塢電影《吸血迷情》的《聊齋》版，無非連瑣與楊生親昵久了人氣漸盈，再納他一點兒精，吸他幾滴血，「自然而然」地由鬼是人了。這類似聶小倩由鬼而人的過程，也是思路的提升，擺脫了借屍還魂、投胎轉世的俗套。大概連蒲松齡自己都感到了，若按那俗套再三再四地寫來，讀者必將由饜足而產生拒絕心理。

在《聊齋》全部的美狐故事中，我掩卷沉思的倒不是以上幾篇，而是《王成》。此篇中的王成，原也是世家之子，卻極懶惰。家門終致沒落，「惟剩破屋數間，與妻臥牛衣中，交謫不堪」，「時盛夏燠熱，村外故有周氏園，牆宇盡傾，惟存一亭，村人多寄宿其中，王亦在焉」。

那是人們圖涼快的舉措。某日早晨，人盡散也，王成於草間拾得金釵一枚，其上鐫有小字「儀賓府製」。他祖上曾為衡府儀賓，「家中故物，多此款式」。沉思之際，有位老嫗來尋找了。王成雖貧，卻拾金不昧，從不貪小便宜。這證明，他是可以教育好的人。老嫗極喜，說：「釵值幾何，先夫之遺澤也。」

再一問，她的故夫是「儀賓王柬之也」。

王成說：「他是我爺爺呀！」

老嫗驚訝了：「那麼，你是王柬之的孫子了？我是狐仙。百年前，與你爺爺很恩愛的。你爺爺死後，我隱居了。路過這裏，丟了你爺爺當年給我的這定情之物。我和你百年後相見，看來是天意啊！」

王成從父母口中聽說過爺爺當年有狐妻，信其言，邀臨顧。

至其家，狐奶奶見那家也不像個家樣，王妻更是面黃肌瘦、破衣爛衫，嘆曰：「唉，王柬之的孫子，怎麼竟窮到這份兒上了！」

那王成倒也真誠得可愛，竟挽留狐奶奶住下。

狐奶奶說：「汝一妻猶不能存活！我在，仰屋而居，復何裨益？」

留下金釵，讓那兩口子先賣了買糧，約定三日後再來。

到第三天，果至，謂王曰：「孫勿惰，宜操小生業，坐食烏可長也？」

王成說沒本錢呀。

狐奶奶說：「汝祖在時，金帛憑所取；我以世外人，無需是物，故未嘗多取。積花粉之金四十兩，至今猶存。久貯亦無所用，可將去悉以市葛，刻日赴都，可得微息。」

真是天可憐見，幸而巧遇了此位狐奶奶，不但給做生意的資本，還指點理財之道。

王成做生意一波三折，最終還是賺了一大筆。攜金歸里，狐奶奶「命置良田三百畝，起屋作器，居然世家。嫗早起，使成督耕，婦督織；稍惰，輒訶之。夫婦相安，不敢有怨詞。過三年，家益富。嫗辭欲去。夫婦共挽之，至泣下。嫗亦遂止。旭旦候之，已杳矣」。

我不解，為什麼此篇竟無「異史氏曰」。

但那位狐奶奶在敝人心目中的形象，自少年時起一向高於眾狐美人。她真可謂是愛情專一的一個極致的例子。人活不了她那麼長久，人間便也斷無此例。所愛之人一亡，人家了斷情緣隱居了，百餘年內再無情事，豈非令每每「地老天荒」、「海枯石爛」掛在嘴邊的人類羞煞愧煞嗎？想那王柬之，當年戀上了一隻有修行心的雌狐狸，的的確確是對頭的。人家不但於百餘年後拯救了他們孫子的命運，也重振了他們王氏一族的門第，而且並非靠法術。我們都知道的，一旦靠法術，必損人利己。人家靠的是諄諄教導、誨人不倦，指引的是經商理財、勤勞持家的正路。功成身退，其德大焉。

敝人不由得有感而發，願為柳泉居士補上幾句「異史氏曰」，當是：「感恩緣分，敬畏因果。愛之既深，責任重大，倘有寸草心，莫忘狐仙輝」。

《聊齋》中隱藏的歷史真相

柳泉居士筆下的愛情故事，讀一篇興趣盎然，讀兩篇必生感想，讀三篇遂覺大同小異，讀四五篇後難免審美疲勞。其身後之編者、印者，深諳此點，便以其他內容間隔書中，以弱化雷同。

竊以為，在其故事方面，鞭撻假醜惡、直接抨擊時弊的，現實意義更高一些，如《夢狼》。

又如《三朝元老》，如投槍匕首。雖短，卻可見柳泉居士的「三觀」思想，抄之——「某中堂，故明相也。曾降流寇，世論非之。老歸林下，享堂落成，數人直宿其中。天明，見堂上一匾云：『三朝元老。』一聯云：『一二三四五六七，孝悌忠信禮義廉。』不知何時所懸。怪之，不解其意。或測之云：『首句隱王八，次句隱無恥也。』」

此短文中之「流寇」，要麼指李自成之「李家軍」，要麼影射清軍，因正史中並無什麼明相投靠了「李家軍」或降了清軍的記載。實際情況是，明朝的官員投靠「李家軍」者少之又少，降了清軍的卻大有人在。故，影射的可能大。雖未必是自己編造的，但收入《聊齋》中，膽量不小。若被揭發檢舉，罪甚重也。蓋當朝大臣而入夥真流寇，那不叫「降」，叫「助逆」。只有歸順了敵國或反軍，才叫「降」。在士林和民間，尤以後一種行徑為恥，曰「賣身求榮」。蒲松齡那個時代的漢族士子，心理上都是有點兒分裂的：一方面，他們鄙視「賣身求榮」的明朝大小官員；另一方面，天下既已由明而清了，但科舉還在繼續，他們也仍要百折不撓地擠在科舉的羊腸小道上。正所謂，天下變，由它變；科舉未變，士子們出人頭地的夢就還要繼續做下去。—— 五十步笑百步也。

《天宮》一篇，以玄幻般的筆法，揭露了豪門之內權貴者不但窮奢極欲而且荒淫無恥的生活 —— 男漁民色，女以狡淫。凡成了彼們目標的男人、女人，不但會被擄為性奴，而且往往難免一死 —— 遭殺人滅口之禍。2000 年前後，北京亦有類似「天宮」的地方，卻偏要美其名曰什麼「人間」，出入者，非顯即貴。在那種地方，雖不至於以殺人滅口為尋常事，但荒淫無恥勾當之存在卻千真萬確。後因坊間民口廣議洶洶，遂關閉。

《冤獄》一篇，現實意義也很強 —— 以一冤案為例，引出對明知積案多多卻不作為如習的地方官員的批評。此篇的特別之處在於 ——「異史氏曰」比故事的文字還多，彷彿奏摺，也彷彿當今的提案，且抄片段與讀者共欣賞：「訟獄乃居官之首務，培陰騭，滅天理，皆在於此，不可不慎也…… 一人興訟，則數農違時；一案既成，則十家蕩產！豈故之細哉！余嘗謂為官者，不濫受詞訟，既是盛德…… 每見今之聽訟者矣：一票既出，若故忘之。攝牒者入手未盈（嫌賄金少），不令消見官之票；承刑者潤筆不飽，不肯懸聽審之牌…… 寧知水火獄中，有無數冤魂，伸頸延息，以望拔救耶！…… 早結一日之案，而早安一日之生，有何大事，而顧奄奄堂上若死人，似恐溪壑之不遽飽（欲壑難填），而故假之以歲時也者！…… 深願為官者，每投到時，略一審詰：當逐逐之，不當逐芟之。不過一濡毫，一動腕之間耳，便保全多少身家，培養多少元氣。從政者曾不一念及於此，又何必桁楊刀鋸能殺人哉！」

凡十二卷《聊齋》，《冤獄》之「異史氏曰」最長，蒲松齡憐民的拳拳之心昭然於字裏行間也。

故敝人敢作如是之評 —— 愛情故事，乃「聊齋」之「顏值」；狐鬼佳人，為「志異」之「麗質」；《夢狼》、《冤獄》一類，方見才子書之魂魄耳；至於《蕎中怪》、《鷹虎神》等無稽雜篇，不過掩飾之文，隨手而記，不走心的。

我輩今人讀《聊齋》，可獲以下兩點史料性知識：

第一，卷中之狐鬼故事大抵發生於荒宅棄第之內，或虛為大院豪庭、雅舍華屋，實乃高冢亂墳之地也。漢字深奧，點在上為「家」，點在下為「冢」；上一點為人之居處，下一點為鬼之棲穴，即使故事發生於庵寺，亦大抵頹敗矣。

難道僅僅是故事需要嗎？

有這方面的原因，卻非唯一原因。

另一個原因，那也未嘗不是當時大半個中國的實況。

宋元明清四個朝代，狼煙頻升，戰亂從未久息。「戰火」是近當代詞彙，它所引起的火災往往也因爆炸性武器所致，不完全是主觀意圖。當然，像日寇在中國城鄉實行的「三光」政策，另當別論。在古時候，凡有戰爭，必生「兵燹」，而「兵燹」是兵們成心放的火。「燹」這個字很生動，大火一燒，豬都跑了。「兵燹」不斷，被燒毀的家園甚多，以城郊所受危害為重。古時的官員，卸職後大抵是不得久居城內的；若居京都，非皇帝親批不可。官員們識趣，皆不敢惹上那種是非。於是，以回老家為明智，武官叫「卸甲歸田」，文官叫「衣錦還鄉」。—— 郊區的深宅大院，多數是他們的恆產，或地主富商的祖業，暴發戶的新第。一旦毀於「兵燹」，他們往往也就不要了，舉家遷往別處再買地再僱人修建罷了，但那地盤仍屬他們。所謂「故第」，往往指的是地皮。地皮之上，徒剩殘垣斷壁耳。此等「故第」，每成落魄書生、逃難流民的暫棲之所，並是狐族的最愛。荒廢的庵寺，大抵也是「兵燹」造成的。

說句玩笑話，幸虧那時達官顯貴還為數不少，「兵燹」雖頻，但「廢第」也多，否則很多很多的窮書生和逃災的難民找一處可以暫時棲身的地方將難而又難了，而成族的狐狸們也不容易尋找到理想的繁殖之處了。正是在「廢第」和斷了香火的破庵敗寺之中，人與狐的關係自然而然地接近了。《遵化署狐》一篇，為我們提供了間接的佐證。

且抄前半篇如下：「諸城丘公為遵化道。署中故多狐。最後一樓，綏綏者族而居之（一撥又一撥，來來去去），以為家。時出殃人（狐固不能吃人，然害雞銜鴨，使人日子不寧而已），遣之益熾。官此者惟設牲禱之，無敢迕。丘公莅任，聞而怒之。狐亦畏公剛烈，化一嫗告家人曰：『幸白大人：勿相仇。容我三日，將攜細小避去。』公聞，亦默不言。次日，閱兵已，戒勿散，使盡扛諸營巨炮驟入，環樓千座並發。數仞之樓，頃刻摧為平地，革肉毛血，自天雨而下。但見濃塵毒霧之中，有白氣一縷，冒煙沖空而去。眾望之曰：『逃一狐矣。』而署中自此平安……」

其一，狐族並非囂張至極，自願退避別處起碼算是做到了識時務，誠懇表達了和平解決的意願。

其二，「細小」二字說明此狐族幼稚輩多，轉移不易，三日期限非誑語。

其三，丘官員不厚道，陰存趕盡殺絕之冷酷心。

同時，我們也能看出文言敘事的一得一失 —— 得之者，言簡意賅，倘以白話寫來，必失精練；失之者，每以形容之虛數代可信之實數。試想，一道台能押幾多重火力耶？「千座並發」，誇張甚矣。倘以此文風記史，則必留疑柄於嚴謹史家者也。

此篇故事（大約還真有丘公其人）的結局，以丘公「由此罹難」而終。看來，他也不是一位多麼清廉的官 —— 兩年後，派人帶千兩之銀赴都，將圖買官升職，不順利，匿銀於屬下家窖。「忽有一叟指闕聲屈，言妻子橫被殺戮；又訐公克削軍糧，夤緣當路，現頓某家，可以驗證。」

其叟，即逃狐也。

所謂「丘公」，命運想來悲慘。否則，當不至以「罹難」二字言之。

滅族行徑，實可謂深仇大恨，不論人狐，豈有忘而不報之理？

故「異史氏」曰：「狐之祟人，可誅甚矣。然服而捨之，亦以全吾仁。公可云疾之亦甚者矣。抑使關西為此，豈百狐所能仇哉！」

意思是，倘果嚴重危害於人的狐狸，自然應予誅殺。但明明要遷往別處的狐族，當表現出該有的仁心，你趕盡殺絕為哪般？不論多麼權威的人物，也不能視天下之狐皆為仇敵嘛！——這是含蓄的批評。因為批評對象乃「公」，是口碑也不算太惡的一位不小的官員，所以含蓄。此《聊齋》的一貫臧否原則。

若某些年間，戰事不斷，必哀鴻遍野，難民阻路，陟死者眾，於是墳冢隨處可見，時或連丘。那麼，人與孤魂幽鬼的「交際」，似乎亦非偶發事件了。加之各地民間「鬼婚」習俗相當普遍——這也是中外古代全人類曾經的習俗，於是為《聊齋》的人鬼故事提供了信手拈來的素材。例如，《連瑣》——連瑣，「隴西人，隨父流寓」，其墳便在楊生的宅牆外，故「玄夜淒風」之時呻吟至耳。

第二，我們通過《聊齋》故事可知道古代是沒有什麼房地產開發商的。從皇族到達官富賈，凡起高樓蓋廣廈，也不過是先請風水先生代之相好了一片地，買下，僱一批工匠營建。建成了，付了錢，工匠們就散了。房舍買賣，是連同地皮的。在中國，房地產開發商興於 1980 年代後期，也可謂之曰「三千年未有之巨變」的現象之一。倘大清伊始，一概土地便歸國有，買房子只不過是買房子，並不包括地皮，那清朝肯定也會因此現象而朝運不同，而中國之近當代史亦肯定會多出了另外的變數吧！

《聊齋》中有些小故事，如古詩詞中的「小令」，亦如當今之網上「段子」，吾愛其短小有趣。

如《吳令》一篇，講吳縣一位縣官，在任期間，某月某日公巡，路見城鄉縣民為城隍過「壽節」。「居民斂資為會，輦遊通衢；建諸旗幢，雜鹵簿，森森部列，鼓吹行且作，闐闐咽咽然，一道相屬也。」

奇而問。

民答：「習以為俗，歲無敢懈。」

「公怒，指神面責之曰：『城隍實主一邑。如冥頑無靈，則淫昏之鬼，無足奉事；其有靈，則物力宜惜，何得以無益之費，耗民脂膏？』言已，曳神於地，笞之二十。從此習俗頓革。」

誠哉斯言！

為民所慮，不畏神懲，剛介若此，實一可敬縣令耳。

後來，他不慎摔斷了腿，「尋卒」。

事還沒完，「人聞城隍祠中，公大聲喧怒，似與神爭，數日不止」。—— 他認為，我當眾笞你城隍，我的做法有理；你靠神威使我早亡，算什麼能耐？正義面前，人神平等，老子死了也不服你，你得給老子個說法！

可愛！可愛！

不知城隍給沒給他什麼說法，但當地百姓給了他一種說法 ——「吳人不忘公德，集群祝而解之，別建一祠祠公，聲乃息」。

或者，也是城隍自知理虧，奈何不得恤民之官，於是給了百姓某種暗示。誰曉得呢？

由是，當地長期存在人鬼兩祠。

又如《濰水狐》一篇，講一狐翁，率族租某氏別第，出價不菲，且誠信有禮義，於是與業主交上了朋友，「自言為狐」。地主怕了，逢人便說。有錢的人家卻不怕，反而好奇，「日結駟於門，願納交翁，翁無不傴僂接見（行下禮，極低調）」。

縣令也希望與之結誼了，卻屢拒不見。

這時，業主認為老狐着實可交了，不怕了，於是問他為什麼。

老狐私語曰：「彼前身為驢，今雖儼然民上，乃飲糙而亦醉者也。僕固異類，羞與為伍。」

「異史氏」曰：「願臨民者，以驢為戒，而求恥於狐，則德日進矣。」

人「而求恥於狐，則德日進矣」。—— 此乃《聊齋》之著書動意一方面耳。

即使在現今的中國地理版圖上，有狐的省份也僅佔三分之一左右。狐的蹤跡，大抵出沒於東三省，河北、河南，以及西北陝甘寧和新疆四省

（區）。在古代，東三省和西北四省（區）之漢民族不多，至南宋時期連河北、河南也被北方少數民族佔領了，之後又經歷了元、清兩朝由蒙、滿民族統治的朝代，故可以這樣說，漢民族關於狐的傳說，主要是受少數民族和自身文化之影響才逐漸形成的。兩者相較，自身文化的影響更悠久。追溯起來，商代便產生了，便是被後世說書人以國之禍水的罪名釘在恥辱柱上的九尾狐狸精 —— 妲己。但是直至唐代，在漢民族之間仍沒有什麼狐文化產生的。武則天雖曾被民間定性為「狐狸精」，因為她的乳名「媚娘」，同時年輕時顏值也媚，且善以女性伎倆討皇上喜歡 —— 這些女人特點，恰也是狐給人類的印象；但關於武則天是「狐」的民間流言，傳播並不多麼廣泛，遠不及妲己對漢民族的影響那麼深刻久遠。

狐文化在中國成為一種民間迷信，確乎至清方興。滿人入關後，用以形容對男人誘惑力強大的女子之「媚狐子」一語，遂也被漢民族所接受和應用。然而在中國諸民族中，關於狐可化人、祟人的迷信，幾乎又為漢民族所獨專。

為什麼呢？

因為漢民族的文藝特別是文學之流最為豐富、發達，而這激發了漢民族的想像。

「禪」字為漢字所獨有，「野狐禪」三字卻始於清晚期，民國時盛行於文人之間，用以嘲諷假正派而實屬異端的文化現象。細思忖之，「野狐禪」當為「禪」與「媚狐子」的語言雜交。

語言和文字對某種文化形成的作用，雖廣泛於文學，卻難以像文學那麼深入人心而刻在民間的記憶中。但，其為文學現象所做的準備，功莫大焉。

前邊已經寫到 —— 由於戰事、自然災害、城市化進程所導致，狐族與人類的接觸面空前增多了，人狐相遇已不足為怪，幾成常態，加之語言和文字的長期浸淫、潛移默化，為漢民族關於狐的想像力的發散做足了鋪墊。

但畢竟在蒲松齡的《聊齋》成書之前，中國之狐文化尚不成氣候。沒有任何漢人，像蒲松齡一樣，集中寫出過那麼多關於狐的故事，並且基本是從正面來寫的。蒲松齡是狐的白金級粉絲，是堅定不移的、無怨無悔的挺狐派。他用他的筆，校正了中國人主要是漢民族對狐的妖精化印象（實際上，其他民族對狐並無什麼危言聳聽的迷信），相當成功地「建設性」地完成了一種「好狐狸」文化的奠基。

對於中國人，一概的關於野生動物的傳說，迷信也罷，不迷信也罷，即使都可以謂之為文化，那也只不過都是止於民間傳說層面的初級文化，其影響不能與狐文化的影響之大相提並論。

蒲松齡提升了狐文化在中國的檔次，使這種文化在中國文學史上佔據了公認的、絢麗多姿的地位。

那麼，當然可以得出這樣的結論 —— 蒲氏不但是中國文言短篇小說成就卓然的大師，也是中國狐文化完全可冠「文化」二字的開山鼻祖。關於狐的文化，即使放眼世界來看，中國的狐文化也是無可匹敵的。

《紅樓夢》人物的「狐性」

在中國文學史界，相當普遍的觀點是 ——《紅樓夢》或多或少必定受到了《金瓶梅》的影響。《金瓶梅》成書於明中期，寫了一個亦商亦官，且家出貴妃、富甲一方的旺族從鼎盛到一朝樹倒猢猻散的過程。如果算上被西門慶長期包養的「王六兒」，主要寫了六個依附於權錢而生存的女子的命運；西門慶既是一個主宰她們命運的男人，也是權錢的化身。對於西門家族的憑色而爭風吃醋的女人們，命運由權錢主宰或由有權有錢的男人主宰，基本上是一回事。西門家族的瓦解是由於當家人西門慶縱欲過度結果死亡而導致的；賈家是由掌門人賈政被罷官進而被抄家遂覆滅的。「眼見他起高樓，眼見他樓塌了」這一結構，兩部小說是一脈相承的。西門家族的故事着重寫了六個女子，大觀園內的主要女性曰「十二釵」，也有類似之點。

撇開俗雅之品相及男女人物關係之最大區別不談，兩部小說寫日常「生活流」的水平都是出色的。此點與以往之古典小說大相徑庭，皆屬《源氏物語》那種風格。當然，《源氏物語》那時還沒譯到中國，不可能對《金瓶梅》和《紅樓夢》產生任何影響。但《金瓶梅》寫日常的風格，影響了《紅樓夢》當不存疑。因為，曹雪芹不可能沒讀過《金瓶梅》，讀過而未受影響尤不可能。套用當下語，其影響可用一句話概括 ——「原來小說也可以這麼寫」。

《紅樓夢》受沒受到《聊齋》的影響呢？

許多人也許會認為，二者風馬牛不相及，問題有點二。

然敝人重讀《聊齋》，掩卷沉思之際，每聯想到《紅樓夢》中人物，狐、人形象重疊之感再三再四。

賈政反倒不使我覺得有絲毫的狐性。他在官場上拱升的欲望十分強烈，而狐們鄙薄此道。—— 賈政太是個人了！

焦大身上也沒什麼狐性，他也太是個人了！

賈母身上有狐性，是一隻煉丹成功，早已修成正果，於是功德圓滿的享受「狐福」的「老祖宗」狐。她似乎本性不惡，卻也非屬「老糊塗仙」。賈府大小之事，伊皆心中有數，只不過常睜隻眼閉隻眼裝出置之度外的樣子罷了。在釵黛之間寶玉究竟娶誰為妻這樣的關於賈府接班人的頭等大事上，她卻是幕後主要推手之一。她是隻極其成熟，閱人歷事多多，該狡猾一下絕不犯二的「老雌狐」。其本性不惡一點，乃我所言之狐性在她身上體現為較正面的評價。

寶玉甚像狐世家子弟，彼們討厭人對仕途的追求。被由狐而人的族親們逼着往官場上推送，他的苦悶正在於此。僅就這一點而論，寶玉太不是人了！哪有是人而又生在大富大貴之家的青年，偏對功名不來勁的呢？說他的前身是什麼，都不如說是狐對頭。

黛玉身上也無狐性，卻有鬼氣，像極了《聊齋》中的聶小倩、小謝，幽怨氣太重。此亦陰氣也，無論男女，與之相處，受其感染，損壽也。我一向不太理解中國的男人們（多是文化人）對她的讚揚，覺得是病態的審美觀。當然，她是賈府中令人同情、招人心疼的一個人兒，卻也不過就是如此而已。女讀者們論到黛玉時那種往往大動感情的評價，每十足表現出對情場失意的感同身受。據我看來，她們大抵才貌平平，而又自視甚高；往超凡脫俗的層次上評價黛玉，或能使她們療自己同病相憐的疼，於是彷彿自己也超凡脫俗了似的。黛玉的人生問題恰恰是深囿於人的桎梏而難自拔也。她若有點狐性，對她反而是幸事了。蒲松齡筆下的好狐狸個個都比她想得開，活得灑脫。

寶釵身上是有狐性的。若她並不諄諄教導男人們要以追求功名為重，以我這樣的男人看來，成為俊友是幸運，成為妻子是幸福。她的前身也許是隻好狐狸，後來被賈政那樣的人帶壞了。

鳳姐身上的狐性最明顯，但是是喜歡掌控人的狡詐狐的那種狐性。她有使陰招的壞狐狸的習性，如對賈瑞。此種陰招，《嬰寧》中的嬰寧也使過一次，但有懺悔表現。鳳姐不同，每暗自得意，並且她贈賈瑞鏡子一情節在《紅樓夢》中是一回目故事的主要情節。

湘雲與嬰寧有相似處，都有「憨」麗人的可愛之點。「憨」區別於「傻」，意近「思無邪」;「邪」亦非指男女事，而指不揣度他人心，故己心也常處陽光淨明之狀態。

妙玉有潔身自好之狐性。此等狐，屬狐族「精神貴族」，不與人交近，亦不拒人千里，和則和矣，不和亦不走心，即或在愛情方面，估計也是拿得起放得下的。在《聊齋》中，此等狐甚少，獨《汾州狐》一極短篇所記之狐屬此類。妙玉之出家，實與看破紅塵無涉，潔身自好之天性使然也。

大觀園中的丫鬟們，也似都有狐性特點。晴雯如烈性狐，其有節，如好狐狸之有尊嚴。襲人身上可見良妾狐心性，彷彿天生是要為某類書生全職服務的，如家政公司訓練的高級女傭。評論家對於她這樣的女子貶論多多——苛也，未免「站着說話不嫌腰疼」。畢竟寶玉非薛蟠，更非紈絝輕儇之名府子弟，襲人盡心盡意地服侍於他，不可以天生奴骨一概而論，當以愛護好人視之。正如《聊齋》中的某些好狐狸，一旦判定某男人是值得愛護的，於是無怨無悔地相陪伴，為妻抑或為妾為婢，在她們那兒都不是個問題。何況，在大觀園中，也只有寶玉一個男子值得溫良之女性愛護，而襲人對寶玉的愛護實在也近於母性在少女身上的表現。

蒲松齡終究是男人，非中性人。他寄託於狐鬼身上的種種理想主義的美德，說到底是「男子中心」主義的，我們得原諒一位清代的男人無法超越這一歷史的局限性。

相較而言，《紅樓夢》在最大的程度上克服了這一點，卻也不是完全擺脫。若要求男人寫女人寫到《簡・愛》那樣一種狀態，基本上是不可能的。因為，女性之主體意識的覺醒，首先是女人最明白的事，由女人寫來也最得當。

重讀《聊齋》，竟覺一部《紅樓夢》若再翻開定會狐氣撲面 —— 賈府一族的女性們，似乎個個的前身都是狐類。但我這麼說，非貶評也，而是至高之佳評。

為什麼呢？

是比較之結果。

與什麼比較呢？

與時下之一輪輪熱播不衰的所謂「後宮爭鬥」題材的電視劇相比較的結果。

某日，去某君家談事，其妻其女分別在各自房間看那一類題材的電視劇 —— 其妻從電腦上看，其作為中學生的女兒從手機上看。她們雖考慮到了別妨礙我們談事，未將音量放大，但還是想不聽到也根本不可能。半小時內，女子哭啼悲號「皇上」之聲不絕於耳，約二三十句之多，忽高忽低，忽泣曰忽怨叫，聒噪甚也。那些台詞，大體可歸為數語，便是：「皇上呀皇上，你怎麼不一心一意地愛妾，竟比愛我還愛別人呀！這可叫我怎麼再活下去，我恨呀！……」

於是，我雖在別人家裏，卻還是聯想到了《聊齋》；在蒲松齡筆下，若男人移情別戀，有尊嚴的狐們是不哭不鬧的，她們往往選擇悄然遁去。當然，後宮女子，無論為妃為貴人，想要遁去是不可能的。但也不過就是皇帝對自己感情冷淡了，喜新厭舊了，非關性命，至於那等心機用盡、如喪考妣嗎？

又想到了「異史氏」那句評語：「問恥於狐，則德與日進矣！」

那類劇之俗不可耐，乃因從劇中一干女子身上連半點好狐狸的狐性都看不出來，煞費苦心所表現的無非是女性爭風吃醋的能事陰招而已，且以特理解的態度予以表現。

由是又想到，未來國與國的「進步」比賽，某種程度上也是母親與母親的高下之分。一個國家看哪類電視劇的女性甚眾，必然注定了怎樣的母親多，怎樣的女兒多，怎樣的子孫多。

中國之種將亞於狐耶？復退化於 21 世紀乎？

某日在車站，見周圍幾名少女各持手機盎盎然觀看，一女嘆曰：「此宮鬥劇，真乃心機秘籍大全矣，可視為人生成功學教材耳！」

眾女皆回應曰：「是也！是也！」

同行友人問我：「做何感想？」

吾無語可言，暗思 —— 彼們之事，與我何干？

垂首閱《聊齋》，繼生一念：何不將種種雜感寫出？

於是，成篇。

聊齋新編十二篇

聊齋新編十二篇

目錄

犬神

姓某男，當代人，中年。

余不敢以一人之獰惡，而使一姓之眾受辱，故假其姓也。且獰惡之徒，有名毀名，無名也罷，以獖代之可耳。

天性殘忍，自幼喜虐生命，有大快感；昆蟲禽芻，抑或小畜，倘被逮，每任性折磨，樂而不疲，以為極娛之事。若遭呵止，則心恨恨也，再虐尤甚。其惡難教誨，如上天蓄意播撒之壞人種。

數年前，忽起經營念，購門面房，開飯店。幾易招牌，絕無長性。人以為其利可久，每言何足掛齒，朝思暮想速富之策。後定向於專廚狗肉，擴面積，再裝修，僱名廚，聘美眉任侍應。舉債頗多，然自信滿滿，意氣風發，對妻誓言：「三年後，本市富戶，多吾家也！」

獖喜親自持刀宰殺，步驟熟練：先以錘擊犬頭，昏後吊店前樹上，活剝皮，命員工以手機攝過程，發網上。亦亮相於網上，宣傳曰：「活犬快烹，滋補高招，壯陽佳法。」又首創「子母羹」——選母犬及其幼犬之嫩肉部分，佐以冬蟲夏草、西洋參、靈芝、海馬、鹿鞭等溫燉之。多數網民不忍視其殺生手段，譴責聲浪洶洶。亦有鐵心硬腸之吃貨力挺之，遂食客盈門，迎送不暇，生意大隆。有關方面雖厭其惡，然禁止無法可依。

一日，剝罷犬皮，吸煙歇手之際，吊繩斷，無皮之

犬落而醒，帶繩沿街奔竄，哀號不止。行人大怖，有掩目欲昏倒者。某方面怒，禁其在店前公開宰殺，逆以「破壞治安」罪論處。

獍遷恨於犬，雖將宰殺過程轉移至店院內，然其恨耿耿於懷，殘忍變本加厲，方法之冷血尤甚前。其妻視為正常「工作」，益於生意，向不阻止，且每相助。

又一日，宰殺母犬之際，有臨死小犬於籠中悲鳴不止。踢籠數次，使籠門忽開，小犬逃往街上。持刀追之。

恰一老僧現，小犬力竭，癱伏於地，悲鳴似求救，狀甚堪憐。僧駐足彎腰，憫抱於懷。

獍追至，詈言蠻悍，迫僧棄犬。僧睹其裙血跡淋漓，刀粘毛肉，勸其一發惻隱。

獍冷笑曰：「千元先入吾兜，不然縱天神於對面，亦妄想！」

僧解襟袢，納小犬於懷，首尾皆蔽；後綰袖及肘，指蘸附近浣盆中水，俯身於磚地寫兩行字——「為救犬命，現場化緣」。遂當街盤膝而坐，微翕二目，雙手合十，口中喃喃誦經不止。獍見其法相莊嚴，心有忌憚，未敢造次。

奇哉異也！時近盛夏正午，赤日炎炎，道磚上字跡竟不乾褪。

駐足行人知遇高僧，紛紛放錢於地，相效慷慨。

僧忽開目曰：「足矣！」

圍觀者未見其身稍動，則已屹然而立也，四面致禮謝罷，飄履徑去。

獍急拾錢，快速點數，忽無兆而風起，颼走兩幣，其手所持，恰千元也。

獍詛曰：「多事禿驢，不得好死！」悻悻返之。

僧救小犬歸寺，慈愛復加。小犬依戀如母，縱講佛事及閒步之時，須臾不離。或臥膝側，或隨足旁。僧每抱於懷，輕久撫之。木魚聲中，眾僧齊誦，經語繞樑，小犬豎耳聆聽，其態全神貫注，似能悟。僧眠，亦伏腋下。僧不嫌，喜搭手摟之。

一夜，有金甲神倏現榻前，披紫戰袍，眉心多一目，所視射光，如電如炬，分明楊戩是也。僧急離榻，敬問聖君所來何由。神曰：「吾哮天愛犬，功勳卓著，由

玉帝欽點，列神籍矣。汝所救小犬，與吾有緣，吾即刻攜它去，着意訓之，以補愛犬之缺。」

僧曰：「此大好事，老衲豈敢阻止，悉聽尊便。」

神又曰：「獚者，獰種也。吾當懲之，為所害犬申正義。」

僧曰：「人啖犬肉，狃習久矣，不可以害論之。雖可憎，尚應救贖，敢代乞恕，以彰神恩。」

神厲曰：「佛有佛戒，神有神威，不關汝事，無復多言。」——其袍驟拂，刹然頓杳。

僧猛醒，卻是一夢。視腋下，小犬不見矣，所繫銅鈴遺榻上。

翌日，天將明時，如常剝活犬皮，吊犬忽化其兒，目眈眈直視，慘言：「阿爸何殘忍若此，疼殺兒也！」

獚極駭，失手落刃，直插足背。拔出，血流如注，哀叫連連。妻聞聲至，未見異常，鈎上所懸之犬，皮剝一半，喘息尚劇。

從此，每將「工作」，懸犬或化其兒，或變父母。但他人看來，一切如常。妻欲送其入精神病院求醫，獚狂暴不肯。

有戚信因果，言中邪，進策往寺中拜佛求僧，或可解。

獚嘿然依之。

其所見僧，恰老和尚也。

僧勸其關店、戒殺、捐慈善款，供二郎神像，以超孽海。

獚又怒，對曰：「吾所為，店家常務而已，何孽之有？民皆非僧，以食為天。肉市廚間，日日殺生，剖剁由人，烹炸任己，大快朵頤，享受津津。凡此種事，佛允神許，豈不謂天經地義乎？」

僧曰：「差矣！人雖萬靈之長，然不應墮為遍食萬靈而心安理得之惡魔獸。上蒼恩寵，教人種五穀雜糧、百類蔬果，且教人馴化三禽六畜，或代人勞役，或供人食肉蛋，尚難足口福矣！況凡水族，無不盡入人之胃腸，故當自明，有可食，亦有戒食也。犬，自古為人之忠友，戒食甚合人性。即若非食不可之人，亦應宰殺有度。緩慢至死，實為殘殺。生剝活割，概屬此例。宰

殺，殘殺，一字之別，人性或在或泯也。汝未聞古戲中有台詞云『要殺便殺，給我一個痛快』也乎？似汝行徑，罪孽深矣。老僧觀汝貌相，定有天生惡根，殘殺成習，獰忍顯然於面矣！頭頂三尺有神明，佛眼睽注爾矣。拒進勸言，懲罰在即也！」

獱罵曰：「禿驢！吾來燒香拜佛，捐款求籤，乃為聽寬心話，解幻象憂，非願被爾當面羞辱恫嚇也！若復多言，大耳光扇爾！就在今日，吾便將所囚之犬悉數吊起，依次活剝其皮。看那頭頂三尺之神，端的能奈吾何！」

言訖，唾僧面，揚長而去。

歸店，尋繩覓刀，卻不見了犬們。原來，其妻甚覺不安，疑遷於犬，折價全賣之矣。獱因虧錢怒吼如雷，迫妻相隨，駕車追上高速路。巧也，買犬者所駕籠車爆胎，停於匝道，正換輪耳。

獱亦停車，聲言取消買賣。買犬者不依，與之嘔嘔理論。妻亦混帳婦，為取悅，不秉公論事，反狐假虎威，與夫沆瀣一氣，大耍潑婦之悍，共欺對方孤身無援。

忽而異事發生，一犬自天降。夫婦二人認出，乃店中逃生小犬也。落地即變，須臾巨大如恐龍，利爪錚錚，排牙森森。

夫婦二人及買犬者皆驚慄如偶，不能稍動。

巨犬向籠低吠，籠門自開。眾犬自籠中出，包圍與妻，齜牙咧嘴，目露兇光。然未便撲，紛紛睃視巨犬，似待其許。

巨犬揚頸長嘯，如狼，聲有悲恨。哮罷，以爪按於地，咬撕一股下，甩頭擲之，眾犬爭相食；又下一股，頃刻亦被食光，唯剩白骨。慘號甚怖，而巨犬隨聲變小，漸縮如當初，躍臥於獱家車頭，觀眾犬分食之其餘。

斯時獱妻及買犬者，已避於各自車內，隔窗顫望而已。雖頻發動，輪不能轉。

異之又異乃是——過往車輛，暢行無礙，彷彿匝道發生慘況無隔車見之者也。

獱被食光。地上血跡，亦被舔淨。眾犬或叼骷髏，或銜衣鞋及骨，與小犬聚為群。瞬間，化煙升空，成白雲一朵，俄而消散。

是日失蹤耳。公安介入，經年案不可破。買犬人失當時憶，一問三不知。猗妻瘋矣，收在精神病院，終日驚駭萬狀，言所見似歷歷在目。醫生護士皆以病話聽之，每縛於床，使其無法躁動。

綫索全無，遂成懸案。

老僧領養猗子，憐愛甚對小犬。着意授之以學業，且導悟經文。少年頗慧，其智日高於同齡郎。三載後，攜雲遊，消息遂絕。

今之「異史氏」曰：「人即為人，娛當有品，食亦講德。蓋國人之吃，泛而殘忍之例，舉世無雙也。睹全球生靈，有國人不欲啖肉吸髓者乎？龍鳳幸為傳說，倘果存在，所謂『龍席鳳宴』，早成國人所好也。吁哉愚也，人而貪口福若此，其靈智必受累，於是墮也！」

聶小倩別傳

「富則任性。」——網絡語也，誠哉斯言！

富者層級若干，如文藝現象，向有俗雅之分，由是追求別類也。

某人乃暴發「土豪」者，排行二，鼻肥厚，人送綽號「二犴」。富甲一縣，喜炫財力，建富人莊園。每聚富友旦夜尋歡作樂；比車，比宅，比排場，比享受，比任性，自詡「人生五高度，高處賽神仙」，常言「無此『五比』資格，賤活如糞土耳」。

犴貫主張之享受，非常人所生之念。然於富友間，呼應成習。

忽某日，突發一想，以半百之齡，而思日飲人乳能盡足。時與友談天說地，舉座附和，皆曰：「妙極！可操作也。」

友中一人略知《聊齋》，戲言：「貴莊園偌許大，未必不令狐姬鬼妹羨。倘至，當開門以納，既與床笫歡，亦可待其孕，肆飲其乳，定壽比南山！」

犴曰：「此尤上上之想，但期狐姬鬼妹至，吾願成真！」

又一友曰：「若得小狐鬼多多，終日吵鬧於莊園，且皆兇種，不厭聒噪耶？」

犴曰：「吾將組小鬼狐團，命雌狐母鬼教以異術全國巡演，豈非別開財路？」

左右大笑，齊拍手，曰：「高招！」

犴得意，命置酒席，陪酗飲，大快朵頤。杯盞交錯間，蕩語羞詞，涉《聊齋》人物嬰寧、青鳳、連瑣、聶小倩等，辱樂無底綫。

犴之所想，未以戲言而終。自忖狐鬼之乳難享，人母之乳易得也。專執一念，迫待事成。

蓋人世間，有所好者，必有所奉者，無非「錢」字暢其行。

由是，日有數婦，皆初做母親之女，經人引薦，前來售乳。犴視顏值如何，分價收購，頗不吝錢。遇容貌中意者，既收乳，亦要人。每於枕席間狎問：「汝乃青鳳耶？小倩耶？」

若獲答，則縱笑傲言：「有錢能使鬼推磨。狐獻身，可證也！」

坊間巷里漸知其事，然以情願交易，市場現象視之。雖惡其行，卻無譴責言論。有關部門平素每受其賄，亦置若罔聞。

收乳既多，請老中醫製延壽膏，調兌而冷儲之。貼小標籤，其上注「嬰寧乳」、「青鳳乳」、「小倩乳」等，或隨時自享，或聚友共品，甚得如願以償之快意。

又自書對聯一副：

上聯：有錢實屬吾命；

下聯：無愁敢役鬼狐。

橫批：何不可為。

一夕，有美婦自薦而至。犴悅其容，引入臥室，解襟觀乳，形盈若玉。遂與歡，繼而捧吮不釋。方足，照例問：「汝阿誰？」

女曰：「我真小倩也。」

問：「吾聞友言，《聊齋》之狐姬鬼妹，與人每自謂『妾』，今何答以『我』？」

女曰：「人與人不同耳。狐鬼識人亦有分教，君子面前言『妾』，醜豬面前言『我』。」

犴兇相頓現，力劈其頰，罵曰：「什麼東西！逗爾玩，竟不識趣！未收錢耶？既收，供吾淫樂，交易耳！

復敢放肆，削爾乳生啖之也！」

罵未休，忽覺氣浪如山，衝擊竟至壁前。

駭然之際，女亦至對面，柳眉倒豎，杏眼圓睜，怒斥曰：「醜類辱我狐鬼姐妹久矣，本欲親自教誨而已。然汝之俗劣，殊不可變。倘留汝於世，玷污人間也。今代姐妹除汝，鏟人間腌臢事也！」

犴始覺怖，慌亂欲逃，但見女乳驟巨，剎那如玉山之傾，似冰崖抵面，壓迫喘息。唯轉目四睃而已，又見偌大豪室，漸膨滿矣。耳畔則聞裂碎聲不絕，分明一概或石或木傢具，皆擠散而毀之矣。

天明，僱傭詫其遲現，推門，自內反鎖。破窗入，皆呆如偶——凡室內物什，不計大小，悉數成片耳。床櫥桌椅之類，亦薄如板。最薄者，若紙疊。細尋犴而終見，小至二尺，壓入壁矣。體似裸嬰，尚活，亦能言。

問所歷。

泣云僅一語：「小倩開恩，適才不死。」

輕拉硬拽，未能出也。招工匠至，以專業之法鑿周身壁，其貌隨鑿隨變，及下，頭臉亦如嬰也，鼻仍肥大，哇哇啼哭不止。一人急捧秘調人乳餵之，拒食。換牛乳再餵，方縮腮貪吮。

子繼其富，畏父之事累己，售莊園，埋儲乳於人不知處，從此低調行事，正派經營，家業未衰反興。

子亦孝，僱保姆撫育乃父，如多一子。及三歲，與孫同入託。齡小於孫，呼為兄，誨而難改。子與媳無可奈之何。妻本厭犴當年放蕩行徑，因其變而猶嫌之，避不見。偶遇，則戳額擰耳訓曰：「自作自受，活該耳也！鬼女令爾逆活，便吃夠奶乎？」

彼黯然動容，似有所憶。及學，智力日顯愚也。

其媳每愁嘆：「本是公公，竟成吾子！似這等笨孩兒，長大定敗家種也！」

今之「異史氏」曰：「富則富矣，何必因富而任性至荒唐？凡荒唐事，必至荒誕之果也。然小倩惻隱，未奪其命，實可謂臨時一仁念也！」

狐懲淫

某官，權傾一方，今古不詳。坊間或言為當代人，或言古之官場醜類，曾嗤議紛紛，莫衷一是。

某官深諳所謂仕途「潛規則」，擅偽作，有奉上「天賦」，阿諛諂媚，不顯山水。人格分裂既久，遂成習慣，漸變常態。每正襟危坐於台上，大言不慚，嚴以律己之詞，連篇成套，誇誇其談，尤喜訓誨下屬，彷彿正氣浩然，如三娘教子，不由人不肅然起敬心。背地裏，卻屬「下三爛」者流也，貪贓受賄，蟒口吞張；吃喝求耆，嫖賭無恥，醜態百出，難以言表，尤喜漁色，縱欲變態。

一年，某官五十歲矣。竟迷信「採陰補陽」之法，擬訂計劃，兩年內必淫百少女，以為若長命百歲，非實行不可。尋租其權力者，賴以提拔者，無不投其所好，暗覓窮家少女，誘以錢財，陰薦之。

適有山區農女小俊，年方十六，姿容姣好。幼失母，父患癌，希延父命，違心成交。然終非所願，臨事前夕，至夜獨臥，不免傷心，嚶嚶而泣。

忽一麗人入，着古裝，勸止悲，願代往。

俊疑為夢。

麗人曰：「非夢也。忘五年前救狐之德乎？」

俊始憶起，當年鄰人套獲一藍狐，知皮甚昂，決意勒死，剝而售。俊憐放之，致使其父舉債賠償，家愈貧。

麗人繼曰：「勿疑，亦勿懼。實相告，姐名嬰寧，修

煉數百年之狐仙也。當年事乃運中一劫，不然鐵索鋼夾難為害也。幸小妹使我逃脫，否則一命嗚呼，數百年修煉付東流矣。救命之恩，豈可不報？姐銘記未忘，今能如願耳。」

俊覺茲事涉貞，愧由別人代恥。

嬰寧笑曰：「人以為恥，狐亦同感。然姐既修煉數百年，自有對策，當無慮。」

翌夕，俊依嬰寧所言，避去。皮條人至，嬰坦然隨行。

某見嬰寧，大喜過望。幾度宣淫，直至身軟如泥。及明，嬰不知何時遁也。覺疼而坐，見掌許大鱉含其根，駭而惑。掰鱉嘴，使蠻力而未開。且愈掰之，鱉愈大也，咬愈緊也，疼愈甚也，似手銬。片刻，鱉大如團扇矣。

某怖至極，捧離床，尋刀在手，欲斬頭。刃方觸頸，鱉化石矣，若重量級鉛餅。

某無措，不顧羞恥，以手機召家人。其妻其子惶至，然亦窮技。妻架臂，子代捧石鱉，使入車，至醫院，掛急診。

醫生惑事奇異，某囁囁諱言。遂以伽馬刀斷石鱉頸，復以激光碎鱉頭。其根雖得脫，然傷矣，廢矣。

由是，仕途終結，官場除名，一干罪名坐實，成囚徒耳。

今之「異史氏」曰：「噫！勿論古今，『下三爛』而服官政者，終為少數。然一旦為官，偽正兩面，渾然一身者，多乎哉？寡乎哉？官場清風，倘不去偽存正，何別於緣木求魚乎？」

異邦奇談

澳大利亞某市近郊，風光旖旎。十餘年前，地價忽飈，富豪紛至，競賽似也，動輒輕擲千百萬美金；築高牆，立莊門，修深庭闊院，建大宅華屋，或歐式，或日式中式，皆氣派恢恢。——十之八九，吾國人也。

然諸門鮮見出入者，偶現，女多男少。女子無不摩登時髦，現代貴族範兒甚足；男子則個個行止矜傲，似非國內等閒人物。每有疑似保鏢之不離左右者，放足未遠即歸，分明不願見睹於人。若豪車駛出，必屬旅遊舉動也。

有盜一夥，偵悉某院主僕皆不在，光天化日下，駕巨型卡車至，以高超手段使門開，入而搬掠一概力所能及之物，舉接車上，揚長而去。睹之者以為搬家，不訝怪。

主人歸，未報案。

經半載，主人攜僕傭歸國，宅院又無人留居。數盜覺主人懦弱，故伎重演，復得手。彼們行徑，卻已引起當地警方睽注，悉數捉拿，皆招供。

及主人歸，警員登門核實情況，主人云「不起訴，願私了」。

警方甚惑，悟有所避隱。然無奈，佛而釋之。主人使當地華裔有影響力者出面召集眾盜，代宴之，席間云：「實非畏。區區小事，不願生流言耳。若識趣，勿復相擾。倘再，彼等有人間蒸發之慮也。」並轉贈美金各兩萬，戲言「壓驚錢」。眾盜得「封口費」，皆信誓旦

旦，指天畫地，絕不聲張。遂明主人有潛大威勢，且獲錢歡喜，果不違誓。

後「紅通令」出，彼處人心惶惶，各門戶出入男女頻繁，不寧氣氛大異以往。

一夕，被盜豪宅之男主人忽現。

女主人詫問：「何來之祟祟，不預先通知，命司機相接，而獨乘的士？」

男反問：「未看近日報耶？」

女曰：「遵囑，不訂報久矣。」

男曰：「勿聲張，吾遭通緝也。手機信息，迅而廣。雖無報，傭僕亦必皆知耳！」

女頓失語，抖瑟難立，俄而嚶泣。

男撫慰曰：「吾尚有易名護照在，晨當同避別國，諒天不絕人也！」

二人所言，不期被女傭隱聞之，告相好者。片刻，一概雜役，皆知也。至夜，先後悄遁，未遺一人。所能隨帶物件，悉數掠盡；更有甚者，對面互奪。男女主人唯默視耳，不敢稍置阻詞。

夜深時，庭中宅內，僅男女主人矣。相向恓惶，悸不能眠，坐待窗明。

至晨，二人方欲匆去，牆外警笛驟起，門鈴聲犬吠聲不絕於耳。

二人相擁，怵立庭中，走投無路。

擴音之語越牆，先中文後英文復又中文，云「拒捕愚蠢，受縛明智」。

二人遂癱坐於地。

奇哉異也！一老叟倏立眼前，曰可相救。

男駭問叟何人？救何圖？

叟曰：「無圖，報恩耳。」

男問：「何恩之有？」

叟以袖遮面，迅一轉首之際，變袋鼠頭矣；首再一轉，復為叟面，幻化如川劇之變臉。

女悟曰：「知也！尊老袋鼠神乎？」

叟曰：「神不敢當，然相救真有術也。」

先是，數年前，女駕車出遊，見小袋鼠被前車撞傷，臥於途，不能稍移，命懸一綫。憐之，抱車上，送

往獸醫院。搶救後帶歸，精心餵養，呵護有加。及能跳躍，親自駕車，送放原野……

女述罷，男磕頭，連連有聲，哀乞速救。

叟曰：「唯一法，若願變我同類，易如反掌。」

女怔而結舌，再怫然曰：「瑞士銀行數十億美元，豈非無意義耳？」

叟曰：「轉眼將成鐵窗囚，且必身敗名裂。審判之恥，亦難逃脫。斯時再多美元，可抵刑乎？有意義耶？」

男亦語塞。

女問：「倘變，有天敵乎？」

叟曰：「有，無非澳洲野狗。然我族係大群體，融而不擅離，可相保護。」

男問：「亦可再變人乎？」

叟沉吟未及答，眾警員破門入矣。荷槍實彈，形成包圍。警犬躍躍，狗吠跳聳，似能斷索。

女大怖，顧男曰：「遲豫將成悔也！」

男始決絕而愴呼：「罷！罷！但請行術！」

女亦曰：「甘願！甘願！」

叟點二人額，曰：「變！」

眾目睽睽之際，三人皆異變也。各自衣履，自行委地。

警員面面相覷，呆若組偶。

犬愈怒，脫牽拽，兇撲之。

叟所化巨軀袋鼠不懼，後足力踹，三犬哀號翻滾，於是衝開包圍，奪門而出。二袋鼠緊隨其後，逃之夭夭……

由是傳說四起，源歸「一在場警官」。警方及時聲明，斥云「妖言惑眾」；該警官亦公開認錯，自謂「酒後醉語」。不可止，傳愈甚。

或云：曾見一袋鼠頸墜鑲珠寶首飾，似價值昂貴；另一同類躍其旁，蹄掛瑞士名錶。二袋鼠活動於一大群中……

或云：農場兒童得瑞士錶於袋鼠骨架旁，皮肉遭野狗飽食殆盡，而其錶估值百萬美金以上……

繼後，貪財者或單幹，或結伴，背槍荷彈，騎馬引犬，巡獵於原野，皆欲獲鑲珠寶首飾。雖嘲啁之聲嗤之，仍個個志在必得……

怪豬

東北某縣某村，有王姓者，家窘。屢圖致富，命乖運舛。天時地利人和，虔禱而終不惠。三番挫折，五次傾敗，賠資蕩產，愈貧。心怏怏將泯未泯，意灰灰將滅未滅。

王性多疑。功倍成半則瞻前動搖，否極泰來偏慮後不舉。村人嘲而嘆曰：「似爾朝三暮四，興興廢廢，妄想巨財，不屑小利，豈非該窮？」且明嫉暗妒，常油煎麵人，或燭焚惡符，咒張三羅禍，企李四暴亡。張三李四，家業盛旺發達耳。並於更深夜靜，跪祈神鬼，降熊熊天火，將全村盡吞之。男女叟孺皆不赦，獨庇其家。禽畜錢物概不損，巨細斂之。神鬼不靈，天火未降，貧富依舊，無可奈何。唯悻悻然、鬱鬱然、悵悵然而已。

王飼豬婆，某日產仔。其一雙頭八腳，雙頭耳眼齊全，贅腳生出背上。醜怪異極，觸目驚心。村人奔走相告，紛至沓來，眈眈圍觀。王惡其不吉，欲摜斃之。一後生驚呼：「勿！此大新聞也。告之報界，必予登載！」王沉吟良久，莫知作何思忖，忽喜上眉梢，促曰：「速去！如斯言，定酬謝！」後生疾往。

王注清水盈盆，柔攬怪豬於懷，以面巾輕拭黏穢，似親娘洗滌初嬰。換水六遭，絞巾八遍，擦至通體潔淨，嫩皮晶瑩，呈新藕色，方肯罷休。笑逐顏開，自語曰：「乃吾乖乖！」憐愛之狀，難勝描述。復將一弱仔從

豬婆乳下拎拽而下，旁擲不顧，捧怪豬湊於乳前，導嘴銜之。觀其吮咂，臂酸而不厭其煩，「乖乖」未絕於口。圈內糞臭撲鼻，蔴蠅嗡嗡，自得其樂。

喚妻至，教呵斥村人，峻色道：「凡欲一睹為快者，每人每次收費五角。再睹再收，遠親近戚概不例外！」妻畏其暴，諾諾連聲。村人憤其刁俗，不逐盡去。

王謂妻曰：「財神開眼，吾家發矣！」妻亦鄙之，忍隱誚訶，任其自娛。王留戀圈內。至午，三呼乃用飯，雀食而棄箸。復歸圈內。

晚，後生果搬一記者來，撩襟拭汗，自表功勞：「奔行未敢稍停，唯恐怪胎猝死。」索謝十元。王怒瞪之曰：「此乃神種，何謂怪胎？嫉吾蒙幸，咒其死焉？」後生揖罪不迭，堆笑頻索。王曰：「本當酬爾，但爾惡語相咒，『乖乖』已受作踐。一酬一罰，兩相抵消。吾不怪爾，可許爾免費小瞥『乖乖』數秒。休得唣！」後生見其賴酬，頓足詬罵。王佯佯不睬，後生悻悻去。

記者請王允入。王探臂柵外曰：「給錢。」問：「何錢？」曰：「入院費。」問：「幾錢？」曰：「君特殊人也。加三倍，一元五。」記者出示證件，辯駁：「真記者，非冒充。參觀採訪，理應優待。此新聞法規，爾不聞乎？」王從容曰：「聞則聞矣，但遠親近戚概不例外。此吾自定原則，望多關照，莫相逼難。」肅嚴之態，令人傾倒。

記者啼笑皆非。王殷殷期待，竟像寬厚長者，勸誨詭詐兒童。記者反覺尷尬，嘿然付錢。王不卑不亢，矜持收受，掖入袋裏，終於開扉，頗懷敬意，親讓院中。

王陪記者同踱圈前。圈內業搭蓋小棚，草簾周蔽。記者請王揭簾一睹，王復伸手曰：「給錢！」記者訝然：「適才給矣，何健忘若此？」王微笑曰：「適才入院費，此刻觀賞費。」

記者不悅，責其貪婪。

王曰：「君差矣。不聞故宮，宮中有宮，凡入一宮，另購票耶？」

記者無奈，問：「幾錢？」

曰：「三元。」

驚叫：「吾聞大觀園，參觀者僅付二元而已！」

曰：「大觀園中林黛玉，無非一美人兒，電視中便

可一睹芳容玉貌。吾雙頭八腳神豬，雖活百歲而難逢之事，況於君有新聞價值，非尋常參觀可比，僅多索一元，吾虧死也！」記者嘿然又付。

王半啟草簾。記者令全啟，擎相機欲拍。王橫胸擋鏡頭前，曰：「可觀而不可攝！」記者大惑：「不可攝，何勞人請吾？」曰：「攝亦交錢。次數計算，一次五元。」記者惱，怫然便走。至院扉前，猶豫不出。復返，抑怒而付錢。

王一旁雙目緊盯，竟不一眨。快門撥動三次，得十五元於數秒內。記者去後，王示錢於妻道：「吾謂財神開眼，非騙語耳！」

隔日，消息載於小報。見報前來獵奇者，絡繹不絕，日計二三百人。縣城閒漢散女，不辭途遠，乘車而至，尤助其盛。

王家自始熱鬧。王迫其妻翔立院扉內側，依次收錢。又闢後門，便於疏走。王自守於圈前，二度索鈔。間或捧怪豬把玩掌上，溺寵懷中，喚「乖乖」如嬉愛兒，以挑觀者興。八九日內，收入兩千。怪豬時已開眼，四日顧盼，雙頭同轉，八腳踢蹬，顛倒能立，醜狀百端。王加價，觀者不減。

王倍愛之，由愛生敬，進而至於崇拜。暗思己曾妒人，恐人亦妒己，投毒縱火，害死怪豬，斷其財路。惕惕之心，夜夜機警，寢眠難安。一日，不與妻言，自作主張，騰空臥房，將豬婆怪仔移置炕上，鋪軟被二層。移置之際，燃香叩拜，神明有靈，虔誠可鑒。日數飼，進以粳米稀粥，佐以銀耳，拌以魚鬆，頗肯破費。又請善書法者書一橫匾，赫赫然「聖麒麟舍」四字，鑲於框中，懸門楣上。

本縣西南一山，鳥類繁多，常年棲息。時值國際愛鳥年，有美籍博士、鳥類專家華西頓先生，居山考察。見報所載，亦奇，驅小轎車前來觀賞。王受寵若驚，百般殷勤，誠惶誠恐，然錢照索。洋博士給以洋錢，王生平見所未見，如獲元寶。

於是又請善書法者，以楷書題記「×年×月×日，美國專家華西頓博士移尊屈駕，光臨『聖麒麟舍』，觀後曰『OK』」以誌紀念，並將博士名片裱於其上。

王企盼怪豬長大。恨不能三日內大如犀牛，大如巨象，訓以雜技，串成節目。騎之周遊全國，周遊世界，幻想美元、日元、法郎、馬克、加拿大元源源不斷，滾滾入囊。其間斷哺仔豬，嗷嗷哀叫，先後餓斃。王不憐憫。

省動物園派人攜款商洽，以三百元欲購怪豬，王不售；加至四百，再加三百，王仍不售。來人沮喪而去。省博物館亦派人攜款商洽，預先獲知動物園出價七百而遭拒，故開價八百，加至一千，王唯哂而已；加至一千五，王終不為所動。來人嘆曰：「財迷至此，愚不可及！」

王妻央人善勸之，王大怒：「爾等昔日嘲吾該當窮命，如今見吾好運降臨，反花言巧語誘吾圖小利而斷財源，究竟是何居心？再敢勸者，啐其面耳！」

然以怪惑人，以醜獲利，必難持久。不逾半月，觀者寥寥，終由院庭若市而門可羅雀。豬婆怪仔，同發瘟疫。豬婆先死，怪仔後歿。王因夜夜一炕侍臥，感染瘟毒。醫療費用，超出巧賺之錢，且哀痛攻心，憂鬱塞腑，奄奄一息。彌留之際，產生幻覺，執妻手諄諄叮囑：「吾死之後，將變神豬。汝可速飼一豬婆。來年春季，吾便投胎。否則，投胎他家，致富別人矣！」

言訖而亡……

曲某

曲某，余大學同窗，官宦之子。按古比今，屬「正黃旗」。父軍職轄政，顯赫一時，「四妖」覆滅，陷孽深重，量難逃審判，畏罪自縊。

家道衰落，身價頓跌，經年淪為平民。

曲喜享樂，戀色，貪杯豪飲。慣以司門人語，發謗世之言，尖酸刻薄，噴泄積憤。放浪形骸，窮歡極娛。每飲，必邀三四學友，儀表堂堂，風流倜儻，「桃花運」稠，座中常有姿色姣好女子相陪。好啃五香鴨頭，咀嚼甚細，津津有味，嗚咂聲聲，如貓食鮮魚。酒不醉人人自醉，則執箸擊碗，引馮諼語狂歌曰：「長鋏歸來兮，出無車！」並戲座中女郎：「他日得志，當娶汝為三妾！」照便喟嘆：「人唯一命，寧富貴十日，不寒酸百年！」然性耿介，頗敢仗言。見人有危難，樂充俠士風格。善雜文，文言多用俚語，白話點串之乎，頗具才華。同窗雖厭其縱情放浪，亦喜其瀟灑不羈，無相歧者。

余敬其才。曲曉余敬之，對人感慨：「吾不配敬而獲敬，苟富貴，勿相忘！」信誓旦旦。

結業，余與眾同窗送其歸籍。曲唏噓而別，車上呼曰：「同窗三載，深蒙厚敬，定當相報！」後聞其供職中學，羞為師表。余發數函，婉言勉勵，泥牛入海，杳無回音。

前年八月，忽獲曲一信，邀余暇時往其籍省小住，

於是聯絡頻繁。終得十數天假，致電告之。

出站，舉目四望，未見其臨。疑惑間，身後一人搗背曰：「學友不識同窗乎？」驚回首，乃曲。曲笑道：「迎迓站內，兩相尋覓，使兄焦躁，望諒。」細審之，容貌無所改變，便更少年。西服革履，氣度不凡。神采飛揚，春風得意，躊躇滿志。攜余乘上一車，其車為雖舊還新「紅旗」。詰何所來，答曰：「敝省省長以『皇冠』取而代之，吾已買下。」問價，答曰：「四萬。」見余瞠目相視，笑道：「區區小數。」

車內已坐二女郎，一個十七八，一個二十四五，明眸皓齒，眉黛唇紅，姿色艷麗。十七八者着小衫短裙，修腿苗條。二十四五者着新式旗袍，曲綫婀娜。各有大家閨秀韻味，不似小家碧玉俗美。曲坐二女中間，雙臂狎鈎玉頸，薦曰：「小婉、小倩，吾二秘書。」二女默默含笑，想來以狎為常。

車過鬧世，緩入幽靜深巷，一旁高牆丈許，滿佈青藤。問：「何往？」小倩代曰：「賓館。」片刻，高牆退盡，忽現紅漆門樓，莊嚴肅穆。兩側翔立男侍，制服新穎漂亮。

車停。小倩秀足先踏，款款出車，代為開門，舉止文雅，彬彬有禮。

曲笑睨余曰：「知兄惡鬧，故代定此清靜處下榻。內有溫泉，終日可浴。首長與外賓出入之地，不服務於凡人。」

余怯步。曲又曰：「此構建，似吾家舊宅，差別大小而已。」小婉笑睨余道：「從容入者，經理非凡人也。」言罷前行引入。

衛門男侍果不阻攔，視曲等頷首微笑，分明常至熟識。

內有魚池假山，迴廊緩轉，角亭獨立，滿園花卉，綠蔭蔥蘢，懸瀑濺玉，噴泉播銀，飛檐銜接，聳脊參錯，市聲杜絕，鳥語寂寞，恰似人間天堂。三四女侍花中飄來，綠中隱去，粉裳玄裙，疑為仙姑。

余心大生忐忑，低問價格。

曲淡然曰：「日百八十元。」

余頓止步，窘曰：「煩換榻處。」

曲怪詰之：「何不如意？」

吞吐相告：「無可報銷。」

曲哈哈大笑，拍余肩道：「安住勿慮，學弟承擔。」

余堅持：「誠意心領，盛情懷擁，然弟如此耗費，愧怍絕不敢當！」急躁竟至於面紅耳赤。

曲曰：「何足掛齒！學弟今已辭職經商，腰纏豈止十萬！多言『耗費』二字，吾不悅矣！」

小倩、小婉，徐拂香帕，牽來熏風。側目視余，似不耐煩，一言喉渴，一道足酸……

余不復堅持，默然隨入。

入室，見軟床寬大，沙發闊綽，靠坐舒適無比。壁貼塑紙，地鋪絨氈。高窗通陽台，繡幔兩分開。電話、電視、電冰箱，應有盡有。空調散冷而無聲息，使人斂汗而不覺涼。原來，外中內洋。

曲與余稍敘寒暄，小婉鶯聲促曰：「該用膳矣。」曲起身攙余手，踱至餐廳。奢侈一餐，二百餘元。小倩、小婉牽手先自離去，曲敬余煙，低謂余曰：「實不相瞞，二女吾情人也。小倩善作媚樣，嬌嗔百態。小婉極盡溫柔，最解人意。此間頗少干涉，兄若思受用，至夜可潛遣侍奉枕席。」余惶惶道：「君子不奪人之愛！」曲揶揄：「阿嫂醋罎子乎？」余嘿然而已。

曲曰：「人唯一命，寧富貴十日，不寒酸百年！兄迂腐過甚耳！」

後六七日，曲日日同車陪出入。司機亦曲僱傭，月酬豐厚，喏喏聽命於曲，從無牢騷。巡環揮霍於上等酒家，偶爾湊趣於民間小肆。奇饈珍餚，地方風味，余享膩吃煩。市內古跡，遊樂場所，無遺遍娛。四周郊野，綠水青山，曲及二女陪余流連忘返。每晚，曲必追余同至一流舞廳，戲曰：「改造老兄。」曲可謂舞廳王子，舞姿翩翩。二女輪番陪之，常同被公認舞后，場場奪盡風光，惹舞男舞女羨眼乜斜。余不會，曲命二女教余，教亦不會。小倩嘲曰：「笨拙恰似榆木段！」小婉嘆道：「與爾一輪舞，累似推大磨！」或曰：「新鞋踩髒矣！」「經理當付勞務費！」巧語連珠，嬉余開心，以博曲之快活。曲便作憐憫狀，撫余背曰：「老兄不可救藥！」

恍惚一周，余藉口父病，請允相辭。

曲不強留，購軟臥。送至列車上，贈名貴禮品十盒。於站上執余手問：「記吾當年言否？同窗三載，深蒙厚敬，定當相報！吾非空話偽君子，今履行之，死無憾事耳！」

車開，曲隨車大呼曰：「厚敬已報，勿復致信！」涙潸然而下。

余惑不能解，匪夷所思。至家，驅魚遺雁，懇表謝忱。又復如前，泥牛入海，杳無音信。梗余胸中一團疑。

半年後，有編輯自曲籍省來，問識曲否。答曰：「新聞人物，豈能不識？已在押矣！」驚問何故，方詳道來：先是，曲辭公職，落戶僻鄉。鑽政策之隙，以開拓型農戶名義，詭稱發展企業，貸款四十餘萬元，與各方面簽訂空頭合同，騙款三十餘萬元，總計七十餘萬元。只見其揮霍，不見其經營，人雖疑之，人不問之，事不關己，高高掛起。慫其享樂，從中漁利者，達百人之多。各合同單位聯名訴訟，才致敗露。

曲於法庭無懼色。

問：「知罪否？」

答：「明知故犯。」

問：「款今何在？」

答：「享用盡矣。」

問：「不懼死耶？」

答：「但請速死！」呵呵冷笑，且侃侃云：「倘吾一人，國之幸耳，民之福耳！詐騙該死，巧取豪奪又何罪？敢盡誅之否？」

遂判其死。

然有人告發，其仍餘三十萬，不知藏何處。以寬大誘交代，然守口如瓶。故押之緩刑，為究三十萬而延其命……

余聽罷，羞恥灼面，愧汗淋淋。經月，聞曲已斃決。未知三十萬究獲而得，或永朽地下。

是夜，見曲不叩扉而徑入室，言曰：「老兄別後無恙？」又云：「陰間亦感逍遙，不乏共享樂者。然少美酒，勞代購茅台百箱。唯寂寞之時，思念二女耳！常視死，盼聚歡。」

驚醒，乃一夢也……

紅磨房

余故鄉周村傍大山。石級達半嶺，有庵，蔽松林中。山出紅石，風化之，漸為紅泥。逢雨，推紅泥於山下，村人好和而厚宅牆，故遍村屋舍皆紅。樹西北有磨房，亦紅。統村共事之。

該村翟氏後生，幼喪雙親，村人輪年撫育。翟饗村德，誓心以報。獨立，則定居磨房內，充驢作馬，任諸家驅使，不受酬勞。翟性蘊藉，仁義善良，行為儉束，喜好孤處。閒悶之時，唯踞門檻吹自製榆哨而已。其調悠長，其音韻宛，清越裊曼，類乎聖詠。若危難臨村，奮勇當先，赴湯蹈火，在所不辭。逾二十歲，數老者同為媒保，娶一寡婦。婦長其九歲，無子，稍遜姿容，然善操持。先夫已歿十載，恪守婦道，循規蹈矩，有目共睹，實乃良家婦女是也。翟自立戶，備感村德，半身為夫，半身為公僕。村人亦皆悅其服效。夫妻雖少綢繆，卻能頗相安處。事跡傳播，遠近鄰村譽為標範，稱頌村風美好。更有甚者，親臨該村，趾涉磨房，意圖觀破訛偽。睹女在操持，男在勞作，羨佩愧返。村望愈高。

某日，翟刈草河畔，乘月負歸。忽聞一女驚呼：「野狗子阻道，來人也！」其呼甚駭。

翟棄草應聲奔去。月輝之下，見龐大惡犬劫一女於陡壟，白牙森森，似欲突撲。女顫瑟無逃處。翟入水田而近之，踏水四濺，屨陷於泥不顧。至前，躍壟上，赤手空拳，護女作金剛狀。喝犬，犬不懼，裂脣嗚嗚相逼。犬且逼，翟護女且退。退於壟下，犬搖尾從容旁走。女跌坐於地，久不能起。翟審視之，乃前村女玉娥，嘿無一語，悄然避之。

女坐地切呼：「後村磨房阿哥，休棄吾於此，乞望伴歸，恐野狗子復來！」

翟踟躕而返，扶娥起，隨行左右。

娥驚魂甫定，垂首羞告：「不耐暑夜窒悶，思更闌無人，可嬉清波，一爽拙體，不期歸遇野狗子。」

翟吝語不答。

至前村首老樹下，娥駐足睇翟，誠曰：「多謝阿哥，得閒當助推磨！」粲然一笑，姍姍而去。

翟歸途拾一物，乃濕淋淋女子束乳絹品，知為娥所丟失，有心翌日還之。然自覺其念孟浪，亦恐人知，蜚短流長。拾而復棄，棄而復拾，掖於懷中。

至家，妻愕詰：「此負何久焉？哪裏混弄泥水遍家？」

及寢，俟妻沉睡，床頭衣內出娥失物，藉盈窗月光觀賞之，剔透柔軟，想入非非，神思難守，意悵悵然。

娥亦幼喪父母之孤女，經村中德行昭昭者撮合，嫁趙姓人家為童養媳。方十三歲，小郎君誘與交而孕，未做少婦，先成豢母，竟生雛兒。村人皆恥之，德行昭昭者嘆曰：「有傷風化若此，少小淫似其母，今後必一蕩婦！」蓋因其母生時慣會倚門賣俏，約歡偷情，雖死而穢名遺人之口。

娥歷年長成，體態窈窕，容貌嫵媚，嗔笑嬌俊，儼然麗質美女。夫先猝死，子後夭亡，村人皆云報應。趙家惡之，謀劃陰賣於大戶。娥思自嫁而屢遭辱罵，揮斥做無窮事務。村中好色之徒，明唾之而暗挑之，存偷香竊玉之念而圖正人君子之名，盡不得逞而盡詆毀之。娥未縱己而早聲譽狼藉，遂以惡還惡。鳳姐計炕之事，萬妹誚謾之詞，皆無師自通。譽愈敗。是以翟冷漠待之也。

翟輾轉不能眠，想本同命，理當相憐。然其譽，翟實所懼，尤甚於懼惡犬。又某日，翟正旋磨，娥意外至，挎小籃立門外，笑謂翟曰：「獨旋吁吁，阿嫂何不憐惜？容癡妹代勞乎？」翟停，大窘，呆視不知所措。

翟妻聞聲於內室挑簾踱出，識娥，板面冷問：「有何貴幹？」娥斂笑趨入，雙手捧籃示翟妻云：「公婆思飲豆汁，敢煩阿哥一遭。」翟妻言詞更厲：「饗一村德，事一村磨，吾夫非兩村共飼之畜，任人可驅！」娥慚色曰：「願為阿哥納履以酬。」翟妻斥道：「吾尚未死，夫履豈勞汝手！」娥乞曰：「容待磨空事之，完豆而返，公婆必罵。」翟欲語，妻瞪止之，又曰：「磨屬村物，非吾家私

有，空而不允髒污！」咄速出。娥慚且羞，淚盈盈於眶，垂首倒退而出。

翟責妻曰：「何洶洶以謾言辱弱女？承母罪耶？」妻嘲曰：「何拳拳甘為其驢馬？欲勾搭焉？」翟身藏娥物，心懷隱緒，恐妻猜測，慍慍不語而已。

至晚，翟仍負草於前處，遇娥怔立河畔，定望河水，月下影凄，夜露單寒。翟至而竟未察。翟疑惑良久，喃喃愚問：「夜不窒悶，復欲爽體？」娥方回顧，雙眸凝憂，滿面悲戚，睇翟欲言而止者再。翟出其失物於懷，曰：「當日歸途所拾，常隱於身期遇以還。」娥曰：「蕩女褻物，不忌骯髒耶？不懼悍妻耶？不曉人言可畏耶？」翟囁嚅無詞。娥接之，嘆曰：「人將去也，物何需還？」拋於河中。其時秋洪瀉下，河濤洶湧，濁流湍急，轉瞬渦沒。

娥又曰：「實相告，數番候此至夜，唯圖晤爾一面。」翟喃喃請賜教。曰：「相煩遭拒，登門受辱，公婆亦不饒恕。指桑罵槐，攢豆一地。籬下之命，不堪忍受，更不知何日嫁賣於何人何地！世間太不公道，莫如一死。然河東河西，兩村百戶千人，竟無一真善良者。晤爾唯求一事：死後孤冢，厚培黃土，防野狗子刨墳，泉下不得安寧！」語甚哀烈，淚潸潸落，雙袖掩面欲躍。

翟拽止之，心亦酸楚，勸曰：「苟活勝過怨死！況人命無定數，豈知他日永不超脫？」娥掙扎而曰：「公婆虐待，尚可默受。人人鄙棄，自尊難存，心早死焉！」

翟戚戚曰：「何謂人人？誹美之言，實乃女子妒美之心，男子褻美之念，吾獨不信！木秀於林，鳥圖棲之。鳥不得棲，蟲必害之。真君子心中不存蕩女，口聲聲詆謗不休者絕非正人！此判世之理也。」

娥眈眈睇視，忽投翟懷，慟哭失聲，慨而泣曰：「世有人一執公道，世可眷也！」翟溫存之。二心溝通，兩情觸動，親憫愛悅，遂相誓好。然情融融、意綿綿而已，莫敢越雷池。此後，密約偷會，二心鎖連，兩情更篤。

一日，翟獨於家中削柳編籬，娥急促促自外而入。翟恐妻突歸，頗怪之。娥曰：「見其河邊浣衣，方敢冒入。事緊迫，豈顧許多！」詰何事。曰：「公婆將吾媒賣

已定，二三日內嫁送之。」議與翟私奔。翟愕而不語。又曰：「無此膽魄，從今永訣，難相見矣！」翟仍不語。肅問：「真相愛否？」翟始曰：「愛。」繼問：「愛汝妻否？」答曰：「否。」娥釋然道：「不愛而棄，愛而與奔，天公可恕！」是約夜會於村尾共奔。

翟默默良久，斷然曰：「不可！」娥驚質其意。曰：「此妻乃村德體現，村德不敢負。棄此妻而村譽必遭毀，村譽不敢滅。」娥頓足曰：「充驢馬數載，村德足報矣！不愛之妻而強加者，村譽偽之極矣。」翟猶言不可。娥焦躁曰：「愚頑若此，急死人也！」翟竟曰：「可陪死而不可與奔！」娥無計施，意落千丈，心同死灰，瞥見隅角鹵壇，頓生絕念，曰：「罷者！兩心既相愛悅，生死有何啼哉！生不能做夫妻，死後為同穴鬼，一大倜儻快事！」撲往捧壇，灌喉有聲，如渴至極而飲清水。翟怔視之，須臾奪壇已遲，悔莫及矣！娥倚壁萎於地，曲縮翻滾，痛苦之狀，劇目挖心。

翟抱娥於懷，涕泗滂沱，狂呼：「始愛之，終害之，孽之孽之！」娥攥翟手，甲入其膚，慘曰：「阿哥真相憐愛，乞速助一死，免娥活受酷罪！」翟肝腸寸斷，不忍視，乃操地上削柳尖刃，橫心閉目，當胸刺入。此際翟妻以首頂盆而入，見狀大駭，盆扣於地。翟手仍握刃柄，雙目仍閉不開。娥以垂髮掩翟手，殘喘謂翟妻曰：「吾自尋死，不涉汝夫干係。望公堂前做一證人……」言未盡而氣已絕。

遍村大嘩。

司法當日捕翟。問通姦之罪，答曰：「有情無姦。」問殺害之罪，則供認不諱，僅「然也」二字而已。詳問，鎖脣不答一詞。傳其妻為證，細述所見歷歷，唯不述娥死前之言。遂判決。

行刑之日，圍觀者近千。翟從容謂其村人：「自幼孤零，磨房為家。有妻無家，有家喪家！吾死後，當與娥共葬磨房內。否則，定化厲鬼夜夜騷擾，管教雞犬不寧！」

村人多迷信者，懼其言，果踐鬼願。從此，村譽不振。

磨房逐年頹塌，終成廢墟一片。村人教誨兒女輩，

常道：「欲做紅磨房內新鬼耶？」謠傳至夜，可聞磨聲碌碌，鬼語悄悄。時有笑音，酷似玉娥，且云：「阿哥何旋之急急？停歇伴吾說話！」而翟妻登山入庵為尼矣，凡二三年莫下山一次。

此三十年前舊事。

及「文革」，「掃四舊」者輩掘其荒冢，曝白骨路旁。隔夜，骨歸原穴，穴又成冢。村人暗傳，翟妻所為。蓋庵被廢，翟妻遭遣下山，迫其還俗，勞改於「婦女隊」。及今，庵重修復。翟妻已六旬老嫗，復歸庵為長尼。去歲卒於庵中，遺物僅經書一冊。

方圓百里，鍾情男女，常有至紅磨房廢墟者，紅土抹額，雙雙跪於墳前，海誓山盟，以表愛之忠貞。村中未歿絕之德行昭昭者，皆已耄耋之年，倘孫輩締親，竟亦詣往萌誓。漸成風俗，人不以為怪。

今之「異史氏」曰：「噫！三十年河東，三十年河西，敢云天不變而道亦不變乎？道既變，人亦變，天奈之何？前人之恥，未必後人之羞，道奈之何？道以人變而變，人隨道變而變，此乃天之正德也，此乃人之正理也。天不變天老，道不變道殤，人不變大悲大謬也！是以感慨命筆，以祭雌雄怨鬼耳！」

鬼畜

吼叫傳來……

最初幾聲，具有令人毛骨悚然的猙獰恐怖之威，彷佛聚了鬼氣的怪獸的咆哮。不，不是彷佛，根本就是一頭鬼畜！它那吼叫充滿了對人的徹底的蔑視和仇恨，充滿了難耐的噬血的渴望……

潮而冷的風濕漉漉的、陰森森的，從鵰嘴峽谷喙形的谷口噴出，嘯一陣陣長久的淒厲的呼哨，如同兇漢用擀麵杖從孕婦的肚子裏擀出的哀號——分不清那似孕婦的哀號或似胎兒的哀號，抑或混為一體的慘痛地尖嘶……

天穹朦朧，星斗疏寥，玄雲吞月，只剩一鈎彎彎的、鬱鬱的如同愁戚了一萬年的蒼眉。

夾成峽谷的兩座大山屏息斂氣……

狡兔在穴中探頭探腦……

騷狐瑟縮在草窠裏觀察動靜……

流螢飛來逸去，爭相顯耀它們尾部那一點點磷光，明滅於老墳荒冢之間。

人——一個、兩個、三個……所有翟村的男子漢們，隱蔽在老墳荒冢後面，緊握鍘刀、鎬頭、斧頭、二齒叉、三齒叉、四齒叉、鐵杵、棍棒……

夜露濡濕了他們的衣服。

男子漢們一個個都在哆嗦、發抖……

狗——一條、兩條、三條……所有翟村的猛犬兇獒，皆警踞主人身旁，預備一躍而起衝向峽谷，投入一場刺激的遊戲。這些翟村的狗啊，幾輩子的庸常早使它們感到寂寞無聊了！

它們的主人對它們的壓制已令它們百般地不耐煩……

吼叫中斷片刻，又傳來了。——不，不復可言「吼叫」二字，簡直就變成了類人的哭聲，類女人的哭聲！一忽兒似老嫗哭亡子，一忽兒似新寡哭亡夫，一忽兒似嬌媛泣悼考妣，一忽兒似絕乳雌嬰飢啼……

類哭、非哭、惑人、襲人之聲，乍落驀起，倏弱倏強，逝於悠遠而發於幽冥，斷於咫尺之前而續於半步之後！變化萬端，詭機迭起，不可憚言。與鵰嘴峽谷噴出的淒厲風嘯匯而合之，長噝短啼，怵天瘮地，悸月驚星，摧木駭石，營造出這一猙獰之夜的這一刻恐怖之時！

翟村的男子漢們一個個魂飛魄散。

猛犬如泥，軟癱在他們身旁，爰其適歸。

人和狗企圖進行圍剿的緊張、興奮與冒險的激動，被那模擬的哭聲從意志、從信念中掃蕩了、動搖了！人和狗頓覺陷入了萬千雌魂女鬼的包圍，儘管不過耳聞其聲，還未見到什麼觸目驚心的情形……

此時更加脆弱的不是人的視覺而是人的聽覺，沒有什麼比可怕的聲音更加可怕的東西。它揉搓碎人的膽量好比歇斯底里的猩猩揉搓碎一件蟬翼絹衣。

「別聽啊！捂耳朵，捂耳朵！喝住自己的狗哇，那老鬼畜就要出現了呀！……」

翟文勉喊起來，想穩住人們的心。

彷彿萬千雌魂女鬼的長噝短啼之聲繼續……

老墳荒冢後面，男子漢們紛紛丟棄了進擊物器，雙手捂耳。鬼畜的迷惑，使他們感到凶兆四伏、險象環生，心底產生了速逃之念。這分明怯懦的可憐的念頭，將男子漢們來時各個都顯得勇敢無比的鍍釉瓷器般的自尊搗毀了。

穴中的狡兔昏厥過去一次，又昏厥過去了一次……

草窠裏的騷狐駭絕一番，又駭絕了一番……

竟有一個男人大哭……

接着，第二個男人大哭……

隨即，許多男人哭成一片……

由於恐懼而失聲大哭的男人，比由於恐懼而失聲大哭的女人，更像由於恐懼而失聲大哭的孩子。

鬼畜所發出的迷惑之聲，使他們彷彿中了蠱心亂志的邪魔。

翟文勉大失所望。

那些往日他尊敬的男人們，這會兒令他沮喪至極。

他開始悟到——他率領來的這一群男人，其實沒幾個算得上男子漢。男子漢連哭也應是無聲的，男子漢連恐懼之時也應是心驚眉定的！翟村的這一群男人啊，他們本質上更像男孩兒，但此刻他需要的是置生死於度外的鬥士……

他胸膛內猛然地翻捲起一陣悲涼，為那些尚未出生入死便已自尊掃地的男人，更為他自己……

他進而悟到了今天也許是他的忌日！

「別哭哇！咱們的背後可是咱們的翟村呀！咱們翟村的安危可全靠咱們啦！……」

他希望能夠重新鼓舞起男人們的血性、男人們的責任感和男人們的功德意識。

但這翟村後生的呼喊，卻不能遏止住翟村的男人們一個個都像嚇壞了的孩子似的哭。

「啊……天喲！老子今夜是要交代在這地場啦！秀她娘哇，我可是再不能見到你啦！翟文勉，這都是你一個人的主張！我死了也記恨你！……」

有個男人一邊嗚嗚咽咽哭，一邊詛咒他。

他聽出，不是別人，正是他的堂叔翟玉興。離開村子前，那長着戲台上壯士般的虯鬚的男人，曾在人群中振臂高呼：「今夜誰死了誰光榮，翟村後代子孫也為他立牌坊！」

翟文勉不明白他的堂叔了，恨不得衝過去扇堂叔幾耳光！

「盡是些個沒出息的男人，比女人還不如！……」

他握着鋒利砍刀的右手，憤怒地往地下一剁……

他家的狗慘叫一聲，朝他胳膊上報復地狠咬一口，

箭似的便往村子的方向逃竄，一路哀號不止。

那一刀罪傷無辜，齊根剁下了狗尾巴。

於是，所有的狗跟着向村子的方向逃竄……

於是，老墳荒冢後面站起了一片身影，齊發必敗之喊，跟着他們的狗爭先恐後向村裏逃竄……

恐懼是心理的噴嚏。

逃是行為現象的多米諾骨牌。

頃刻，老墳荒冢間，只剩下翟文勉自己仍隱蔽着。

鬼畜的類女人哭的吼叫中斷了長久的一陣。

四野是出奇的靜了。

冷颼颼、濕漉漉、陰森森的風仍從鵰嘴峽谷洶湧過來，然而已毫無怖音，如同無形的、無聲的浪濤。

流螢卻是更多了。

間或還有一團團鬼火飄蕩。

剛才的異風響徹了天穹。

似愁戚了一萬年的蒼眉的那一鈎彎月，仍似愁戚了一萬年的蒼眉！

天地間但聞一聲太息。

是鬼畜發出的，是兩座大山發出的，還是那藏熊匿豹的幽谷深峽發出的？

翟村的男子漢們，將他們最文弱的一個後生，也是他們公推的今夜這一次圍剿行動的領袖拋棄了！

他緩緩地、緩緩地站起來……

他那文弱的身影孤立而明晰……

這裏，那裏，遍地閃耀着經過磨礪的鐵器鋥亮的光……

他咬緊牙關，忍住胳膊的疼痛，於是他的雙唇便抿出了真正男子漢對邪獰的一抹輕蔑，於是他那張年輕的臉上便寫出了真正男子漢的、孤立的高傲和孤立的勇敢。因其此時此刻的孤立，那高傲才是高傲，那勇敢才是勇敢。他那一雙眼睛，大睜着，咄咄地、炯炯地瞪着鵰嘴峽谷的方向。他那孤立而文弱的身影，巋然又鎮定。在老墳荒冢之間，他整個人顯出一股浩氣，一種威凜，一派尊嚴……

緩緩地，他向他的翟村回首一顧……在那一刻，他默默地訴說了許多不為人知且永遠不為人知的訣詞。

他知道，在他的翟村裏，女人和孩子正抖擻着精神，預備敲盆擂桶為男人們吶喊助威。

男人們卻如被獵犬逐散了群體的麂子，正一個個拚命向村裏逃竄、逃竄……

他心中頓時湧起了莫大的對他的翟村的女人們的憐憫。

他心中頓時湧起了莫大的對他的翟村的孩子們的憐憫。

「天啊！」

他在內心裏悲愴地喊了一聲。

「讓我，那麼讓我一個人，與那頭鬼畜決一死戰吧！」

他想，其實他是明確地選擇了失敗。

此刻，這一翟村的後生，已別無選擇。不，他還是有另外一個選擇的——逃，像那些翟村的男人們一樣地趕快逃竄。

他恥於像他們一樣。

他願以他的血，將他對他的翟村的忠誠，淋淋漓漓地寫在腳下這一片大地上，並祭他的翟村無奈地喪失了的尊嚴！

同時，在他的心底裏，業已篤善地寬恕了向村中逃竄的那些男人們。

他不認為他們背叛了他，不認為他們出賣他一人在即將臨頭的猙獰的險惡面前。

「不，不是背叛，不是出賣。」

他對他自己這麼說。

他寬恕他們的行為，乃因在他看來那是他們的習性，而非他們的品格。這些翟村的男人們啊，他們是祖祖輩輩的被輕蔑慣了，被種種的、最高級的或最低級的人輕蔑慣了，以至於他們相信自己原本就是微不足道的，原本就是理應被輕蔑的。此前他們從未試圖為自己的尊嚴伸張過、抗爭過，而他們今夜曾想要做的，畢竟是他們從前連想都不敢一想之事啊！

但是……

但是，近來他們所遭受到的，竟是來自一頭瘋魔了的畜生的壓迫和欺辱，一頭多年來曾被他們虔誠地供奉

為神明的畜生！它整日裏放肆地、大搖大擺地壓迫着踐踏着他們的精神和心理，它變本加厲地蔑視他們作為人的存在和尊嚴！……

我翟文勉就當我是翟村的一面旗幟吧，讓那鬼畜的利角豁開我的胸膛吧。

婉兒，婉兒，來年今日，你要到我的墳頭來給我唱支歌……

你就唱我最愛聽你唱的「相愛者搭賠上血來」吧……

他這麼一想，便認定自己的選擇是義無反顧的了。

於是他更加鎮定，於是他不再覺得孤立。一種高貴的被他那塞滿了書本教育的頭腦所營養的但求壯麗一死的信念，在他的思想中蒼涼而豪邁地昇華、昇華……

那是美好卻又太缺乏意義的浪漫之一種。

這翟村的後生於是屏足了氣驚天動地地一喊：「白牛！你出現吧！翟村的翟文勉向——你——挑——戰！……」

回應他的，是從鵰嘴峽谷衝嘯而來的震山撼嶽般的接連的幾聲牛吼……

他將砍刀橫握胸前，一步步地、堅定不移地就朝峽谷走去……

風又異嘯起來了，唰唰地掃倒着一大片一大片枯草。枯草湖波似的湧動起伏，流螢從草隙中飄向夜空，如同人家煙囪裏冒出的火星。

滿宇宙鬼氣怫怫。

他的背後，偌大個翟村死寂沉沉，全沒半點生息。

難道那些男人們一逃回家去便摟着老婆孩子蒙頭大睡了嗎？

他很想回首再望一眼他的翟村，卻只是很想。

又傳來幾聲牛吼……

終於，那頭鬼畜出現了！

峽谷的方向，影綽綽的，他發現了一丘白色。那一丘白色，從容不迫地朝他逼近……

那就是它——一頭瘋魔了的變成了鬼怪似的老白牛，軀如象，角如矛，蹄如盤，吼則驚獅駭虎，且善擬女人哭。按一頭畜生的年齡而言，它太老太老了，竟依

然健壯，健壯得令人難以置信。在它那渾圓的、極粗的頸後，高聳着一座結實的肉壘，彷彿巨駝之獨峰。它的兩條前腿每一稍動，肉壘便在厚皮下更加凸矗。它若一低頭，嚇下直至前膀的軟組織，就會像落地幃幔似的堆疊於塵。不過，它低頭之際，正是它欲取人性命之時……

現在，它的頭低得不能再低。它的雙角，被人血污染過的雙角，像穿鑿機械的銳鑽一樣，似能輕而易舉地挑開、豁開、頂開、撞開一切物體。它的鼻孔噴出一股股膻氣。它的脣沿聚着腥臭的黏糊糊的嚼涎。它的兩隻大眼鼓突着。它地動山搖地向翟村的後生逼近，但它壓根兒就沒瞧見他似的。

他站住了。

望着它，他一時不知該朝它的哪一部位砍，此前他從未親手殺死過任何有生命的東西。它是一頭瘋魔了的暴戾的畜生，由於魔了便無所畏懼。由於被噬血的渴望所衝動，它視人為仇敵。

它沒站住。

它繼續踏來，洶洶不可一世地踏來。

翟村的文弱的後生，頓覺自己手中的砍刀太短、太鈍、太輕。事實上，用那樣一把砍刀欲結果眼面前這樣一頭鬼畜，不可能。

在他遲豫間，它已趨近了，它的左角矛直指他胸膛。他不禁後退一步。這時，他看清了它的表情。是的，千真萬確。那頭鬼畜「臉」上，居然做出了一種表情，正如它能模擬類女人的哭聲一樣。它那雙鼓突的牛眼，射出兩束又狡猾又陰險又溫情脈脈的類人的目光。更準確地說，那也是類女人的目光——好似一個狡猾的陰險的患了甲狀腺亢進的女人，企圖誘惑和耍弄一個男人的眼裏所投射出來的目光！它的牛脣一咧，牛「臉」上隨即便有了一種古怪的笑意，那是又醜陋又可憎又令人莫測高深的畜生的一笑。它那大蝙蝠似的趴在牛「臉」上的牛鼻，不可思議地皺了一下，使它寬坦的牛鼻樑上褶出一系列皮棱。雖然是在夜裏，但它的牛頭距他太近了，他能清清楚楚地看見那一系列皮棱——強化了它那牛「臉」上的類人的輕蔑之態。

它彷彿在說：「沒你什麼事兒，你這人仔。滾開！」

他聽到這頭鬼畜類人似的哼了一聲。

他聞到了從它鼻孔噴出的一股腥羶之氣，以及從它嘴裏散發出的某種腐敗的醋味兒。

在他震悚之間，它又向前踏了半步。那真真是適到恰處的半步！它那角矛直指他胸膛的角端，將他的砍刀抵得緊緊壓在他胸上，以至於使他那隻握刀的手失去了任何防禦或進擊的態勢。

他用另一隻手擦了擦臉——它脣沿邊那種黏糊糊的髒東西，隨着那股腥羶之氣飛濺了不少在他臉上。

「你！你這頭老鬼畜！你為什麼不尋找一片草地安閒地去死？！你為什麼偏要攪在我們翟村人的生活裏作祟？！你當翟村是牛圈，翟村人盡是牛，而你只要活着便永遠該是牛魔王嗎？！……」

天真的翟村的後生啊，他竟振振有詞地對它進行誘導。

不知為什麼，鬼畜竟最大限度地容忍了這翟村的書呆子。也許僅僅為了想要保持住點兒「牛」這個字曾帶給它的體面的聲望和良好的口碑？也許它幻想着一旦死後仍能以「牛」的名義和形象起碼留在這個翟村人的記憶之中？……此刻，它可以輕而易舉地結果他，它卻不取他的性命。

「是啊是啊，翟村人不該弄死那頭小黑母牛，但翟村人已經向你做過贖罪的表示了呀！你也報復得可以了呀！你為何還不肯罷休？白牛，白牛，你原先和咱們翟村人的關係，可不是這樣地互相仇恨哇！……」

他說着說着，便虔誠地給它跪了下去。他感動於自己的虔誠，欲哭，亦懷着極大的幻想希望自己的虔誠能感動它……

它那張牛「臉」做出了一種類乎冷笑的表情……

這頭可怕的瘋魔了的鬼畜！凡人臉所能做出的種種表情，它那張牛「臉」似乎都可以模擬七分！

這是一張多麼不可思議又多麼使人覺得荒誕不經和可怖的牛「臉」呀！

「你冷笑什麼？你這頭可憎的鬼畜！你如果不依我的話，那麼讓我倆決一死戰吧！……」

他被它的冷笑激怒了。

它將頭一歪——他手中的砍刀便被它的牛角掀落地上。

不待他再有所反應，它用它那渾圓的強有力的脖頸而避免用它的利角一拱，這翟村的後生便被扛起來了。它再一甩脖子，他被拋出了丈外，重重地摔在一座荒冢上，並將那荒冢砸陷！荒冢內，傳出一陣吱吱亂叫——引起了一個老鼠家族的倉皇逃竄。

他昏厥了過去……

它揚頸舉頭，向天穹暴吼一聲，放開四蹄，朝翟村奔踏而去……

當他睜開眼睛，已是朝暾輝煌時刻。

旭日正冉冉地升起，以嬌嬈的火辣辣的情欲誘惑着大地。昨夜天穹上那一鈎憂愁的蒼眉，被倒懸的湛藍的海淹沒了。幾縷沙痕雲固定在天穹之上，一隻鷹貼雲翱翔。他身下，荒冢板結的土殼曬得暖烘烘的。九月的茂草葳蕤的肥葉，庇護地遮掩着一顆顆大而完美的露珠兒。有隻野兔，蹲在離他不遠的地方，漠然地詫異地瞧着他。半截人腿灰白的枯骨，從他腰下的墳冢裏翹向天空。一列錯落紛亂的牛蹄印，深深地印在換季時節色彩斑駁的正褪色似的大地上。

他看見了他的砍刀——白天看來，它並不短並不鈍，分明也是並不輕的。

他從荒冢之上翻下身，站了起來。

那半截人腿灰白的枯骨，失去了使之翹起的壓力，倏然落下。

他回想起了昨夜的一幕幕……

他驚異於自己並未砍下那頭鬼畜的首級……

他更驚異於自己居然還活着……

當這年輕人回到他的翟村時，所招致的是陌生而怨懟的目光。男人、女人、老人、孩子，彷彿都不認識他了。一夜之間，翟村被糟蹋得面目全非！許多人家砌壘工整的土坯圍牆變成了一堵堵殘垣斷壁，心有餘悸的人們從坍塌的缺口神情麻木地望着他。一些人家的房門倒在院子裏，門板有牛角抵穿的洞，有被牛蹄所踢的齜牙咧嘴的折斷新痕。更加令他狐疑的是，除了人外，村中

的一切生靈都不見了。牛、羊、豬、狗、貓、兔、雞、鴨、鵝……一切人們飼養的畜和禽都不見了，全都不見了，甚至連樹上的鳥雀也不見了！翟村原本是樹木成林的一個村子，也是一年四季鳥語啾啾的一個村子。現在，樹丫杈上那一個又一個空空蕩蕩的鳥巢，在他看來恍如一張又一張欲喊無聲的口……

他蹣跚在村中，不知該向人們說些什麼。

翟玉興家院子裏，三具模糊的屍體僵蜷在凝固了的血泊中。

他立刻用雙手捂臉——被牛角和牛蹄報復過的人的屍體，其狀其慘觸目驚心！

他感到一陣噁心。

血腥之氣透過指縫沁入鼻腔，像一股股濃稠的人血注入肺中……

「哈哈哈哈……」

誰在院子裏狂笑？——是他的堂叔翟玉興。那漢子從豬圈爬出來，虬鬚上沾着豬糞。望着那麼一個偉岸的男人作可笑至極的幼兒狀，他感到堂叔也變得有幾分可怕了。堂叔視而不見地爬過堂嬸、堂姪和堂妹狼藉的屍體，爬出院子，爬到他腳前，仰臉瞅他片刻，就用衣袖擦他的鞋，好像老嫗用衣袖擦一隻寶貝罐子似的。堂叔一邊擦，一邊喃喃地說：「都跟去啦！都跟去啦！豬啦，羊啦，狗啦，雞啦，都跟去啦！……我也跟了去吧，誰不跟去它是不會饒誰的……」分明的，堂叔是精神失常了。

他難過得揪心，悲淚潸然而下。

他欲挪開腳，可堂叔將他的雙腳抱定不放，不但擦，而且親，而且用鬍子拉碴的臉偎，而且啃，啃濕了他的翻毛皮鞋，啃得堂叔的牙床出了血……

呆立在各家院子裏的男人和女人，從一堵堵殘垣斷壁的缺口，冷漠地觀看着堂叔姪間這齟齬的一幕。

一頭鬼畜，只因瘋魔了便竟有這般道行嗎？他不相信啊！他舉目四望，但願發現什麼畜生或什麼家禽，卻並沒發現什麼畜生，也沒發現什麼家禽。倒是發現了一隊耗子，能有六七十隻之多的一隊耗子，由一隻碩大的老耗子率領着，不知都從哪些犄角旮旯鑽出來的，也不

知怎麼就集合到一塊的，浩浩蕩蕩而又慌不擇路地奔竄，也是朝村外奔竄，朝鵰嘴峽谷的方向奔竄。秏子們一邊奔竄，一邊吱吱地唱着它們的歌，聽來很歡樂的樣子。

「等等我啊！等等翟玉興啊！……」

堂叔終於不再擺佈他的雙腳，追隨着那隊秏子匆匆爬去，唯恐與那隊秏子拉開了距離的模樣。在瘋了的堂叔臉上，那時卻煥發出了一種虔誠的光彩。

望着越爬越快、越爬越遠的堂叔，翟文勉不知所措。

那隊秏子爬出了村，奔竄到了村口的河邊，排成單隊從獨木橋上迅速而過，秩序相當井然。堂叔也相隨着爬出了村，爬到了村口的河邊，從獨木橋上爬過，也爬得那麼迅速，甚至可以說爬得很優美。的確，堂叔真是爬得很優美、很平衡，很像一頭真的畜生。望着這一怪誕的情形，翟村的後生悲哀地想：「由人變成畜生很簡單亦很容易，並且一定還很快活吧？」進而又想：「堂叔一家的悲慘，究竟該由誰負責呢？該由堂叔自己負責？該由全體翟村人負責？還是該由他翟文勉一人負責呢？」

是啊是啊，也許更該由他翟文勉負責。因為是他三個月前將那些拍電視劇的人引到翟村來的。此前翟村曾是一個多麼美好安謐的村子啊！

那個年輕的至今不知其真名實姓的女導演，那個美麗的和藹的可親可敬的臭女人呀！——在這些惶惶不安的充滿恐怖的日子裏，他一想到她就恨得咬牙切齒！

……

「喂！小夥子，到翟村怎麼走？」

端午前，他從省師範學院回翟村的路上，一輛奶白色的小麵包車停在他身旁。車門一開，探出一顆年輕的美麗的女子的頭，巧笑嫣然，諦視而問。那車上，紅漆鮮亮地寫着七個字——「《屠牛倩女》攝製組」。

他告訴她，他便是翟村人。她那臉不敷而白，那脣不施而紅，那眉不描而黛，唯那雙眼睛是細細勾勒了眼影的。這麼一雙眼睛在那麼一張臉上，效果可不是鬧着玩的。他感到一陣頭暈目眩，險些兒栽了個跟頭。——不是他的過錯，百分之百是她的過錯。她那張臉在晴天白日裏看去，真真的是光彩照人哇！何況她還對他巧笑

嫣然，諦視而問呢！能經得住她那一笑一視，足以證明他在男人堆裏算得上一個很能把握自己心智的非等閒之輩了。當然，原本他便性情穩重並不輕佻，否則那一個跟頭已是當場栽定的了……

他不太清楚自己是怎麼就上了《屠牛倩女》攝製組的車的，至今也不太清楚，任他怎麼努力回想也回想不起來。他只記得一個細節，那就是她笑盈盈地扯了他一把，指如柔荑，齒若瓠犀。——是她的指，是她的齒，不是他的。

她坐在車內的首排座位，一個人佔據那一排座位，身旁放着扁而方的黑色皮革箱。他一上車，她就將那黑色皮革箱搬起放在自己雙膝，並示意他坐。他一落座，她就和他說起話來。九月，在北方穿連衣裙未免已晚，但她穿的就是一件連衣裙，藕荷色的。不消說，剪裁得很適體，穠纖合度；更不消說，她整個人也是穠纖合度的，燕瘦環肥，集美於一身。從畫冊上、掛曆上欣賞美女是一回事兒，身旁坐着一位氣韻鮮活的美女又是一回事兒，她不但氣韻鮮活，而且神光爽邁、秀聳靈動。翟村的性情穩重、嫉惡輕佻的後生，上車後備感頭暈目眩了，幾番所問非所答，惹得她一次次滿面粲然。她笑他那份兒靦腆、那份兒不自在，如同笑一個滑稽的可笑的馬戲團丑角，而她同車的那些夥伴們男男女女的也跟着笑。

「呀！都不要笑啦！咱們也太放肆啦！給咱們帶路的，可是人家翟村的『天字第一號』的知識分子呢，省師範學院的心理學專業研究生！……」

當她得知他的身份後，顯出了一種訝然，一種肅然起敬的樣子。他根本判斷不了她那種樣子究竟是真的還是假的，他的心理學方面的專業知識那會兒對他失去了指導意義。她說起話來快而且甜，眉挑目語，傳達出一種貫於爛漫如花的燦爛性格。

她一路之上盡說盡問。在車還未到翟村時，她對翟村人待人接物的態度和處世倫理的原則便知道得很多很多了，她的伙伴們也知道得很多很多了。翟文勉這個翟村後生中的唯一的知識分子，因此感到非常自豪。他所飽學的那一套一套的心理學方面的書本知識，在解釋和

剖析、介紹和比較他的翟村父老鄉親、兄弟姐妹們時，方顯得那麼有價值有意義，就好比一位老生物學家在解剖台上向一群剛開生物課的小學生們解剖一隻青蛙似的愉快。他漸漸地變得口角俏利起來，他力圖向她和他們證明自己並非是一個學識淺陋的，且在城裏人尤其在她和他們這等渾身上下皆是藝術細胞的城裏人面前常發司閽人語的農民的後代。他希望博得她和他們的好感。他並不掩飾這一點，他一再地不厭其煩地向她和他們表示自己是個有着很強的崇拜意識的人，崇拜影視明星，更崇拜影視導演，儘管他是一個知識分子。他的目的達到了。她漸漸流露出挺喜歡他甚至挺榮幸的那種意思，雖然是小小不然的、很含蓄的、有着交際成分在內的喜歡和榮幸的那種意思；他們也是，但這就夠他知足的了……

至於她和他們，他則知道得太少太少了。她是導演，她率領着他們在拍一部多集電視劇，好像是五集，也許是十五集，總之是多集。電視劇名曰《屠牛倩女》，有大老闆慷慨贊助，資金雄厚。劇中之倩女，也就是導演本人，按劇情需要非屠牛不可。當然，屠一頭是不夠的，屠小牛是不行的。如果屠一頭小母牛或小公牛，那可就太沒意思太沒勁啦！香港老闆也就沒興趣贊助啦，導演一行也就更沒情緒興師動眾來此偏僻之地了。在這一地區，據她和他們所了解的情況，翟村牛最多……

「是的，是的。我們翟村不但牛最多，人也熱情、大方、好客，尤其對你們會更熱情、更大方、更好客！還沒有拍電影、拍電視劇的到我們翟村來過呢！……」

翟村的知識分子後生，趕緊加以證實——她和他們到翟村是太對太英明了。他的話中，帶有明顯的鼓勵和慫恿。

「不過，請問你們，具體來說，也就是導演您囉，究竟要屠多少頭牛才……心滿意足呢？……」

她和他們，一路之上雖盡在說牛、問牛，談種種結果牛的方式和手段（那些方式和手段，雖然在他聽來未免太殘酷太悲慘，但因最終與藝術尤其是與身旁一位氣韻鮮活、神光爽邁、秀聳靈動的倩女聯繫在一起，似乎也就沒有什麼可指摘的了），卻只用「屠」這個文言品類

的字，而絕不用「宰」或「殺」等俗字。故，他也謹慎地避免用「宰」或「殺」等俗字發問。

「倩女」聽罷，笑盈盈答道：「少則要屠五六頭，多則要屠十幾頭，看情況而定。若你們翟村人和我們配合得好，協助得好，我們就不虛此行了啊！這，還要依賴於你，為我們，尤其為我，需要對你們翟村人進行些必要的開導哇！在國外，商業片都是大製作，大製作必得花大經費。我們有香港老闆的贊助，多屠幾頭牛算不得什麼。錢，我們是很捨得花的喲！」

他保證，只要捨得花錢，翟村人是肯讓她和他們盡興屠牛的，樂意屠多少頭便隨她和他們的心願了。他虔誠地、奉承地表示，若有機會為他們尤其為她效勞，簡直是他的幸運。他對身旁這位看上去細柳嬌楊、柔花荏弱模樣的「倩女」大展屠牛手段的情形稍加想像，便覺得那定是蔚為壯觀的場面無疑，而那情形、那場面將來映在銀屏之上，也必傾倒億萬觀眾無疑。他怎麼能不鞍前馬後為她大效其勞呢？這乃是他十分心甘情願、十分愉悅快哉之事啊！……

她那雙細細勾勒了眼影的彷彿最善洞察男人內心活動的美目明眸，將他睥睨一睇，帶有幾分請求地說：

「我想聘你做我們一位編外的製片，酬金豐厚，字幕出名。我們此行，太需要你這麼一位人物了！可就不知……你……是否肯賞給我們這點兒小面子？……」

「我？……賞給您？……『倩女』，不，導演，您這明明是在說一番反話給我聽啊！您這可是太抬舉我了！您……」

「那麼，你同意啦？」

「我……」

那種受寵若驚啊，那種誠惶誠恐啊，可都是真的，發自內心的。對方剛剛致負重託，這會兒又乘懇願，這是多麼友好，多大的信賴啊！他太受感動了呀！

「我不需要錢！錢算什麼！」

由於太受感動，他的表白能力竟梗阻了；由於太受感動，他有些阢隉不安了。所以呢，他說話也就詞不悉心了。其實，錢，正是他所需要的，很需要很需要的。他不是百萬富翁，不過是還沒拿到學位的研究生。這年

頭，每月八十幾元，不夠買一條好煙的哪！他原本的意思應該是——儘管我很需要錢，儘管錢對我太重要太算什麼了，但比起您「倩女」兼導演對我的友好，對我的信賴，對我的抬舉，反而就變得輕如鴻毛了！

「錢，還是好東西！有了錢，才能辦成許多事嘛！比如我們，沒錢，就拍不了《屠牛倩女》。我們都不是些假清高的人，你也用不着在我們面前假清高是不是？記住我的話，任何時候都別貶低錢。你可以隨便貶低哪一件珍貴的藝術品，或哪一個美貌的女人，比如我，但是你今後千萬千萬不要再說貶低錢的話啦。世界上的女人，大抵只愛兩樣東西——錢和夢想。世界上的男人，也大抵只愛兩樣東西——錢和女人。如果說男人除了愛錢和女人還愛別的不少東西，那也是為了女人才去愛的。正如女人除了愛錢還愛夢想，那不過是因為夢想不是使女人變得天真爛漫，就是使女人變得傻兮兮的。男人們喜歡的，不外乎這兩類女人罷了。聰明的女人深諳箇中奧妙，為了博取男人喜歡，不愛夢想也要裝出幾分愛夢想的模樣，是這麼個道理吧？」

這一大番話簡直令翟村的後生茅塞頓開，若不是在奔馳的汽車上，真會五體投地起來！這麼說話的人，能把話說得這麼透徹的人，他接觸得是太少啦！率肆胸臆，襟懷坦白，誨人不倦，這樣的一位「倩女」難做嬌妻，僅成佳友也是三生有幸的啊，管他屠不屠牛的。

他囁嚅地說：「大姐，我一定牢牢銘記您今日對我的一番諄諄教導！我……我叫您大姐，您不介意吧？……」

「已經是自家人了嘛，隨你願意怎麼叫都成，叫大嬸也是可以的！」

她的調侃之詞聽來都是聲聲悅耳的。

滿車人哄然大笑。

正是受寵者知其寵所歸，施愛者知其愛所付。翟村的後生，似乎不再是翟村的人了，似乎便是那輛乳白色的小麵包所載之「倩女」導演大姐等眾中的一員了，甚至好像差不多已經是她的一個親信了。他甚至已經開始站在「倩女」導演大姐的立場，代表着她的利益思考怎樣與他的那些既不坑人也不吃虧，既非常愛錢也還多

少講那麼點兒鄉親情意的翟村人交涉、周旋、談判和討價還價了。在翟村，雖然他是晚輩，但是個很有些號召力、很有影響力的人物。他是翟村開天闢地的第一個知識分子嘛！翟村的女人愛錢、愛孩子、愛串門兒、愛播蜚短流長，不愛夢想。如果說愛夢想不免包含了點兒異想天開的意思的話，翟村的女人卻是連夢想也是不怎麼夢想的。翟村的女人是些實實在在的女人，以翟村男人們的看法來說是這樣。她們當然也是與翟村的男人們合轍配套的女人，除了他自己所愛的婉兒例外。婉兒姑娘是多少有點兒愛夢想的，比如她就總是夢想着早日和他完婚成為他的媳婦——他對這一點已經很有些不情願了。這不就證明她是多少有點兒愛夢想嗎？接受了「倩女」導演大姐的諄諄教導，他雖然茅塞頓開，但同時產生了新的困惑——他判斷不了婉兒因為多少有點兒愛夢想，是比所有的翟村的女人們天真了、浪漫了，還是變得比所有的翟村的女人們都傻兮兮了。對於翟村的男人們，他了解得更為深刻。不，不，談不上深刻，因為翟村的男人們就談不上深刻不深刻的。誰和翟村的某個男人混幾天，或者短則混上幾小時，甚至混上一會兒，差不多便可以把某個翟村的男人估摸透了，而誰估摸透了某個翟村的男人，差不多同時便把所有的翟村的男人們都估摸透了——他們第一愛錢，第二愛女人。「倩女」導演大姐對於男人的看法，真乃是「放之四海而皆準」的普遍真理呀！如果說翟村的男人們總還多多少少有那麼一丁點兒男人的深刻可言，那便是——由於第一愛錢，所以第一忌諱談錢；由於第二愛女人，所以第二忌諱談女人。如今之中國男人，不談錢、不談女人的極少了。所以翟村的男人們，可謂都是些保持中國男人本色的男人。按傳統來講，也就都是些難得的「好男人」了。一百年後，說不定僅僅憑第一不談錢和第二不談女人這兩點，很可能被列入「國寶」加以重點保護。翟村的男人們，第三所愛是愛熱鬧、愛遊戲。以邏輯學來分析呢，這第三所愛與愛女人有直接的關係，因為翟村的女人們像翟村的男人們愛女人一樣愛熱鬧、愛遊戲，但心裏頭愛，從不說愛。說愛，不是就不賢淑了嗎？那是無論如何不能說的。她們愛熱鬧、愛遊戲，但愛得一向

非常矜持、非常莊重，從來不傷大雅，不失體統。愛熱鬧、愛遊戲，乃是她們不可久抑的需要，完全不亞於她們在情欲方面的需要。因而製造熱鬧、發動遊戲也就成了翟村男人們不可束之高閣的義務，銘刻在他們的傳統意識。男人們既然愛她們，理所當然地就該盡此義務。難道對女人們是可以隨便愛愛而不盡點義務的嗎？若翟村的男人們這項義務盡得不好，翟村的女人們就整日裏互相串門子，播一村蜚短流長再播一村蜚短流長，使男人們不得安生。她們以此整治他們，以警醒他們該盡盡義務了，從而以示抗議，亦算一種對自我需要的自我滿足的簡單方式。公正論之，翟村男人們對翟村女人們的此項義務，繼往開來地盡得還不錯。誰家結婚，誰家死人，誰家給高堂祝壽，誰家破土蓋房子，誰家的公畜和誰家的母畜配種，都曾被翟村的男人們營造成翟村的空前絕後的熱鬧，並發動成翟村空前絕後的集體大遊戲。再往前說，「文革」時期的種種體現於翟村，也全屬翟村男人們為翟村女人們所營造所發動的且翟村女人們熱情高漲、踴躍參加的熱鬧和遊戲。翟村的哪一個男人，若善於別出心裁地為翟村的女人們營造一場什麼熱鬧，發動一場什麼遊戲，則必受翟村所有女人們的青睞乃至傾心，即使偷偷摸摸和他睡覺也是心甘情願的。翟村的男人們，在熱鬧之大、遊戲之頻這一點上，竟都有些緬懷「文化大革命」歲月。那是怎樣的歲月啊！——根本不需要男人們搜腸刮肚、挖空心思去犯琢磨胡思亂想，上邊早提綱挈領地時不時就部署好了，且部署得相當周密，什麼範圍、什麼規模、什麼程序則一概不必操心。那些歲月，翟村的男人們活得很生動，儘管有時候吃不飽肚子，卻也一個個顯得陽氣旺盛；翟村的女人們活得很風流，儘管有時候遊戲着遊戲着不知怎麼一來自家男人甚或自己就成了被別人所遊戲的人，難免受委屈、受侮辱、受歧視或掖驚揣怕，卻也一個個顯得挺水靈，陰氣充盈。這些年不行「另外」了，這些年上邊分明沒那麼多精力引導百姓熱鬧和遊戲了，這些年也就很難為翟村的男人們了。城裏人倒好過，城裏有「卡拉OK」什麼的。翟村沒有「卡拉OK」，也「卡拉」不起來，「OK」不起來。城裏沒什麼熱鬧，城裏也是熱鬧的。翟村沒什

麼熱鬧發生沒什麼遊戲進行，翟村的男人和女人就都普遍地覺得缺少了許多足以生動而風流地活着的精神。尤其是近半年來，沒結婚的，沒死人的，沒祝壽的，沒蓋房子的，翟村的男人們英雄無用武之地了。只有一次張家的公羊和李家的母羊配了一次種，不過就是羊，不是大畜而是小畜。男人們自覺難以營造成功什麼大的熱鬧和發動成功什麼大的遊戲，表示索然。女人們則對幾個躍躍欲試的男人表示了相當大的不屑捧場，使他們的積極性和自尊心深受傷害……

「你們翟村為什麼叫翟村呀？」

戴上了「知識分子」桂冠的這一個翟村的後生正徒自思考得出神——知識分子總是愛徒自思東想西的，這乃是有些人一旦自以為是知識分子了或一旦被視為知識分子了遲早總要染上的「臭毛病」，就好像妓女或嫖客容易染上梅毒、艾滋病之類是一樣的道理。——他的「倩女」導演大姐突然又向他發問。

一個顧問，一個顧聽，從此便「姐」定了似的。

他以恭敬之近於謙卑的語調和語言回答她——翟村人十之七八姓翟，故叫翟村。翟姓人中，十之七八又都親套着親，戚貼着戚。外姓人家，凡事在村中難獲自主，無可依恃。三長兩短，四常五德，人事扼束，酬酢紛綸，外姓人家們習慣了以翟姓人家們之是而是，之非而非。侘傺不遇，門牆桃李，拔擢起用，睚眦必報，翟姓人家們的尺碼便是翟村的普遍道德、普遍公理、普遍良心、普遍法度，而外姓人家們也早已習慣了認同這一切。翟姓人又格外尊老，越老越倍尊。四五老耄長者，乃翟村之至尊，所有翟村人不分翟姓的、外姓的，皆對他們以「老人家」相稱，尊為「老老人家」、「二老人家」、「三老人家」、「四老人家」……以歲數為序類推，不一而足。

「剛才忘了問，你姓翟呢，還是姓別的什麼姓？」

「我嗎？我當然是姓翟！」

「那麼，像我們這一行人，到了翟村勢必會驚動你們翟村的『老人家』們了？」

「會的，會的。『老人家』們都老得別的事都做不成了，整日裏拄着棍子互相攙扶着，從村前一小步一小步

地挪動到村後，再從村後一小步一小步地挪動到村前，日日監察。村裏突然出現了這麼多陌生人，豈能避過他們的眼睛啊！」

「這……若你們翟村的『老人家』們，對我們的到來，表示不歡迎，那……我們不就很尷尬、很難堪了嗎？……」

「倩女」導演大姐頓時憂心忡忡，愁眉不展起來。她嘟囔：「你不知道，大姐我頂頂膩煩和半老不死的老東西們打交道了！我和他們打一次交道，就月經失調一次。」

「真……的……」

後果的嚴重性令他的思想負擔也大了。

「你問他們！」

「倩女」導演大姐回首望同伴們：「是這樣的吧？」

他們中立刻有人嚴肅回答：

「就是！就是！」

「千真萬確，一點不假！」

「要不是這樣，誰糟蹋着自己玩啊！」

「大姐，別愁！咱們不是有我這個翟村翟姓的人在嗎？」

他低語慰人的話說得是那麼溫存，將「咱們」兩個字說出了十分強調的意味兒，以表明自己與她和他們是心連着心的，是已統一了戰綫的。儘管他說得胸有成竹，卻知道他的翟村的「老人家」們可都是些倔老爺子，未必就會很禮待「倩女」導演大姐等眾「現代派兒」倜儻十足的外地人，也未必就會很容易地被他所勸服而改變態度……何況她和他們還要在翟村大屠其牛！

小麵包車拐過一處山坳，遠遠地望見了翟村。四周大山將其圍成了小小的盆地，綠蔭蔥蘢，宛如栽在蛋形陶皿裏的一簇水仙。翟村就隱蔽在這簇水仙中，而那說短不短、說長不長的一些翟姓和其他姓氏的人的正史、野史也就隱蔽在這簇蔥蘢的水仙似的綠蔭中。自然環境是夠美的，聞鳴鳩呼婦，見紫燕攜雛，正是陶淵明們喜歡的世外桃源，足以修身養性之人間仙境。人呢，是些正巴望着營造什麼熱鬧、發動什麼遊戲的內心裏寂寞無聊得已有些浮浮躁躁、不耐其煩的男人和女人。

「景色很好的一個村子！」

「倩女」導演大姐讚嘆起來。

聽到自己崇敬的人讚嘆自己的家鄉，那總是很愉快的一件事。

翟村的後生嘿嘿地笑了。

「我代表我們大傢伙兒對你說的話，可是很鄭重的啊！反正我們到了翟村，一切全拜託你啦！我是你大姐，你是我新認的一個弟弟嘛。再說，你已經接受了我們的誠意，是我們的一位製片了呀！」

她對他明眸一轉百媚生。

他對她的叮囑回報以不計後果的誓言：「大姐放心！翟村若冷淡了你們，我再也不回翟村了！」

轉眼間，車已開至村口。

蒼老的大樹下，亭亭玉立着一個人兒，短袖的白衫子，肥角的綠褲子，顧盼之態妖嬈，對這輛車若有所思。這正是他的婉兒，難說是天真的浪漫的還是傻兮兮的那一個婉兒，然而是個標標致致的鄉里妹子。

「停車！停車……」

車緩緩停穩，翟村的後生跳下車趨前詫問：「婉兒，你在這兒等誰？」

「等誰？等我的個冤家！」

婉兒舉手要打他似的，沒打，笑了。然嘴兒是笑了，眉兒卻還顰着，其嗔其嬌其羞其忍俊不禁模樣兒楚楚的，半真半假，亦莊亦諧，煞是迷人、動人。

他說：「哦，那麼你在等我了！」

他與婉兒保持着兩步遠的距離，不再向婉兒身邊靠攏。他清楚，若他靠攏近前，婉兒是會小鳥兒似的展開雙臂撲入他懷裏摟抱住他親吻他的。車上的人們都瞧着他倆呢！婉兒卻是不在乎多少人瞧着他倆的昵情的，更不在乎她不認識也不認識她的人。她內心裏可能正巴不得有機會在眾目睽睽之下抱住他親吻他一回哪，那定是少女希望在人前公然炫耀情感、顯示勇氣的肆意。所以他非但不再向婉兒身邊靠攏，反而下意識地做出防範的姿態。

男人都是些比女人更複雜更做作的東西，只有男人們自己才更清楚每個男人經常的是多麼虛偽……

婉兒見他那架勢，就有些不高興，甚至有些生氣，咄咄地道：「你哪一次寫信來告訴了我你回村的日子，而我沒迎你？」

他訥訥地說：「婉兒，你看你怎麼一見我面就生起氣來了呢？」

婉兒撲哧笑了。

婉兒一笑，他也笑了。婉兒轉嗔為笑時，是婉兒最令人不由不喜愛的模樣。

這時，「倩女」導演大姐也已下了車，走過來調笑地問他：「姑娘是誰呀？介紹介紹吧。」

他紅了臉，只得介紹：「她是婉兒……她……」

婉兒拿眼使勁盯着他，單看他怎麼介紹的樣子，彷彿他若含糊，便會立刻發作給他個下不來台。婉兒是做得出的，婉兒就這麼個脾氣，爹媽寵慣的。

「倩女」導演大姐也在看着他。

夾在兩個女子意味都很深長都很執拗的目光之間，他一時很不自在，全沒了說假話的條件，不得不從實招來：「她是我未婚妻……」

這翟村的後生啊，他心裏邊想的是——千萬別惹「倩女」導演大姐吃醋哇。女人不都是在感情方面愛吃醋的嗎？他一廂虔誠地以為，一路之上，「倩女」導演大姐對他已經很青睞很有某種感情可言了。

「倩女」導演大姐緩緩側過臉，把個鄉里妹子婉兒從頭到腳、從腳到頭細細端詳一番，讚嘆道：「好悅耳個名字！好悅目個人兒！」在他聽來，那口吻，那語調，與在車上讚嘆他的翟村完全相同。不待他再開口，又自我介紹道：「我是導演。咱們會相處幾天的，你就隨你這郎君叫我大姐吧，但願這幾天內咱們能交成個姐妹般的朋友！」

她說着，主動向婉兒伸出了手。

在她端詳婉兒的時候，婉兒同樣也在端詳着她。分明的，婉兒不能像他一樣，對這樣一位又美貌又時髦又氣質不凡的「大姐」親近起來。

不知為什麼，他敏感地覺得，婉兒對這樣的一位結識了很榮幸的「大姐」，彷彿懷有着幾分大可不必的戒心似的。

婉兒疑惑地瞅瞅他，也不笑，也無話，更有些不情願似的、心不在焉地遞過一隻手去，剛與對方的手象徵性地握了一下便迅速地縮回了自己的手。

婉兒一縮回自己的手，就走近他摟抱住他的一條胳膊，並偎貼着他悄聲說：「先到我家吧，正好你爸媽都在我家和我爸媽談咱倆什麼時候成親的事呢！」

「倩女」導演大姐一點兒都沒介意婉兒那麼明顯的排斥和冷淡。她倒笑了，調侃道：「真真是『在天願作比翼鳥，在地願為連理枝』，天造地設的般般配配的一對兒呀！一塊兒上車吧，把你倆送到家門口……」

上車時，「倩女」導演大姐湊耳對他說：「想不到，你們翟村還出這等能解男人煩愁的尤物啊！」

儘管是湊耳低語之言，但婉兒聽到了。婉兒又顯出老大不高興的樣子，努着小嘴兒，分明地真是有些生氣了，也不知是惱於她的話，還是惱於她對自己心上人無拘無束的親近……

早有村裏的孩子們將此車於暗中秘密偵探了半天——那一天以前，翟村從未來過那種他們僅從電視上看見過的車。

「天津大發！」

「日本三菱！『有路就有三菱車！』電視廣告這麼說的……」

廣告時代，熟記廣告最是孩子們的一大熱衷，連偏遠山村裏的孩子也不例外。

「青女屬牛……」

一個孩子自以為是地將寫在車上的「倩女屠牛」四個字錯唸了出來。

「哪個是青女，就是那個穿高跟鞋的女人嗎？」

「準是她！屬牛就屬牛唄，幹嗎寫在車上滿天底下招搖哇？」

「做廣告唄！」

……

於是，孩子們先於此車跑散在村裏，爭先恐後地向大人們宣傳：

「青女來啦！來了個青女呀！」

「她屬牛！青女屬牛！穿高跟鞋，眼睛比牛的眼睛還

大……」

「除了那個屬牛的青女，還有些男的。文勉哥和婉兒姐也坐在車上……」

於是，最先是年輕的女人——那些個大姑娘、小媳婦們，紛紛地喚住孩子們詢問：

「什麼樣個青女？穿一身黑嗎？」

「你們怎麼知道屬牛？」

孩子們就七嘴八舌地道：

「沒錯，屬牛！這麼大的紅字寫在車上的！」

「好像是來咱村拍電視劇的……」

「我們沒敢上前問是來拍咱們村的，還是來咱們村拍他們自己的……」

當此車停在婉兒家院門前，婉兒的父母連同翟文勉的父母都好不納悶兒，先後相隨着迎出了屋。他們見先從車上下來的竟是他們的兒子和女兒，奇怪而且狐疑，如墮五里霧中……

翟村的男人們和女人們也紛至沓來，聚於婉兒家院外看熱鬧。雖然還沒有什麼真正的熱鬧發生，但他們和她們內心裏都湧起了一種只可意會不可言傳的小小的激動、小小的興奮。半年多了，沒結婚的，沒辦喪的，沒給老人做壽的，沒給孩子過百天、過周歲的……半年多的時間裏，竟什麼值得議論議論的事兒都沒發生過。翟村是寂寞壞了，翟村的男人和女人們也寂寞壞了。翟村的男人們，都很內疚、很慚愧，個個覺得欠下了女人們什麼似的挺對不起她們。也許此車可帶來某種熱鬧，也許此車的突然出現正是一場大好遊戲的開端，倒像是有那麼點兒顯山露水的兆頭……

一夥來自外面世界的造訪者，一夥不速之客們，受翟村一個後生因心猿意馬而過分熱情、過分殷勤的引導，就這樣來到了三百多戶人家的翟村，並當晚就在村東頭翟玉興家新蓋起來但還未搬進去住的大瓦房安營紮寨了……

半夜裏，翟文勉在自家廂房睡得挺酣實。跟堂叔一商議，堂叔就痛快地允許「倩女」導演大姐等眾借宿了。這不可不說是一個令人滿意的開端。「倩女」導演大姐見他將事情落實得順當，懷着五分感激、三分柔情、兩分

蜜意地偷偷兒對他說：「我真想親你一下！大姐諸事可是全都拜託你啦，大姐我虧待不了你的！」

夢裏，「倩女」導演大姐的話也正順順當當地落實着哩……

他被親得透不過氣兒，憋窒而醒，溫存百般。——一個旖旎的軀體，纏綿地偎伏在他身上……

「大姐？！……」

「啪！」

面頰捱了一巴掌。

定睛細看，卻是婉兒。

婉兒僅穿短褲和一件女孩兒家無袖無領罩胸袒腹的小褻衣。月光從敞開的窗子慵懶地鋪灑在炕上，婉兒的軀體膚如凝脂，白晰如玉，胸部在小褻衣下高高聳起，瀑布似的長髮遮了她的半邊臉面，而賞給他的半邊臉面上分明寫着一個字——「惱」。

「你從哪兒進來的？」

「從窗子跳進來的。」

「快回你家去！半夜三更的，你這樣子，又在我屋裏，萬一叫人發現了，成個什麼話！」

「半夜三更的，誰還會進你家院子到你屋裏發現了我在這兒？只怕那就是賊了吧？」

「我說的是萬一！萬一，你懂不懂？」

「不懂。我只上到小學六年級，哪有你懂那麼多文字眼兒上的學問！」

「你小點聲，別叫我爸媽聽見……」

翟村的後生自從上了大學，就不叫爹娘為「爹娘」，而叫「爸媽」了。

「聽見又怎麼？我才不怕你爸媽。難道我還沒過門哪，心裏邊就先開始怕起他們了不成？」

「唉，你這個人呀，沒法兒跟你好好說話！」

「沒法兒跟我好好兒說話，找別人說去，找你那大姐說去！她興許正睡不着覺，盼着你去找她哩……」

「你！胡言亂語！……」

「你剛才不是把我當成了她嘛！」

「我……我被你搞醒的時候，正做着夢……」

「夢裏和你那個大姐在幽會，好一通男歡女愛是

不是？」

「越發胡言亂語了！我和她在夢裏吵架……」

「那你怎麼不和我在夢裏吵架？哼！……」

婉兒霍地坐直，一扭身，賭氣背對他。他不睬她，掉過頭，繼續睡。

嚶嚶地，婉兒就哭了起來。她那哭，從腔到韻蘊含着無限委屈。

不睬，是不行了。她賭氣哭，卻絕不會賭氣離開。他早就多次領教過她這一套了，很概念化、很程式化的一套女孩兒家的小伎倆，翻不出什麼新花樣。但女孩兒家的哭是一種永遠不會落後的常規武器，那是不可以輕蔑的。她若感到她的武器被大大地輕視了，定會由嚶嚶小泣而號啕大聲，哭醒他的父母，乃至哭醒半村人……

翟村的男人們和女人們，不是正愁簡直就沒什麼不該發生的故事發生嗎？

他乃文化人，乃知識分子，乃翟村這片土地百年孕育的一個精英，他可以帶給翟村的男人們和女人們某種熱鬧，他心血來潮、無所事事之時也可以誘導他們參與和進行某種有益無害的遊戲，但他萬萬不能變成他們的熱鬧。那成何體統呢？……

「婉兒，婉兒，別哭了！我逗你玩呢！……」

他趕緊坐起來，湊到婉兒身邊，哄她，親吻她，愛撫她。

於是，婉兒也就不哭了。

婉兒的任性，其實通常情況之下是很講究分寸的，現在的情況還不算太特殊，若他採取的應付措施遲了，就難料了。

單音久奏的蟋蟀們，忽然不奏了。那一縷小小單音的停止，卻也造成了一陣萬籟俱寂的大效果。

擁着婉兒繾綣的他神經過敏地警覺起來，吻着婉兒軟綢似的頸窩的脣，像一隻受到驚嚇的蠶似的貼伏在那兒不動了。

婉兒仰向後去的頭徐徐地抬起，她瀑布般的秀髮不但將自己的也將他的臉一塊兒掩蓋了。在那彌漫着玉蘭型馥香的秀髮垂成的方寸帳幃內，她的燃燒着情欲的眼睛困惑地詢問他的眼睛……

「去把窗子關上。」

他對她耳語，彷彿兩個賊在作案時互相耳語。

「我不去，我嫌熱。」

「蛐蛐為什麼不叫了？」

「嗯……」

她一副就要失聲大笑的樣子。

「我不嫌熱……」

他推開她，自己去將窗關上了。將關未關之時，謹慎地探頭朝外窺了一窺。

「你，上次回來也是這種時候，翻牆跳院的賊似的摸進我屋裏，咋就不怕萬一別人發現你，萬一驚動了我爸媽？……」

婉兒也受他影響，早就多少「知識化」起來了一點兒——也不叫爹娘為「爹娘」，而叫「爸媽」。

待他又湊近她，她閃避開了他的摟抱，問得相當認真。

「上次是上次，這次是這次，情況不同了嘛。……」

「咋就不同了？」

「上次嘛……」

「你說，你說，我非聽你說個明白不可！……」

「上次嘛……上次我是太想你了……那叫色膽包天……」

「花言巧語！」

她狠狠地在他胳膊上擰了一下。

他的欲火卻早已被她煽動得很旺了。

他握住她的一隻手倒在炕上，順勢也將她扯倒……

蟋蟀們剛又唱，有條狗狂吠。狗一吠，蟋蟀們噤聲了，絕不屑於競爭子夜大舞台似的。狗吠是從他的堂叔家新屋那邊兒傳來的。一條狗吠，頃刻號召了東西南北中全村的狗都吠……

他猛地坐了起來。

她將他推倒，伏在他身上，不許他起，甚至不許他動。

「婉兒，你得讓我起來，讓我去大姐那邊看看，也許大姐有什麼事兒需要我幫忙。要不，狗為什麼從她住那兒領頭叫呢？……」

他低聲下氣地哀求她。

「啪！」

面頰上又捱了重重的一巴掌。

「還跟我提你招引來的那個媚狐子，我可咬你啦！」

「怎麼是我招引來的呢？我不遇到他們，他們也是會來村裏的呀！再說，你跟她別的股什麼勁呢，人家可是怪喜歡你的嘛！……」

「屁，你當我沒聽見她對你悄悄罵嗎？」

「冤枉了她，冤枉了她……」

「沒冤枉！她對你罵我『尤物』！」

「『尤物』兩個字她是說了，可那並非罵人的話……」

「我是人，不是物！把人說成物，還不算罵人的話？！」

「你不能這麼去理解。婉兒，你這麼去理解，是沒文化。別人知道了，會笑話你的。『尤』這個字，是『好、更、格外、突出』的意思。『尤物』，簡單明白點解釋，就是好東西……」

不待他的文化啟蒙結束，她則一口咬在他肩頭上了。

他忍住疼，不叫。

他怎麼可以因為疼就叫起來呢！半夜三更的，疼也叫不得的呀！

他不叫，她誤以為他偏不叫，進而誤以為他的忍是比一個男人對一個女人的哭不予理睬更大的輕蔑。

她真的發狠了，像要咬碎一個核桃而又咬不碎，又下決心非咬碎才肯罷休。

他還是忍。除了忍，他也沒別的辦法。他是男人，他是文化人，他是全村最有文化、最有知識的人，總不能反過來也下口咬她吧！他知道，他一咬她，假定他敢幹，她準叫。鬧將起來，這一夜無事生非成為全村的笑柄事小，「倩女」導演大姐他們第二天不被驅趕出村子才怪呢！婉兒的爺爺，是翟村「老爺子」們中的「元老」哇！若他說從某一天開始全村改吃兩頓飯，不許吃三頓飯了，歲數在他以下的那些「二老爺子」、「三老爺子」、「四老爺子」們毫無疑問地會異口同聲附和：「吃兩頓飯好！吃兩頓飯好！吃兩頓飯就是好，就是好來就是好！

……」於是，翟村必然就會從某一天開始大人孩子都少吃一頓飯。對於這麼一位「老爺子」中的「元老」的寶貝孫女，「含在嘴裏怕化了，捧在手上怕掉了」的掌上明珠，連牛見了都不敢瞪一眼，豬見了都不敢吭一聲，鵝見了都不敢挺直傲慢的脖子，狗見了都不敢齜牙，而他翟文勉仗着自己是個知識分子，是個還差一年才能拿到碩士學位的研究生，就敢膽大包天下口咬嗎？

他很憂慮跟婉兒結婚之後，自己倒成了婉兒逆來順受的「媳婦」。他更擔心以後在學院的公共浴室洗澡時，一脫去衣服，渾身暴露出不是牙咬的便是手指甲掐的纍纍傷痕，人們若問起該怎麼回答……

但婉兒注定了將是他的妻子。

他不敢拋棄她，有時只不過是一閃念，但也絕不敢好漢做事好漢當，何況他不是好漢。翟村的土地，能夠百年孕育產生一個知識分子，卻產生不了一個好漢。他若拋棄她，她爺爺發一句話，翟村的男女老少會聚集成一股隊伍浩浩蕩蕩地開赴省城，將省城久負盛名的師範學院鬧個人仰馬翻！若那「老爺子」允諾，事後再供全村人大吃大喝一頓，則他翟文勉必成他那所學校的千古罪人無疑了！……

頭腦中進行着一些思考，客觀上是精神分散法，肩上竟不覺怎麼疼了……

他正奇怪，婉兒問他：「我咬你，你疼不疼？」——其實是婉兒已不咬了。

村裏的狗也不吠了。

「婉兒，大姐他們拍電視劇的事兒，還得靠你跟你爺爺好好講呀。大姐他們還要屠許多頭牛呢！你爺爺若不點頭，村裏誰敢出面接待他們呀？……」

婉兒定定地看着他，悄沒聲兒地離開了他，彷彿離開一個睡熟了的孩子。婉兒從炕邊退至窗前，將一隻手背在身後，推開了窗子。

「你別開窗……」

「呸！……」

婉兒朝他啐了一口，一隻狸貓子似的靈敏地躥上窗台，轉眼蹦到了院兒裏。

臥在院兒裏半睡不睡的大黃狗驀地站了起來，見是

個熟悉的趁夜人兒，雖然跳窗，行蹤上未免有些可疑，卻也懶得管，打了個彷彿又欲吞月的大哈欠，便慵慵地復臥了下去……

他撲到窗前時，婉兒已攀上了他家院牆旁的老樹。

她在樹上恨恨地對他說：「文勉，你若真是個有志氣的男兒，就跟你爸媽說咱兩家吹了你我這層關係，從此你別再登我家門，專一心思去為你引到村裏來的那位媚狐子大姐效勞去吧！」

話一說完，人就在院兒外了……

他是又索然又沮喪又惱火，不知該惱婉兒，還是該惱自己。

他爸媽的屋門開了。

他爸趿着鞋，披着衣，拎着褲腰，在門口猶豫了片刻後向他的廂房走來。

「半夜三更的，作什麼妖？」

老子入屋後，冷冷地問兒子。

「是婉兒……」

「我知道是她！她既然來了，你就該好好兒待她。你是翟村的文明人，翟村的眼睛對你們睜着一隻閉着一隻，德寬半尺，網開一面。這你也是明明知道的，為什麼惹得她說出那麼一番話？！」

「我……我……」

當兒子的不知如何解釋。

「去！還不快去！……」

「哪兒去？……」

「你道是哪兒去？！去找她！賠禮，認錯兒，哄她個樂呵！你自己說，你哪次回來沒跟她鬧下些個梗梗介介的？！你讓你爹娘為你多操了多少心！……」

「我不去！」

「你敢！」

「吹就吹！難道我非攀着她家？她家又算是什麼棲鳳的高枝！」

「老子揍你！」

「揍吧。」

父子倆彼此瞪着，一塊兒較量沉默。

終於，老子持不住勁了，喟嘆一聲，敗下陣。

「歸根結底，你自己的事，你自己掂量輕重吧！……」

悻悻地，他的父親耷拉着頭向門外走。

在門口，他的父親轉過身，低低地說出一句話——

「你若敢吹，我倒也服你」。

「婉兒，你還生我的氣嗎？」

「生……」

「那，你就別生了吧……」

「那，你得對我說句我愛聽的……」

「你愛聽什麼？……」

「你以前對我說過的，還用我這會兒現教你？……」

鬼使神差地，他還是來到了婉兒屋裏，也像婉兒似的跳院牆、跳窗。院牆外有幾塊墊腳的坯頭子，顯然是她為他預備好的，她料想到了他準會來。她是把他看透了，而自己就這麼被人家看透了，他心裏替自己難過……

一通溫存，一遍恩愛，一番雲雨，一了百了。

婉兒心滿意足了。婉兒的性情，就變得那麼乖順了。他也覺得，婉兒其實還是很可愛的，連同剛才她的矯情都是很可愛的。

趁着她高興，他替他的「倩女」導演大姐央求婉兒，如此如此、這般這般地明日裏向她的爺爺——翟村最老的「老爺子」們中的「元老」進行巧妙地遊說。

婉兒只要高興，對誰都是相當之好說話的，何況是對她的「冤家」哪！

「雲雨」是配合方式的特殊消耗。

兩具汗涔涔的青春火旺的軀體，雖然還互相擁着抱着，卻都已攻禦得癱軟如泥，全沒了什麼還想作為的餘力。

「把窗……開一扇吧……」

「別……」

反賓為主，婉兒也就不在乎熱，顯得不無顧忌了。

她以肘撐着身子，一隻手拈着自己的一綹頭髮，像拿着把小笤帚似的，來回地輕輕地撫掃「冤家」胸膛上一層看不見的汗珠。屋裏黑，看不見，但她知道，或者更恰當地說乃是以自己的身體感覺到的。

「你呀，你這個小冤家呀！」她喁喁噥噥地說，「其實，為了你我是什麼事兒都肯做的。咱倆，誰和誰呢？你的事兒，不就等於是我的事兒嗎？放寬心，全包在我身上了……」

婉兒說得是那麼深情。

他感動極了，於是把她緊緊擁在懷裏又一通溫存，又一遍恩愛，重咂一陣銷魂時刻……

在他心裏，在他心的最底層，似乎又萌生着一種演戲般的或者假戲真做般的為誰奉獻了什麼似的愉悅的委屈……

算是一種自我犧牲嗎？算是一種奉獻嗎？為了誰呢？為父母？為婉兒？為「倩女」導演大姐？自問以圖自答，卻回答不清楚……

翌日，在翟文勉的引導下，「倩女」導演大姐攜同製片主任、攝影美工一干主創人等，一一對翟村的「元老」們進行拜訪。這種拜訪，是不速之客們與有資格代表翟村表態的幾位「老人家」的禮節性參謁。按照目前歌星大獎賽頒獎從後往前的順序，即先從相比較而言歲數最小、表態分量最輕的「老人家」開始，越往後排「老人家」們越老，所需時間越長，要求表演得越虔誠，就越發地不能急，不能流露出半點兒的不耐煩，對話的傳遞速度得越發地放慢，慢而再慢，越慢越好。僅同「老人家」們的反應合拍是不夠的，須得比「老人家」們一分鐘一句話的語速慢半拍。至少慢半拍，才會顯出那份兒至少應該的敬意。慢一拍則更難，得側耳聆聽的樣子，不可搶話，不可插言，更不可插問，即使對話沒說完就馬上領會了對方的意思，也要裝出非聽完絕難領會明白的樣子。你若超前顯露了你的領會力很強，那你就完蛋了。因為這足以證明你迫不及待地想要顯露你的聰明，同時也就足以證明你在靈魂深處已把「老人家」們視為很遲鈍的老東西、老不死的了。你還想獲得他們對你的良好印象嗎？即便你真是聰明絕頂的，與「老人家」們攏在一起來論，難道不是「小聰明」而已嗎？……

虧得翟村有個翟文勉，以心理學之現代分析法對翟村各個「元老」預先作了概論，又一一作了詳述，並根據各個「元老」不同的脾氣、秉性、好惡制定了一套戰

略戰術，使早已摩拳擦掌欲在此地大展屠牛手段、大過屠牛之癮、盡顯屠者風流的一干人等，胸有謀略，知己知彼，穩操勝券。過五關斬六將，攻城克堡似的，一徑旗開得勝，馬到成功，將翟村的各個「老爺子」哄得笑掛眉梢、喜上頤來，捧得拈鬚摳耳、春風得意，玩得心愜意悅、六神無主！

正是——一棒子打不倒之威嚴，一番甜言一席蜜語，統統自動趴下了。屠牛之前，先宰人願，小試於先，大快於後，不亦娛乎？

雙方約定，午時三刻，共同前往參謁「老爺子」中的「老爺子」——也就是婉兒家的活祖宗。

斯時，雙方分禮賓座次聚於婉兒家廳堂。婉兒娘笑容可掬，沏茶敬煙，殷殷招待。婉兒娘熱情之中謹守城府，不問不開口，開口必帶笑，有問必答，答似非答，非答而非不答，分明是個「相逢開口笑，過後不思量，人一走，茶就涼」的疏亦難、近亦難且難蒙、難鬥、難使、難誘、難佔什麼便宜的阿慶嫂式的人物，也不知她那銅壺煮開過幾大江水，也不知她那些古董似的花瓷碗招待過幾方來客。儘管她不是個主角兒，但善於分析人心理的翟文勉看得出來，連他所崇敬的內心裏暗暗愛慕的「倩女」導演大姐對自己未來的丈母娘也存着戒心，大概防的是笑裏藏奸，撮鹽入火。

婉兒的父親，一個老實巴交的漢子，很怕見生人的孩子似的躲出屋在院裏餵兔子。

「你們來了好。嘿嘿，咱翟村人，許久沒熱鬧過了。真攪和起些熱鬧，嘿嘿，你們就是翟村的上賓貴客唄！」——他一一對他不認識的這些個人重複地說着表示衷心歡迎的話。

婉兒佇立在廳堂左側一間小屋門旁。那門垂着藏藍色舊布門簾，誰也見不着屋裏什麼情形。婉兒告訴大家，「老爺子」住這小屋裏間的小屋，近來體況不佳，不能親自出面主持談判，指定由她傳入話去，再傳出話來。

於是，婉兒在雙方眾人眼中比她的母親更是個不可等閒視之的重要角色了，雙方眾人都對這翟村的柔時似水潑時似火的嬌小女子刮目相看，潛懷依恃之念。這一邊請她入座，婉兒搖頭，一副不由自主的沽妍市俏模

樣！那一邊請她入座，婉兒搖頭，還是一副不由自主的沽妍市俏模樣。

雙方眾人，莫測高深。

「我爺爺說了——人家千里迢迢，撲奔咱翟村而來，咱翟村萬不可掃了人家的興！」

婉兒說時，兩眼只瞧着她的「冤家」。

翟文勉暗舒一口氣，笑了。

「倩女」導演大姐似乎心不在焉地以扣蓋兒輕輕撥着古董般的瓷碗中飄浮的茶葉兒，笑了。

翟村的「老爺子」們彼此交流會意的目光，笑了。

皆大歡喜。

「說了——牛乃耕作之畜，也是飽腹之肉，不事耕作，屠之殺之，天經地義……」

「說了——錢籌勞務之事，責成翟文勉秉公斷處……」

「說了——咱翟村人寂寞曠久，圖的就是幾日內的熱鬧，望全村通力協助……」

「說了——來時歡迎，去時歡送，乃翟村人待客定理，不得辱慢……」

「老爺子」們中的「老爺子」少時曾讀過幾年私塾，略通曉「四書五經」，言必「之乎者也」，拽三拐四，這般的文縐縐、酸嘰嘰。亞「老爺子」們對於小屋裏間的小屋內那位「老爺子」說了些什麼絲毫不覺奇怪，說的都和他們想的如出一轍。他們多少有些奇怪的倒是——婉兒的兩片薄嘴唇伶牙俐齒的，怎麼就將「老爺子」之主的話學得那麼像？連語氣都像極了，聽來彷彿一字不差……

「說了——作為一項附加條件，要答應翟村的翟婉兒在劇中扮演一個主要配角兒……」

劇組一方的首席發言人，也就是那位「倩女」導演大姐，不禁一怔。

翟村一方的首席發言人，也就是翟村的「二老爺子」，也不禁一怔。

雙方的中間人，也就是翟村開天闢地的第一位知識分子，對未來個人前程躊躇滿志的準心理學學者翟文勉，也不禁一怔。

眾人皆怔……

婉兒獨笑……

婉兒抱肘胸前，交足而立，倚門環視眾人，櫻脣浮哆，梨窩淺現，笑得那麼釋然，且又似乎無端，彷彿所傳之言與己毫無關係。其俏倬疏散神態，如鬆閒一時之餐館女侍者，偶爾倚門，得閒便閒，無意招徠顧客，正好舒心觀覽市景……

翟文勉疑惑地問：「婉兒，你不是……在跟大家開玩笑吧？……」

婉兒搖了搖頭。

「二老爺子」隨即也問：「婉兒，你爺爺，他……他是這麼說的嗎？……」

婉兒點了點頭。

婉兒娘趕緊給眾人續茶，亦正色道：「婉兒，可不許胡來呀！」

「老爺子」說了——「作為一項附加條件，要答應翟村的翟婉兒在劇中扮演一個主要配角……」

婉兒斂笑，鄭重地再說了一遍。

雙方眾人面面相覷。

製片主任——相貌如狗面狒狒般的男人，囁嚅地說：「可……可劇中只有一個女角兒哇……」

首席發言人暗中掐他的腿，制止他繼續說下去。

婉兒道：「劇中有幾個女角兒，這並不關我什麼事兒，我只傳達話兒。看來，你們有點疑我？要麼就是疑我爺爺老糊塗了……那我就進去把你們大家的猜疑告訴我爺爺……」

婉兒說罷，轉身高挑起了門簾……

「慢……」翟村的「二老爺子」撐着桌沿，岌岌可危地站了起來，「婉兒，你可不能對你爺爺說……說我們幾位……猜疑他老……老糊塗了……」

所言「我們」，指的是包括他自己在內的翟村的幾位「老爺子」。

劇組一方的首席發言人「倩女」導演大姐忙不迭地也聲明：「我們更沒有那意思！我們更沒有那意思！……」

「婉兒！」翟文勉叫她一聲，以為她定會回轉頭來。

婉兒卻還是那樣子站着——挑着門簾，一動不動，不回轉頭。

他只有無奈地向着她的背說：「婉兒，別忘了你對我的承諾……」

潛台詞分明是這麼一句——「婉兒，你可千萬莫故意把順順當當的事情往橫溝裏推，那你可就兩邊兒都不落好……」

門簾一落，婉兒入將進去了……

婉兒再出來時，一一掃視眾人，目光掃到「冤家」臉上，聚住，衝他調皮地眨眼，一副並不忙於開口而存心急煞他人的詭異模樣。

「說呀！……」

「說呀！……」

「說呀！……」

眾人全耐不住這短暫的考驗。

婉兒平伸出一隻手，彷彿一語定乾坤的人物，朗朗道：「聽清楚：說了——『謅書咧戲，不就是個編嗎？阿貓阿狗全能，咱翟村的人何以不能？咱翟村人，不得助他人威風，滅翟村志氣。來也是客，去也是客，如若不依，歡送而已！……』」

一陣沉默。

「二老爺子」邊聽邊點頭不止，終於開口道：「有理，有理……」然後將臉轉向對方首席發言人，質問道：「翟村人何以不能？」

「何以不能？……」

「何以不能？……」

「何以不能？……」

「三老爺子」、「四老爺子」、「五老爺子」代表翟村鎮坐一方的「老爺子」們，紛紛地將臉從婉兒站立的那邊兒扭轉過來盯住對面的某一個人，一個盯一個，一聲聲質問起來，彷彿剎那間儼然全都成了翟村的護法尊神。

「諸位父老，諸位父老……」

僵局出乎意料，翟文勉欲調解而詞窮。

他那「倩女」導演大姐忽然噗地笑將起來，笑得媚波流溢，倩韻聳動，瞅瞅左邊的自己人，復又瞅瞅右邊的自己人，自問自答道：「翟村人何以不能？啊？何以不

能？天下人所能之事，翟村人也一定能嘛！我是這麼認為的，你們哪？」

「能！……」

「能！……」

「能！……」

他們都說「能」，彷彿他們壓根兒就沒想說「不能」。

於是雙方眾人一齊地又都將目光投向婉兒，打量她，如同打量一根樁子能不能拴住一匹駑馬……

婉兒任大家審視，傲傲的，全無半點兒不自在，也全無半點兒逞強之態。

她那模樣十分張弛自得。

這會兒，連她那「冤家」也確信起來——劇中就該有個重要的配角兒（儘管他對劇情還停留在僅知「倩女」和「屠牛」的程度），就該由翟村的婉兒扮演，而她一定能演得精彩絕倫……

「倩女」導演大姐一拍桌子：「君子一言，駟馬難追！咱們要拍的是古裝戲，婉兒你就當我的心腹丫鬟吧！……」

於是雙方大鼓其掌……

於是雙方握手……

隔着舊條案長桌，劇組一方這些個穿新潮裝的晚輩，虔虔誠誠地，畢恭畢敬地，像預先演習過多次似的同姿同勢地伸出雙手，緊緊握住幾位翟村「老爺子」們枯槁的左手或右手搖着、抖着……

翟文勉挺受感動……

當雙方眾人來到翟玉興的個體飯館內笑語熙熙、交杯換盞共慶晤談成功之時，翟村的牛正分散於一大片開闊的草甸子上，悠然自得地吃着九月裏的茂草，全無大禍即將臨頭的預感。

這些翟村的牛哇，近年來都成了享福的畜生了。拉犁拖車之類重役，翟村的人們是很少再勞動它們的大駕了。翟村的人們恩賜給它們寬鬆的自由，望見它們想起的總是「老牛不覺夕陽晚，無須揚鞭自奮蹄」的過去。對於它們今天的存在，翟村的人們樂於視為富裕的一景。夏吃茵綠冬吃黃，偌大一片草甸子便是它們的「公共食堂」，用不着翟村人替它們的存在費什麼心。

那白牛是它們的「家長」，它們中十之八九與它有着血脈關係，是它的後代。二十幾年前，它的母親因生不下它來，痛苦而死。它的母親也是一頭體格巨大的母牛，但它還在母腹中就已顯得太大了。它在亡母腹中又蹬又拱，似乎要把一張上好的牛皮破損了強行出世。然而，那畢竟是它辦不到的。那時還是「集體」時代，飼養員翟兆興——翟文勉的父親，不忍見它活活窒死在亡母腹中，動了惻隱之心，急中生智用鐮刀剖開了似乎斷氣也許尚未徹底斷氣的母牛的肚子。它不穩地站立在它所見到的第一個人眼面時，渾身遍染亡母的腹液和鮮血。翟兆興瞪着它駭極了，以為它是個怪物。它瞪着雙手沾滿鮮血的翟兆興也駭極了，以為他剛剛殺死它的母親又欲加害於它。在燈光昏昏暗暗的牲口棚裏，翟兆興憐憫地摸了摸它的頭。這一摸不要緊，翟兆興倒退一步，撲通就給它雙膝跪下了。在那剛剛出生的牛犢子的頭上，翟兆興竟摸着了兩隻尖尖的牛角——一寸多長！翟兆興這一跪，它彷彿立刻悟到——它所見到的第一個人，不是它的弒母仇人，而是它的助生恩公。它伸長頸子將頭湊近他，舔他的手，並「哞」地發出了第一聲牛叫。世人所謂舐犢之情，斯時恰作犢舐之景。翟兆興驚心甫定，完全是受一種責任感的支配，燒熱一大鍋水給它洗了澡。洗後才看出它是白色的，白得如雪如棉，白得甚至使人覺得有幾分神聖。翟兆興恐它着涼將它抱到炕頭，又將自己的被子蓋在它身上。他又接着為它煮小米湯，用米湯哺它餵它如憐弱嬰。從此，它與他形影不離……

它越長越大，越長越壯，大得很快，壯得異常。剛近交配之齡，它就成了翟村的一號種牛。二十年來，它沒幹過別的什麼活，它對翟村人報以的唯一義務就是朝秦暮楚地去愛每一頭他們推薦給它的母牛，並使「她們」受孕懷胎。二十年來，它沒有個人的浪漫經歷，翟村人不許它逾越雷池施情泛愛以防止它糟蹋垮了雄性牛體。這當然是一種特殊的關懷，它也從未有過蓄心積慮偷偷浪漫一兩次的念頭，因為「她們」是被經常不斷地推薦給它的。當它與它的某一個「女兒」亂倫時，它沒有絲毫犯罪感，過後也無懺悔意識。對於它，亂倫也是一種

義務，正如別的牛犁地拖車是義務。翟村人不曾虧待過它，它對翟村人貢獻大大的……

如今，它已是一頭老耄之牛，正如翟村的幾位「老爺子」是老耄之人。區別僅僅在於，翟村的「老爺子」們一位位是老得都相當可以了，但它——翟村的這一頭老白牛卻老而不衰，壯似當年。它曾統領過一個龐大的家族，而它的家族現在從興旺的頂峰階段萎縮了，它的眾多的「妃妾」都不知去向、生死不明。仍與它朝夕相處的二三母牛，已是明日黃花、風情喪盡，全無了當年的魅力，一頭頭都自慚形穢，不好意思再向它賣情賣俏。它亦不再親近「她們」，只將「她們」當成幾位「老相好」，維繫着不必過甚、不應全無的敬意。它的這些個後代，有的在重役之下勞累而死，有的於荒災之年飢餓而亡，有的因「三角戀愛」奪嬌吃醋、爭雄鬥狠遭同類利角殘害，有的斃命惡瘟，有的喪生橫禍，有的乾脆就是被見錢眼開的主人牽着送入了屠宰廠……

幸免於種種厄運，跟它一塊兒熬到了享福之日的，除二三當年「妃妾」，其餘都是它的「孫兒」、「孫女」……

如今，它專執一念、情繫一身、欲予一體的乃是一頭黑色小母牛。

它以「祖父」的輩分寵愛「她」並佔有「她」……「她」分明也因此感到一頭小母牛情愛方面的種種滿足和幸福……

牛們並不對亂倫現象進行任何道德譴責。在這一前提之下，它們可謂是牡威牝柔、情投意合的一對兒……

翟村唯一個體飯館營業者翟玉興，坐在飯館門前的小板凳上夾着煙歇息，若有所思地望着大草甸子上那一對兒「情侶」。

他的飯館，平素是真正含義的飯館——只蒸饅頭、包子、花捲、烙燒餅、炸油條出售。每日裏，村裏人一早一晌圖節柴省事，光顧的不少，買賣不算興隆，倒也混得過去。他一人身兼掌櫃的、跑堂的、掌勺的，勝任愉快。他厭煩了侍弄土地，雖煙熏火燎，卻是樂意的。只有逢村裏有熱鬧，他的飯館才有承辦酒席的機會，那時便全家上陣。半年多來，村裏沒什麼熱鬧，也就沒什

麼酒席可辦，而煎炒烹炸的今天是半年多來頭一遭……

在他的視野裏，大草甸子上那一對兒「情侶」，一白一黑，一大一小，一悍一秀，恰如組成太極圖的一陰一陽，又如同一艘大駁船旁邊伴駛着一艘小艇游弋在湖面。茵茵綠草淹沒了它們的腿，它們泅凫得既緩慢且從容。別的牛們離它們遠遠的，彷彿一些侍衛遠遠保護着一位君王和一位王后……

聽到飯館裏雙方眾人在具體議定每一頭牛的價格，他想——別的牛都有禍從天降、死於非命的可能，那頭老白牛卻是絕對安全的，因為翟村人視它為祥物，不會允許外人觸犯它。那頭小黑母牛也是絕對安全的，因為「她」是屬它的，更因為「她」是屬它的。他是「她」真正的主人，「她」是他家的祥物，正如它是翟村的祥物一樣。自從「她」被它專寵獨愛了，他便有些不再將「她」當畜生看了。他很高興他家的那一頭小黑母牛與翟村的牛王結為「配偶」，並且祈禱「她」早日承孕祥種，接二連三地生小牛犢。等小牛犢長大了，都似翟村的牛王一般體格巨大……否則，他早把「她」賣了，或者把「她」切成碎塊兒，醃製成嫩牛肉，分斤掂兩地出售了……

正想入非非，大草甸子上便牛群湧動起來。黑的、白的、黑白雜花的，漸漸排成方陣，整整齊齊地向他踏來，動作一致地揚頸、舉頭，並「哞！——哞！——哞！——」地發出直沖霄漢的牛叫，氣吞山河，壯似軍威……

它們彷彿在接受他的檢閱。

他無聲地咧開嘴笑了。

他的這種嚮往與財富觀念無涉，倒是多少與他的權威崇拜思想有關。

他是翟村沒有權威可言的男人中的一個。

他極渴望某一天真正崇拜一個什麼人物，而那個人物是他自己，哪怕其根據僅僅是由於一大群牛率先向他頂禮。

至於翟村的那幾位「老爺子」，包括婉兒的爺爺，哼！……

他內心裏並不尊服他們。

他們連上茅坑都得讓人攙着……

「叔……」

翟文勉邁了進來，將一隻手掌平伸在他頦下——掌上有顆石榴籽樣的橙黃鑲紅的東西。

「這是什麼？」

他納罕。

「這是『二老爺子』的牙……」

「讓我看這個幹嗎？」

他感到噁心。

「你菜裏竟有塊碎石，把『二老爺子』的牙給硌下來了！他左上邊最後一顆嚼齒……」

「哎喲，我可作了孽啦！……」

他惶惶然起身，進屋去打躬作揖不止……

那天晚上沒有月亮。

那天晚上很黑。

那天晚上劇組開機了。

那天晚上「倩女」屠牛了……

翟村的電工，早早地就將電路接妥了。翟村的木工，早早地就將場景搭就了。翟村從前當過民兵的那些個男人，早早地就圍起繩子圈起地盤，擔負了保障秩序的義務。翟村的女人和孩子們，早早地就吃罷了晚飯，帶着各類可供一坐的東西在繩圈外佔據了便於觀看的好位置……

屠牛「倩女」已化好了妝，做好了頭，穿一身束腕束踝的武短衣裳，操一柄長不盈尺寬不逾寸的利劍，正在場景前上三下四左五右六地比劃。

「那劍是假的，木頭的。我家孩子白日裏偷偷摸過……」

「木頭的，能殺了牛嗎？」

「到時候看唄……」

女人們聚頭湊腦，竊竊嗎議。

一頭小黃牛，早已被拴定在場外的樁子上，對於自己的命運渾然不覺，很安泰，很老實。

幾個孩子可憐它馬上就要死了，拔了些青草餵它。它吃，不餓，吃彷彿不願辜負了孩子們的善良……

「開燈！……」

一聲喊，幾盞慘亮大燈同時亮起，將繩圈以內照耀得白晝似的。

「攝影，好了嗎？」

「OK！」

「燈光，好了嗎？」

「OK！」

「牛……」

那頭小黃牛，被牽入了場子。

「導演，你呢？」

「沒問題！」

「真拍？試拍？」

「第一把得自信，來真的！」

「導演第一把要來真的，替身，你呢？」

「放心吧！」

「全體注意！現在，導演上場，我替導演執行！各就各位，預備！開——拍——啦！……」

計場板「啪」地打響，迅速從攝像機鏡頭前移開……

攝像機發出了輕微的運轉之聲……

小黃牛在強光下有點兒發蒙。它還沒有或者剛剛進入青春期，嚴格說它尚是一個「少男」或「少女」。那會兒，圍在繩圈以外的翟村的男人、女人和孩子都可以把它看得很清楚，即使它身上落了一隻牛繩也不會逃過人們的眼睛，而它卻看不清楚繩圈以外的人們，就像舞台上的演員看不清楚台下觀眾的面目。

它沒有感到害怕。

因為它還不知道害怕什麼。

它只是很困惑。

「瞧那眉眼，描得多俏哇！」

「瞧那小腰，束得多細哇！」

「瞧咱村的男人們，恨不得把人家爭奪着吞吃了似的！……」

女人們，對濃妝艷抹的「倩女」發表着種種議論。

說時遲那時快，「倩女」縱身一躍躍至牛前，探扭蜂腰，輕舒螳臂，騰挪一步，閃於牛頭左側，朝牛頸一劍刺去……

翟村的許多女人「呀」地失聲尖叫……

「好！……」

翟村的許多男人喝起彩來……

翟村的許多孩子捂住了眼睛，然而目光從指縫透出還是要看……

小黃牛卻未倒下，只眨了眨它那雙懵懂、困惑、溫良的眼睛——劍尖兒距離它的頸子還有半尺哪！

失聲尖叫的女人和大喝其彩的男人，因剛才忘了「倩女」那柄劍是木劍而浪費了作為熱忱的圍觀者的情緒，都覺得怪不好意思的……

「停！……」

攝像機停了。

「怎麼樣？……」

黑影裏一個男人徵詢地問「倩女」。

「感覺良好！」

「倩女」回答後拍了拍牛頸，玩笑道：「一級群眾演員，配合得不錯……」

翟村的女人們發出了笑聲。她們覺得該笑出聲兒來，僅僅為了給「倩女」捧場也該笑出聲兒來。儘管她只用木劍比劃了一次屠牛的架勢，但不給予些鼓勵豈不倒顯得翟村的女人們太缺少虔誠了嗎？何況她們還要等着看她真格的白刀子進去紅刀子出來的情形哪！

翟村的男人們也發出了笑聲。

他們笑，是由於他們的女人們笑了，而他們的笑也帶有捧場的意思——首先是為他們的女人們捧場，其次才是為倩女捧場。寂長寞久的翟村的女人們啊，他們的女人們啊，他們是太從內心裏覺得對不起她們了！連點兒熱鬧都不能替她們營造，他們還算是她們的什麼男人呢？在她們開心之時，他們豈能不陪着也表示開心嗎？再說，也休叫外人恥笑他們毫無幽默之訓練啊！

翟村的孩子們卻一個也沒笑。

他們笑不起來。

這會兒，只有這會兒，他們才着實地感到那個叫「倩女」的美麗異常的女人是很可怕的。她明明要斷送那頭小黃牛的性命，卻還拿它逗樂兒！他們猜想，她原先可能是屠宰廠裏的操刀女工吧。他們並不知道，如今的屠

宰廠已實行機械化了，殺生是很乾淨、很容易、很衛生的工作……

「監視器那兒，效果如何？」

「滿分兒！」

「替身，準備好了沒有？」

「萬無一失！」

「注意！替身上場，倩女靈活配合！不停機了，兩組鏡頭連續拍攝……開——拍——啦……」

攝像機又發出了輕微的運轉之聲……

替身——一位男性「倩女」大步跨至真的「倩女」剛才所站的位置，手中握的可是一柄真劍！他以與真「倩女」剛才一模一樣的姿勢（顯然早已模仿嫻熟），騰挪一步，閃於牛頭左側，朝牛頸一劍刺去……

小黃牛的頭猛地晃了一下，卻仍站着未動。那劍太鋒利了！剎那間，它還沒真正感覺到被刺，它剛來得及吃驚而已……

替身飛快地閃開——真的「倩女」接替了他，一手握住劍柄拔劍——刺得太深，直至劍柄。她用力過勁兒，劍出人仰——倒也靈活機動，就勢一個後滾翻，單膝跪地，雙手拄劍，極帥地一揚頭看那牛，目光冷酷、漠然。這一連串動作，瀟灑，優美。

「倩女的臉，推眼睛的特寫！移向牛頭！牛頭！牛眼！牛頸！……」

黑暗中，一個男人豁亮的嗓門在指揮……

慘白的強光下，小黃牛的兩條前腿緩緩彎曲，終於撲通一跪。牛頭緩緩垂下，牛角觸地之時牛頭頑強地做了最後的一抬，未能真正抬起就又垂下去，這次是牛的下唇觸地……

接着，牛身一傾，四腿蹬直，不明不白地就死了。人們所能看到的那隻牛眼，不解地大睜着……

「怎麼樣？」

「倩女」導演急切地發問。

「還行……」

扛着攝像機的男人不太自信地回答。

「不行！不行！這哪行啊！……」

觀察監視器的男人走到「倩女」導演跟前。

繩圈以外，翟村的女人、男人和孩子鴉雀無聲。

「怎麼不行？我不行，還是替身不行？說明白點！」

「不是你不行，也不是替身不行，是這頭牛不行！這頭牛，怪了，它怎麼不往外冒血哇！咱們要的不是那一種效果嗎？劍一拔出，『嗖』——噴出一腔子鮮紅鮮紅的血，噴了你一身！接着，半凝不凝的血塊子，從傷口咕嘟咕嘟往外湧！那是什麼效果，那多刺激！可這算怎麼回事兒，根本就等於沒見血！這能行嗎？起碼少賣幾十盤！……」

這個男人說着說着就朝那頭死了的小黃牛的頸子踹了一腳。這一腳踹出血來了，鮮紅鮮紅的血，正如他所希望的那樣——「咕嘟咕嘟往外湧」，泛着大大小小一串一串血氣泡……

瞬間，血流遍地，淹沒牛屍……

「你看你看，氣死活人不，這時候它才出血！它這腔子血不是白出了嗎？……」

這個男人好不懊喪。

「這頭牛，怎麼這樣啊？真是的！……」

「還不如隻雞！雞臨死還撲騰好一陣子呢，死得也太沒意思啦！……」

「人家是花了錢買它一死的！這人家白花了一筆錢不是，擱咱們也會覺得倒霉！……」

「聽說人家有的是錢，不在乎白死一頭牛、兩頭牛的！……」

「不光在錢，還在於好玩兒不好玩兒。咱村那些牛，若都這麼個死法，莫說人家懊喪，就咱村許多人跟着興師動眾、忙前忙後的不覺着敗興嗎？……」

翟村的女人們對死了的小黃牛嘰嘰喳喳地發表譴責言論。

「不是頭好畜生。」

「死得一點兒不精彩。」

「出血出晚了——這是它的一個很大的不可原諒的錯誤。」

她們一個個瞪着雙眼，卻沒看到好看的熱鬧，就認為她們有特權貶低它！整個翟村動員起來參與進行的這件事兒，首先不就是為了滿足一下她們愛看熱鬧愛湊熱

鬧的趣味嗎？

翟村的男人們聽了女人們的言論，也感到她們的不滿足不滿意是有她們的理由的。

於是，他們也跟着搖頭、嘆氣、跺腳，一個個顯出比劇組那個懊喪的男人更懊喪的樣子……

翟文勉鑽過繩圈，走入場地。

他走到「倩女」導演大姐跟前，搓着雙手，像應承擔不可推卸之責任似的，很覺得對不起她似的，窘態畢露地說：「大姐，是因為我沒經驗……這頭牛是我親自帶了兩個孩子從草甸子上牽來的……我怎麼也不會預想到它是這樣的一頭牛！我真是缺少這方面的經驗……」

她倒十分開通，反而安慰他：「沒什麼，沒什麼，是牛不好，又不是你不好。幹我們這行，出現這種預想不到的情況是常事……」接着，將臉轉向她那班伙伴們，高聲問：「再來一條，還是怎麼着哇？」

有的回答：「質量第一！再來一條！」

有的回答：「導演中心，聽你的！」

還有的回答：「別瞎耽誤工夫了，說來就來！」

於是，她舉起雙手拍出一聲脆響，果斷地下達了「最高指示」：「各就各位，再來一條！不拍成功鮮血噴射的鏡頭，不散！」

於是，各就各位。

於是，翟文勉也對繩圈外的男人們喊：「誰去再牽一頭牛來？」

「我！……」

「我！……」

「我倆一塊兒去！」

兩個自告奮勇的男人擠出人牆，再牽一頭牛去了……

片刻，又一頭牛被牽了來。這是一頭體形明顯的牯牛，比那頭死得一點兒也不精彩、一點兒也不令人滿足滿意的小黃牛大不了多少。

它一被牽入繩圈內，也像那頭小黃牛一樣發蒙。但它只發蒙了一會兒，就顯得阢隉不安起來，以蹄刨地，以角犁地，揚頸舉頭，「哞——哞——」悲叫不止。

儘管剛才在那頭死得一點兒也不精彩、一點兒也不

令人滿足滿意的小黃牛的鮮血上被鋪灑了一層沙土，分明的那一股彌漫未散的血腥味兒仍對它造成了某種刺激。

為了以防萬一，翟文勉命人將村井絞桶的粗鐵鏈取來拴住它的一隻後蹄，另一端拴在繩圈外一棵大樹上。這樣一來，即使它發起瘋狂來，也傷不着人了。

「倩女」導演大姐對他想得如此之周到報以感激的微笑，並提醒扛着攝像機的男人：「注意，機位下移要控制好分寸，別將鐵鏈子也拍進去！」

替身不握劍了，改拿一柄大釤刀頭了。

「倩女」問：「用這個，效果好嗎？」

替身說：「好！這下你聽我的，你只拿着這柄釤刀頭朝牛一步步走過去就行，接下來的事我全替你包了！」

女人們見牛被鐵鏈所拴，又見替身換了劍改拿大釤刀頭，便鼓起掌來……

男人們見女人們的興趣變得高漲，便一個個很自覺地將他們所佔據的「甲等」位置禮讓給女人們……

翟村的女人們的確是愛孩子的，這種時候她們尤其忘不了對自己的孩子充分體現出可敬的母愛。於是，她們將自己的孩子紛紛召喚到或者扯拽到男人們禮讓的「甲等」位置，並安穩住孩子們要他們注意地看，唯恐孩子們錯過了什麼精彩的瞬間……

為了使人的表演和牛的本能神態逼真、情緒飽滿，此番拍攝之前配以音響和彩光效果渲染緊張氣氛：鋼紙抖動以造雷鳴，手電筒亂晃以替閃電，濕柴悶火以作雲煙，薄膜遮燈以使慘白光照變為森藍異紅，人喉尖叫輔足氛圍怪誕，剎那間彷彿天坼地裂，眨眼時真的雲煙沸湧！

正是——「魑魅魍魎瘋狂夜，悍男倩女屠牛時……」

那頭現實的牯牛，戲中的配角，分明地恐懼了，左衝右突，哞哞長叫……但因鐵鏈鎖蹄，哪裏逃得開去！

手掣釤刀的替身颯爽俠姿，方顯英雄本色。他欺近牛身，但見釤刀在牛頸下以美妙的姿勢劃了道弧，於是一腔牛血噴射！

替身閃過一旁，「倩女」接踵而上，握過血刃屠器作金雞獨立、仙鶴展翅亮相之狀……

那牛慘痛得猛揚頸哀吼，用力驟劇，自行使刀口更加撕裂，一顆英俊牛頭欲抬而抬不起來了……

「攝像幹什麼吃的？！」

「沒停機！！」

「推近牛頭，特寫！推近牛眼，大特寫！推近刀口！三十秒拍足！……」

「倩女」已退至安全地帶，瞪着精彩掙命之牛，一次次舉臂劈掌，發出果斷而權威的指示……

奇靜。

只有攝像機嘩嘩作響……

終於，那頭牯牛一腔子牛血噴光射完，力竭氣絕，而那顆牛頭也快甩掉了，耷拉在前胯。它四腿僵立片刻，身軀撲通而倒，似倒了一堵牆……

奇靜。

奇靜延續數秒，一片歡呼乍起：

「見血啦！見血啦！……」

「好！再來一頭！……」

「不要看替身的！要看倩女的！」

男人們也歡呼，女人們也歡呼。

有人鼓動孩子們喊成一片：

「倩女！來一頭！……」

「倩女！來一頭！……」

「倩女！來一頭！……」

翟文勉又一次鑽入繩圈內，雙手緊緊握住「倩女」導演大姐的一隻手，虔誠至極地祝賀道：「替身手段高強，牛死得驚心動魄，血噴得猩紅漫空……」他還想恭維她幾句，卻一時乏詞，囁嚅語塞，只得連讚道：「無與倫比，無與倫比，無與倫比……」

經他無意提示，她立刻想到了替身。於是，她撇下他，執替身手將其導至場地中央，在眾目睽睽之下吻替身腦門兒，接着與替身共同向翟村的男人們、女人們深深鞠躬，並說：「感謝翟村人民！感謝翟村的牛！感謝大家的鼓勵！感謝！感謝！明天，我們將再露幾手，我們一定不要辜負翟村人民的熱情！……」

掌聲……

熱烈的掌聲……

翟村的男人們和女人們，真是滿足極了，滿意極了！半年了，半年沒有這麼有看頭的熱鬧了……

掌聲中，翟文勉內心酸酸的，因為「倩女」導演大姐吻了替身，卻沒太理睬他的恭維……

有一個人始終不鼓掌，也不喝彩，並在這最應表示熱忱的時刻竟悄悄地獨自離去了……

是婉兒。

婉兒內心裏充滿了妒忌。

「哼！又不是她親手結果的，而是替身，算什麼了不得的本事！這些個沒見過什麼真正大場面的翟村人！」

這翟村的傲女，第一次如此強烈地感到自己的存在被公然忽略了。

她失落了。

匆匆地、悻悻地走着，她突然站住了。她站住並不是因為看見了什麼，而是因為感覺到了什麼，感覺到了才站住，站住才抬頭，抬頭才看見……

她看見一列黑影排開在道旁，每個黑影都一動不動地望着熱鬧場地那邊兒。它們離她那麼近，以至於她似乎感覺到了它們的一股股鼻息。那一股股深重的鼻息，彷彿一條條看不見的無形的手臂，在深夜清爽的空氣中抓撓着什麼，逮捉着什麼……

是翟村的牛。

一列黑影的排首，正是那頭龐大的老白牛。

她駭然了……

她後退了……

她壯起膽子輕蔑地說：「活該！你們這些畜生！你們真以為你們一向都是翟村人心中的寵畜嗎？你們就等着翟村人一頭頭地把你們牽給人家，讓人家一頭頭地把你們全宰殺光了吧！……」

它們好像全聽懂了她的話，因為它們的頭都緩緩扭轉向了她。

它們分明都在瞪她。

她更加駭然了……

她急轉身繞道而行，不由得越走越快。她覺得有東西緊跟着她走，覺得有東西已經觸着了她的衣服，再加快腳步也無法擺脫的觸犯透過衣服使她的背部感覺

到了。一陣寒顫從她的心底升起，迅然遍佈背部乃至全身。那種帶有試探性的小心翼翼地觸犯，如同一把刀的刀尖在她的後背、在她的衣服上輕輕比劃着，好像一旦判定心臟的部位就會一刀子捅進她的肉體，卻不願損壞她的衣服……

「誰？！……」

她猛地站住，倏地一轉身——象牙似的一矛巨角正對着她的心口窩……

是那頭龐大的老白牛！

她以前從未感到它的角是那麼可怕的殺人利器，也從未注意到它的角端是那麼尖那麼銳，尖銳得可以鋸下來當成納鞋底兒的好使的錐子！

幸虧，它也同時站住了。

「媽呀！……」

她尖叫一聲，扭身便跑……

熱鬧的場地那兒仍然很熱鬧，除了一個男孩兒，沒有誰聽到她那一聲尖叫。

男孩兒問身旁的一個女孩：「我聽到有人尖叫，你聽到了嗎？」

女孩兒應付地搖搖頭，那模樣不但表示沒聽到，還表示一層反問的意思——這麼熱鬧的時候，你還能遊走神思兒聽到有人尖叫嗎？

女孩兒抬頭見母親在笑，便急忙也笑——翟村的這些男人們，將兩顆牛頭插在木棍上，分兩隊耍龍般耍得起勁兒……

一種熱鬧接替另一種熱鬧，乃是人的遊戲心理跨向亢奮的階梯。

此後，或清晨，或中午，或黃昏，或深夜，或村頭，或村尾，或林中，或河旁，或山牆前，或糧囤後，翟村的一處處地方都變成了屠牛的屠場。刀光血氣，襯以日月星雲。「倩女」屠牛，牽動風雨雷電。屠之手段，變化多端，險象環生，懸念跌宕，或以重錘擊腦，或以長釬穿肛，或以薄刃剖肚，或以利斧劈胸，或先折其角而後斷其蹄，或先剔其目而後削其耳……直怖得憨牛猶如怯鼠，直屠得雞逃狗竄鵝飛罷！……

翟村的女人們啊，不再和丈夫慪氣，不再嚇唬孩子，不再串門兒，不再播蜚短流長，都無比勤快起來。每日裏，她們利落馬索地做完家務，便相約着拽扯上孩子們這地場那地場地佔據了好位置專看「倩女」屠牛……

她們竟至於愛看得都很上癮了。

她們對實際屠牛的並非「倩女」而是替身這一點也都認同了，不再計較，不再批評，不再流露出不滿足、不滿意的情緒了……

翟村的男人們啊，從來沒有如此之積極地參與過某一件事。他們已不僅僅是為了博得女人們的歡心而參與，更是因聽命於某一種意識而參與。那一種意識彷彿具有不可抗拒的魔力，如一個神明的聲音反反覆覆地在他們耳畔命令道：「不可停止！不可停止！不可停止！……」

於是，他們趴在一堆火前，彷彿趴在他們的原始祖先前，吹、吹、吹……唯恐火會熄滅。

翟村的牛，一頭接一頭死於非命。

牛頭吊在一些人家的院子外——那好比是單據，他們將憑牛頭領取錢款。許多人家的外牆上用釘子釘着抻得平平板板的牛皮，他們都騰出罎罎罐罐來腌製牛肉。他們該看「倩女」屠牛的時候就看，沒得可看的時候就腌製牛肉，一邊腌製牛肉，一邊盼着看下一次更精彩的屠牛場面。

翟村的男人們和女人們，都認為所參與的這一件事情是佔大便宜的事情。可不是嗎？牛價高，很高，而整頭牛實際上又全歸自己，且還有刺激的熱鬧白看，卻不勞自己動手屠殺。

翟村的狗們也解了饞。牛骨、牛蹄和人不屑於吃的某些牛的器官，便成了狗們的佳餚。那些日子裏，狗們氣兒吹的似的，眼見着好像就肥胖了起來。狗們因爭吃新鮮淋漓的血腥，一隻隻的都有些紅了眼了……

那幾天，翟玉興最爭先、最執着的一樁事，就是毛遂自薦去到草甸子牽一頭牛至指定的場地供「倩女」屠之。這並不是一樁很出風頭的事，沒人打算和他爭，但他生怕別人和他爭，每次都摩拳擦掌奮勇奪標。畢竟因

為沒人和他爭，那奮勇不免有些唐突可笑。他卻相當地認真於此，一再地問詳細——牽一頭什麼顏色的？公的還是母的？壯點兒的還是弱點兒的？傻笨呆鈍的還是機靈狡猾的？馴良的還是易怒的？……

虧得他盡責，所選獻死之牛，「倩女」皆大滿意。翟村的熱忱不泯的歡男樂女，亦每每誇獎他的眼力。於是，這一義務便理所當然地成了他的「專利」。

「玉興！玉興！……」

「翟老三，牽牛去呀！」

人們喊叫他的時候，就是一場血腥的遊戲開始在即之時。

「嚷什麼，嚷什麼？這用得着你們操心嗎？牛不是在那兒嗎？眼睛長腳後跟啦？」

他得意地譏笑人們。

「好！就是它啦！……」

「倩女」走過去拍一下他的肩，或握一下他的手，分明地對他的一切感謝盡在不言之中……

他自己，則從他所包攬的義務中體驗到一種別人無法體驗到的愉悅，一種說小不小說大不大且彷彿在渴又不十分太渴的情況下，從容不迫地緩呑慢飲一杯兌了蜂蜜的涼開水似的愉悅。在他，那簡直是奇妙得不可言傳的一種愉悅。

牛剩的愈少，便愈聚群了。

他每次去到草甸子，都將牛們逐個審視一通，好像一位將軍檢閱士兵並要從中提拔起一位上校。他望着它們的那種目光，無比的親昵，無限的溫柔，無可置疑的憐憫，顯示出內心裏無上的崇高博愛，堪稱是一種慈父般的目光。他從不曾以那樣一種目光望過他的老婆或女兒，即使是偽裝的，他對她們也是根本偽裝不出的。

這一種目光，比鞭子和吆喝更能使翟村的牛們在他面前變得乖乖的。

「嗯，畜生，這番該輪到你啦！……」

他若相中了哪一頭，內心裏便潛懷着極大的幸災樂禍。他走到那頭牛跟前，拍拍牛頸子，撫摸撫摸牛身背，甚至親親牛額，嘴上絮絮地、娓娓地說：「牛哇，聽話，跟我走。啊？要乖乖地跟我走！啊？唉，唉，你

們啊，可憐的牛！我知道，我知道，你們都是些好牛呀……」

於是，那頭牛在他的感召之下就淌下牛眼淚來……

於是，他便輕而易舉地將那一頭相中了去獻死的牛牽走……

每次，他還不忘拍拍別的牛的頸子，撫摸撫摸別的牛的身背，親親別的牛的額，絮絮地、娓娓地對別的牛說：「別嫉妒它啊，明兒我還會來的。明兒我來就牽走你，後兒牽走你……哪個乖，我先牽走哪個，都要有耐心……」

於是，別的牛就「哞哞」叫，彷彿領悟了他的話。

他並不牽着注定要獻死的牛徑直朝村裏走，而是朝相反的方向走，走出草甸，走出別的牛們的視野，然後再拐向村裏……

別的牛們，每次都噙着牛眼淚目送他和它們的一頭伙伴，直至不見……

「我，是我，翟玉興，而不是別的誰，這就牽你去死！你他娘的去死，不是老子去死。你死的時候哪，老子看着，還有那麼多的人看着。那麼多的人看着，你也死得其所了。你還渾然不知哪，嘻……你還淌你的牛眼淚哪，嘻……你還感激我哪，以為我是要把你牽到一個安全的去處，巴望着能逃過你的劫數是不是？你做夢吧！劫數難逃哇！我們人是信這一點的。你不懂，也就談不上什麼信不信的，是不是？你啊你啊，你上了我的大當啦，嘻嘻……」

他倒背雙手牽牛其後，不慌不忙地走着，並邊走邊在內心裏說，還咧着嘴笑。那一份兒愉悅，那一份兒快感，真是無法形容。

欺詐給某些人帶來的愉悅和快感，是勝過癮君子吸大煙時的愉悅和快感的。那欺詐若能置人於死地，那一種幸災樂禍則是足以令其手舞足蹈起來的。他難得有機會如此這般地對付一個人，因為翟村的男女普遍都比翟村的牛難以欺詐、難以對付。現在，能有機會這麼對付牛們，也是挺好玩的嘛！何況，牛是並不低賤的畜生。在《百家姓》中，「牛」不是也位列其中嗎？何況，他很有自知之明，他的伎倆發揮到極致也就是這麼高的水

平了。以此有限的水平，對付牛們是綽綽有餘，對付人可就有點智慧不足了。再說，如此這般對付牛，並無日後遭受報復的憂患，因為它是死定了的嘛！如此這般對付人，則太危險了。他從不做冒險的事兒，也沒那種膽量。他不過把他自己的行徑，當成在人圈裏不敢於實踐而對畜類則不妨試試的遊戲……

每次他把牛拴牢，牛就意識到上當了，但死即臨頭，後悔也遲，欲逃徒勞，欲拚無奈。牛怒而恨之地瞪着他時，他總是忍不住想哈哈大笑起來！

他覺得沒有比這種事兒更能令自己開心的了！

他畢竟是大人，不是孩子，多少得表現出點兒大人的深沉。他竭力遏制住自己，並不在那一頭怨而恨之地瞪着自己的牛跟前手舞足蹈、開心得失態。他在距離那頭牛不遠處蹲着，也瞪着那頭牛，並大口大口地吸煙，聽着一些男人、女人對那頭牛的死做種種預見性的論斷，以及對他的義務的評價。他激動異常，夾煙的手指微微顫抖，滿臉釋放着既得意又謙遜的紅光，一雙眼睛被內心裏的漸升漸強的幸災樂禍燃燒得炯炯有神……

然而，最後那一天，「倩女」指定了要屠一頭青春年華的小黑牛。

「黑的？不行！」

「怎麼不行？」

「只剩兩頭牛了！除了那一頭老白牛，再就剩一頭小黑母牛……」

「公的母的無所謂，只要是黑的。」

「無所謂？你們無所謂，我可有所謂！那一頭小黑母牛是我家的，我對它有感情！……」

誘導別人家的牛送死，圖的是愉悅，是快感，是開心，是一種幸災樂禍心理的極大滿足。誘導自己家的牛送死，那種別人們無法體驗到的感覺，不就有些不對勁兒了嗎？感受不對勁了，愉悅還是純粹的愉悅嗎？快感還是純粹的快感嗎？開心還是開心嗎？幸災樂禍還能百分之百地幸災樂禍得起來嗎？……

對方意味深長地「噢」了一聲，彷彿完全不消他再說下去就已經明白了許多，對他理解了許多。

對方從大黑皮夾子裏摸出一張紙鈔放在桌子上，用

小手指的指尖按住一角，緩緩推向他。

「什麼意思？……」

他明白那是什麼意思，覺得受了侮辱。因為他尚未看清，那是一張百元的最大票子。

「你可要看清楚喲……」

對方淡淡一笑。

「哼！給錢也不……」

話沒說完，他看清楚了錢的票面，嚥了一口唾沫，把到脣邊的話也同時嚥進肚子裏了。

對方又摸出一張百元大票，以同樣的小動作推向他。雙方都不失時機。

「這個……這個……錢，並不重要……」

「對。錢並不重要……」

第三張百元大票再推向他。

「我說了，錢並不重要……」

「我也說了，錢並不重要……」

他繼續期待着。

然而，對方收起了錢夾子。

「明天黎明時分，五點半吧，井台邊兒，拴在井台邊兒那一棵老槐樹上，你的義務就結束了……」

好像他已經答應了似的，對方說完就走，那麼自信，不似跟他商量什麼，倒似對他下達指示。

他獨自氣悶了半天。

百元大鈔，他是第一次摸，第一次見，嶄新的。上面的四個人頭像，第一個一眼就認出了是誰，第二個似乎熟悉又似乎陌生，第三個、第四個可就完全陌生了……

他喜歡這三張百元大鈔，認為是所有人民幣中最精美的。

錢嘛，就應該用最好的紙，就應該印得很精美……

夜裏，他到草甸子去了。

在天然形成的坑塘邊，在一叢灌木後，他尋找到了「她」和那一頭老白牛，「她」偎在它身旁。

他帶了一包細鹽，他知道「她」愛舔細鹽。用那一包細鹽，他將「她」引出了草甸子。

那一頭老白牛，大概因白日裏帶着「她」東躲西藏

而過分緊張，過分疲頓，竟毫無知覺……

黎明時分，「她」被吊死在井台邊兒那一棵老槐樹上……

「倩女」說那夠得上是經典的情節，是可以在藝術上達到「問鼎」水平的畫面，是會彪炳史冊的，是會震撼全世界的影壇的。

他不知道「鼎」是什麼人物，是何方大師，而翟村的男人們、女人們也都沒聽說過，於是向「倩女」探問。「倩女」紛紛搖頭微笑，不作答，表情神秘。

吊起「她」的，當然不是「倩女」，是替身。但替身當然也沒那麼大的神力，因為替身背後餘出了老長的一段繩子，那是劇組的男人和翟村的男人們在幫着使暗勁兒……

那時刻，天是蒼灰的。

那時刻，天上只有一顆星是啟明星。

那時刻，「她」沒有「哞哞」地叫，也沒有像別的牛一樣淌淚。「她」只是盡了「她」對「她」的生命的最後之本分，四蹄蹬地，與眾多的男人們拔河。

那時刻，男人們也很奇怪。按說，他們應該喊號子，就像人和人拔河一樣喊號子。但他們沒有，他們都緊拽大繩、緊咬牙根且身體一致地朝後傾倒，都默不出聲地使出他們全身的氣力……

女人們中也沒有替男人們喊號子鼓動情緒的，她們全都站在兩旁默默地看，有的看男人們，有的看牛……

那是靜悄悄的一場較量。

終於，「她」的兩隻前蹄離開了地，越離越高，越離越高，而兩隻後蹄仍深深地蹬在土中……那樣子，似人立。

翟村的女人們，有些曾見過馬人立時的情形，卻誰也沒見過牛人立時的情形。

那一刻，她們目瞪口呆，大開眼界……

終於，「她」的兩隻後蹄也離開了地，「她」的整個軀體越懸越高，越懸越高。「她」四腿平伸，牛尾直垂，腰背有些彎曲。分明的，「她」還有一股不小的牛勁兒勒窒在「她」的軀體裏，在軀體裏為生命做最後的一次頑強……

襯着蒼灰的天幕，一頭皮毛黑緞子似的牛被高高吊在井台上方，吊在一株老皮斑駁的槐樹上……

那真是一幅看了足以使人思維停止的畫面啊！

吊死個人只怕也達不到那麼一種難以描述之效果的！

所有的人，翟村的男人、女人、孩子、「倩女」等眾，皆仰望着，皆很肅然的樣子，如同仰望萬世一現的神明，並在心中默默禱告什麼……

「把那半邊樹的葉子全削了！連細枝細杈一齊砍，只保留那兩根粗幹！……」扛着攝像機的男人突然有所靈悟，大喊起來……

「對！對……」觀察着監視器的應聲附和……

「砍！砍！還都楞着幹什麼？上樹去砍呀！……」、「倩女」導演大姐點兵點將，命令人上樹……

樹枝、樹葉紛紛落地……

翟村的男人、女人，不待吩咐，幫着都抱走了……

於是，忙壞了攝像的那個男人——一忽兒躺在地上舉着攝像機拍；一忽兒騎在別人肩上平端着攝像機拍；一忽兒湊近拍；一忽兒退遠拍；一忽兒在左拍；一忽兒在右拍；一忽兒蹲拍；一忽兒臥拍……

觀察監視器的男人不時地讚嘆：「好！好！這畫面，真他媽的正啦！……」

於是，「倩女」等人和翟村的男人、女人、孩子都擁至監視器前，你推我，我擠你，踮腳碰頭，將那九寸電視機大小的東西圍得裏三匝外三層，水泄不通。

方寸之屏上，蒼天寂地，虬幹老井，瘦樹懸牛。一隻烏鴉流矢般飛來湊熱鬧，「哇」的一聲怪叫後從天而落，落下就啄牛眼……

「倩女」為之驚奇，替身交口稱絕。

觀察監視器的男人激動得都快哭了，指着方寸之屏說：「這畫面不算經典，就沒經典了！……」

翟村男女，雖看不出所以，卻都嘖嘖咂咂接趣捧場……

翟文勉欣賞不了那等經典畫面，這幾天他夜裏常做噩夢，夢見那些慘死的牛。吊牛時，他並未袖手旁觀，也幫着拽大繩，不遺餘力。投身入伍之際，覺得不過似

拔河，這會兒心中竟懷了幾分惻隱，但又想着「倩女」導演大姐之託，豈敢敷衍塞責？事事關注，連日操勞，今天又起得過早，感到有些頭暈。從人牆裏層突圍而出，見婉兒穿着一身丫鬟戲服，獨自仰首睇視那頭吊着的牛……

他走到婉兒跟前，說：「都看，你怎麼也不過去看看？我替你擠出個地方？……」

婉兒阻了他片刻，「呸」的一口唾沫啐在他臉上，一扭身跑了……

望着婉兒的背影，他覺得太對不起她——幾天來，副導演領受了「倩女」導演大姐的旨意，從上午到下午，總喋喋不休地給婉兒講戲，一講就講得眉飛色舞起來，嘴角螃蟹似的冒白沫兒。本是子虛烏有的個角兒，現編現講，編到哪兒講到哪兒。今兒這樣，明兒那樣，後兒全不對了，又從頭編起。隨心所欲，信口開河，越編越亂，令婉兒吞澀含苦，不堪忍受，如遭折磨。剛明白了自己是好人，正面形象，「心靈美」，無緣無故地又變成了壞人，反面客串，蛇毒蠍狠小女人。請求進一步指點迷津，說是「好在表面，壞在肚裏，陰險狡詐，口蜜腹劍，笑裏藏刀，善中夾惡。怎麼演？你得自個兒去悟，這麼個角色演好了，你就一夜成名，跨入明星行列啦！到那時，就等着東西南北中都來爭着跟你簽合同吧！但願，那時別忘了誰是你的啟蒙老師、引路先生……」。

搞得婉兒至今忘了自己本是誰，究竟是「好人」還是「壞人」……

他知道——不過是為穩住婉兒，哄騙她一時高興罷了……

「倩女」導演大姐倒是真將他視為心腹，除了副導演，只向他一個人透露了這等機密……

他真是從內心裏覺得太對不起婉兒了！……

當晚，村中大設宴席，為「倩女」導演等眾慶功祝捷。東鄰置案，西舍搭棚。主殷客爽，談笑生風，喜氣洋洋，歡洽融融。男人豪飲，女子善勸。遺老競尊，頑童賽嗲。口中盡啖，釜內皆烹。美羹佳餚，鮮湯嫩肉，七盤八碗，巨盆小碟，全出在牛身上——燉牛排，燒牛尾，燜牛肘，煨牛鞭，炒的是牛心，拌的是牛耳，連鍋

端上來的是清蒸牛腦子……

這一方說多多攪擾，那一方道小小意思，醉倒了遺老，撐飽了頑童。不勝應酬的是男人，樂於周旋的是女子，天翻地覆慨而慷！

翟文勉始終不見婉兒，高興不起來。吐了一回，尿了兩泡，藉故不適，悄悄地離了席。

沒走幾步，背後柔語輕喚。回頭一看，卻是「倩女」導演大姐。

「文勉，你哪兒去？」

「我……回家……」

「不是回家吧？」

「是……」

「我看你不太開心的樣子。」

「開心啊……」

她左右四顧，見並無人注意他們，朝他丟了個迷魂眼色：「隨我來，我有事兒和你商議！」

他猶豫了一下，本想託辭不隨她去，怕她又提出什麼非分的要求，使自己不諾為難諾也為難，但又覺她那眼色異於往常，不比一般，似乎包含着更明確更豐富的內容，腳不由人地、心猿意馬地、想入非非地、一聲不吭地就跟隨了去……

他隨她來到了她的住屋——他堂叔翟玉興那幢新房子的東廂一間。

「你坐。」

沒有椅子，他只有坐在「床」沿——那「床」，不過是一塊舊門板擔在兩羅坯上。

「你喝茶不？不喝？喝吧。我也喝……」摸着黑，她涮杯子，瞥見他想拉燈繩，低聲制止了他：「別開燈，興許人們正找我，逼我喝酒呢！你一開燈，不是把他們引來了？」

他那手，乖乖地鬆開了燈繩。

她沏了兩杯茶，晾在窗台上。走近他，俯視他，問：「你想對大姐說什麼？說吧！」

他十分納悶兒，她怎麼就看出了他想對她說話——屋裏這麼黑，她也沒法看清他臉上的表情呀！

「大姐，你到我們翟村來，是我們翟村的榮幸，真

的！讓你睡門板，委屈了你啦！……」

「別說這些，為了藝術為了事業嘛。」

款款地，她坐在了他身旁，挨他極近。他不由得心頭突突撞鹿。

「你，剛才是不是想去找婉兒？」

「是……」

「想把我透露給你的機密話告訴她？」

他默默地點了一下頭。

他暗惱自己在這個女人面前說不了謊。

「那，你不是把大姐我給賣了嗎？大姐我對你一片真情實意，這一點你是心中有數的。」

「可大姐，不能那麼哄騙婉兒啊！你透露給我，我就知道了。我明明知道，卻不告訴她，我覺得太對起她了。你們走後，我如何向她解釋呢？……」

「這首先怪她自己，是她把我逼得出此下策嘛！我也覺得太對不起她了，我很不安，很內疚。你助大姐辦了不少事，大姐從心眼裏感激你。所以呢，我才把機密也透露給你。我的不安，我的內疚，需要有個人替我分擔一半兒。這個人，若不是你，還能是誰呢？……」

她的手，軟軟的一隻手，像隻小貓似的，在他不經意間業已爬上了他的肩。她的頭，一歪，稍稍那麼一歪，便靠着他的頭了。

耳鬢廝磨的一對兒影子，被淡淡的月光映在地上。

他看着一對兒影子，似乎在發呆發楞。

「你為大姐效勞，圖什麼？」

「我……我可以發重誓，我圖的絕不是錢……」

哧哧地，她笑了。她軟軟的那隻手，開始撫摸他的臉頰。

他覺得他快燃燒起來了……

「我知道你圖的不是錢，知道……那你圖的又是什麼呢？……」

「大姐，你……你得相信……我……我……我對你，內心是很……純潔的……」

他這麼替自己辯白，竟很相信自己的內心對這個女人是相當純潔的了……

然而，他卻猝地將她緊緊摟抱住了。

他的雙手卻是再也沒法兒自重了……

「別急，別急……大姐可以做出對不起任何人的事兒，就是不願對不起你……這兒不是扣子，是拉鎖兒……」

什麼都忘了的那個時刻，他也沒忘下意識地扭頭看門……

「門，我早插上了……你得對我發個誓——今晚什麼都別告訴婉兒……」

她用雙手防護着他最迫不及待要攻佔的宮闈……完全迷亂了的是他——而她相當清醒。

他一聲不吭。

他兇猛地進行攻佔……

於是，她不再防護，移開了雙手……

她明白男人在這時候一聲不吭，就是什麼都答應了。

她笑了，不是勝利地笑了，而是自嘲地笑了。某些男人可以為此一快出生入死，她所要求於他的不過區區小事一樁，犯不着逼他發誓他也會守口如瓶……

「心理學研究生？小老弟，整天研究心理，你卻太不懂你自己的心理啦！」

她想挖苦他幾句，又懶得……

她從身旁抓過自己的牛仔褲，掏出煙，摸出打火機……

她吸着一支煙，由於受着蹂躪，嗆了一口，懶得再吸，掐滅……

她順手一扯枕巾蒙住臉，腿蹬在牆上，覺得舒適了許多……

她任他兀自折騰，想像着藍天、大海、礁石、海鷗，自己在海邊入靜，做瑜伽、氣功……

她浮想聯翩地竟想到了「一休哥」——「不要着急，不要着急，休息，休息，休息一會兒！……」

她隨他氣喘吁吁，自身且作小憩……

她真是憋不住地要笑出聲兒來，認為一切一切皆是一場遊戲，貫穿着她的機智而且好玩……

村子裏各處挑燈秉燭，豪飲的男人、善勸的女子熱鬧得正火……

翌日中午，翟村仍靜悄悄的。

醉男們擁着乏女們，朦朧在被窩裏欲醒還眠。

公雞們似乎昨夜也全體醉了，都不曾啼。

這般的一種靜悄悄，首先使翟文勉覺着不大對勁兒，並非知識分子更敏感，乃因昨夜全村頂數他喝得少。他見他家的狗趴在窩旁，看樣子也不大對勁兒。走過去踢狗一腳，狗身軟軟的，狗眼皮都不抬一下。彎腰細看，狗嘴角吐出些白沫兒。說死，沒死；說中毒，不像；說醉了吧，這狗昨夜可沒踞案坐席呀！誰家的狗也沒有哇！……

他直起腰發了一會兒怔，猛可地意識到什麼，匆匆奔往堂叔家那幢新蓋的房子……

人去舍空，裏外打掃得乾乾淨淨……

「倩女」不知何處去，此地空留屠牛村……

他一屁股坐在門檻上。這時，他才發現，目光所及處，這裏那裏都張貼着些寫在紅綠紙上的標語：

「人民萬歲！」

「理解萬歲！」

「向翟村的父老鄉親學習！」

「向翟村的父老鄉親致敬！」

「懷念翟村的兄弟姐妹們！」

「祝翟村的老爺子們身體健康，永遠健康！」

「君子報恩，十年不晚！」

「勿忘我！勿忘我！」

「我們還會回來……」

發現那最後一條標語，他騰地站了起來，彷彿遭遇海難之人於茫茫海面發現了有船艦在向他打旗語……

剛剛站起，又徐徐坐下——站起時才看清楚，那一條標語後是個大問號——「我們還會回來？」……

翟村人群情激昂，憤怒到了頂點。

牛是全變成牛肉了，牛肉是再也變不成牛了！

可錢呢？

答應他們的價錢，誰也沒想到急着要哇！

只翟玉興得了三百元，他不敢說出來，怕說出來引起普遍的嫉妒，儘管他也是很吃虧的。

再就是婉兒白撈了一套丫鬟穿的戲裝，還有一個假頭套。

有人想起來了，那幫騙子用饅頭屑餵過村裏的公雞們……

有人想起來了，還用牛雜碎挨家挨戶餵過村裏的狗們……

雞們並沒有死。

狗們也並沒有死。

分明的，雞們和狗們，被服了安眠藥，或者「巴比脫」……

翟村的男人們、女人們同仇敵愾，卻是枉然。喪失了進行報復的對方，他們便互相宣泄憤怒。女人憎恨男人，男人詛咒女人，男人彼此憎恨，女人彼此詛咒。有的發狠地擰斷自家的公雞脖子，惱羞於公雞沒早早啼醒他們。有的揮舞棍棒毒打自家的狗，遷怨於狗在騙子們夜遁時不追不咬。後來，他們一致認為對於一個人是無論如何也不該寬恕的——那就是翟文勉。

他們奔至他的家，喝吼他滾出來，對他們的受損失和被捉弄要有個交代，揚言要立刻放火燒房子。

他戰戰兢兢地從家裏出來了，他向他們低頭認罪，並發誓一定追尋到騙子們，將欠款一分不少地討回來。

他的老娘被激怒的眾人嚇壞了，跪在塵埃裏，磕頭如搗蒜。

他的父親倒還鎮定，請求眾人別燒房子，說萬一欠款討不回來，他家賣房子也要賠償眾人的經濟損失。

「只是經濟損失嗎？是你養的好兒子，招引一夥騙子到村裏把咱翟村人都當猴耍了！」

還是有人怒不可遏，不依不饒。

「話也不能那麼說。我家的牛不是也被殺了嗎？何況，這件事的後果也不該我兒子一個人承擔。咱們翟村的『老爺子』們不做主，咱們翟村人會都跟着起鬨？」

當老子的為了保護兒子和家庭，臨危不懼，以理相駁，表現出了大無畏的英雄氣概。

眾人敬於他的氣概，也覺得他的話有幾分道理，吵吵嚷嚷的，一窩蜂似的，挨門挨戶的，將昔日至尊的幾位「老爺子」從各自的家裏籲呼了出來。從前不敢對「老爺子」們放肆的，攜怒壯膽，出言不遜，指頰點頤，數數落落。

「老爺子」們也只有降下昔日的架子，唯唯諾諾，卸責推過的份兒。

他們說，他們固然該死，使翟村人蒙受了奇恥大辱，真真是千年垂恨、萬代銘訓的事啊！但最最應對後果承擔責任的，難道不該是「老老爺子」嗎？「老老爺子」不做最終表態，只他們幾位「三老爺子」、「四老爺子」、「五老爺子」能鑼鼓定音嗎？

於是，眾人又吵吵嚷嚷奔向婉兒家。

婉兒她爹她娘躲在屋裏不露面兒。婉兒卻雙手叉腰，柳眉倒豎，杏眼圓睜，一位鎮關女將似的屹立在院門口，就好像她是當陽橋頭的張翼德，發一聲喊能喝斷江河水倒流！

她舉手一指，冷言凜色：「你們，要幹什麼？」

眾人一時被她懾住，瞠目相覷，不禁肅然。

畢竟是「老老爺子」的家門口，是翟村活祖宗的尊舍前，再放肆的也不太敢造次由着性子胡來。

「婉兒，我們要請你爺爺露一面兒。咱翟村被鬧騰到這般地步，他老人家總得對大傢伙兒檢討幾句吧？要不大傢伙兒的氣，今天是沒法兒消的……」

「你們，真要我爺爺檢討？」

「就是，就是……」

粗聲細嗓，喊成一片。可見，人同此心。

「行。你們在這兒等着，誰也不許跨入我家院門一步！誰敢，小姑奶奶可不是好惹的！」

於是，婉兒不卑不亢地轉身，邁着穩穩當當的青春少女那種誰也不可欺的步子走進了她的家。

頃刻，婉兒出來了，正當胸前捧着個不大不小的雕花木盒。

婉兒神態自若。

「有什麼話，你們只管對我爺爺說吧！」

「婉兒，你爺爺他還沒出來哇！」

「婉兒，別向大家使撥火棍……」

「放屁！」婉兒火了，「他老人家就在這裏邊兒。我把他老人家請出來了，這是他老人家的骨灰盒！他老人家最怕陽光，只給你們三分鐘的時間，他老人家就回屋去了！」

「啊！……」

「他他他他……他老人家，什麼時候死的？」

眾人全體大詫，個個震驚。

「死仨月了！那次到縣裏看病，就沒能回來！我爺爺生前有話，咱翟村主事的大權，不能落在那『二老爺子』手裏！我爺爺說，他是個心胸狹窄、城府太深的老東西，囑咐我們要等他也死了再告訴大家我爺爺已死了，推舉『三老爺子』直接主持咱們翟姓大事！……」

偏偏「二老爺子」拄着根拐跟了來，隱在眾人之中。聽了婉兒一番話，氣得一口痰堵入咽喉，當場昏倒……

眾人頓亂，有的掐其人中，有的捶其後背，有的撫其前胸。

「三老爺子」竟也跟了來，這時踉踉蹌蹌、跌足錯步地撲至婉兒跟前，奪過「老老爺子」的骨灰盒委於地上，泗淚滂沱，號啕大哭：「哎呀，我的老哥呀！你才活到九十九，怎麼就去得這麼早哇！你撇下老兄弟我，我活得還有什麼意思呀！……」

於是，兒女輩的，孫兒、孫女輩的，早忘了來由，齊刷刷一排又一排跪將下去，哭成一片。直哭得雲灰日暗，天恓恓地惶惶，哀乎悲也！

婉兒家屋裏，婉兒的父母，也在屋裏相應地哭了起來……

咽長泣短，和聲分部，A調、B調、降B調此起彼伏，忽強忽弱，裏外傳接，齊旋異律，好一場賽哭！天若有情天亦老！

眾人終於找到了一處宣泄的豁口，就比着長勁兒宣泄，竟無一挺身而出問婉兒假傳「老老爺子」旨意盜尊欺眾的罪名。

好容易找到了一處宣泄的豁口，誰那麼愚蠢那麼缺德，非要逆情犯眾再把它堵上呢？

村子這一邊的哭浪，衝蒙了那一邊的翟文勉一家……

當天，男女活躍分子張張羅羅地開始為「老老爺子」追辦喪事……

翟村尚未從一起熱鬧一次集體娛樂的惡劣後果中超拔出來，兇險的威脅正潛伏在大草甸子裏，轉移在深蒿

矬樹間窺視着它，而它就又營造開了另一起熱鬧，發動了另一次集體娛樂，興起了另一類的別種品位的刺激……

為「老老爺子」舉行的象徵性大出殯收場了，翟村的男人和女人在這另一類的別種品位的刺激中恢復了以往的心態。婉兒和她的「寃家」和好如初，彷彿實際上並不曾有過什麼「倩女」等人來到過翟村似的，彷彿翟村人並沒有被捉弄過似的，彷彿翟村並沒有蒙受過什麼羞恥似的……

家家倒是都吃只怕吃不完的牛肉。

那一天夜裏，婉兒和她的「寃家」又在她的閨屋裏幽會。穿着一雙鞋面兒上補了孝布的鞋的翟文勉，照例地翻牆跳院。

這一對兒翟村的兒女啊，恰似「林妹妹」和「寶哥哥」，好得也快，掰得也急。偷度良宵，貪歡欲旺，哪顧忌什麼孝道喪禮？一個如床上淫娃，一個勝帳內猛郎，恣情肆意，蝶浪蜂狂，柔懷繾綣，芳心情浪……

「寃家」問婉兒——「你就那麼愛演戲，連演個現編現排的丫鬟也行？還打出你爺爺的旗號壓迫別人！」

婉兒撇脣一笑——「你當我那麼愛演戲吶？我不過是想開眾人一個大玩笑！咱們翟村人，多少事兒都能鼓噪成熱鬧，單就不許我婉兒在場熱鬧中插科逗諢一次？」

「寃家」也笑了——「你學你爺爺的話，怎麼學得那般像？莫說我，莫說他們，連幾位『老爺子』，都被你騙過，信以為真啦！」

婉兒自鳴得意——「我是我爺爺的孫女嘛！我先寫在了紙上，反覆地改好幾遍，又背了大半天，背得滾瓜爛熟。能不像？」

——「你爹你娘不曉得你的把戲？」

——「知道。知道又怎麼樣呢？騙人玩兒沒有意思嗎？把你們騙得那個樣兒，你們一走，沒見他們樂的呢！不會尋樂子的人，還是個咱們翟村的人？再者，我也替他們掩護了我爺爺死了的真相……」

兩個人正嘰嘰咕咕調笑不夠，猛聽得一聲牛吼，吼碎了無盡的溫存。

那一頭老白牛，它趁夜潛入了村，一吼起來可就沒

完。那一夜，翟村人被它吼得大人孩子都沒睡成囫圇覺。大人們縮在被窩裏，緊摟着受到驚嚇的孩子，側身聆聽外面「嗒嗒」的巨蹄奔突之聲，一忽兒從村頭到村尾，一忽兒從村尾到村頭……

它那吼，分明就是一頭老瘋牛的號哭，聽得大人心驚膽戰，聽得孩子魂飛魄散……

它那吼，一聲交替一聲的，凝聚着深仇大恨，充滿了暴戾和邪惡……

自此，它夜夜入村，潛遁突至，來去無蹤。它不僅以它那吼聲恫嚇人們，而且開始對人們實行真的威脅了。

半夜裏，一顆巨大的牛頭猝然撞碎窗櫺，連粗壯的頸子都拱入屋內，半張的牛嘴咧出殘忍的令人毛骨悚然的獰笑，腥膻的黏液隨着滯重的喘息噴在嚇得毛骨悚然的大人和孩子的臉上……

或者，撞開人家的院門，撞開人家的屋門，雖然肩胛卡在門外，卻足以用它的角將灶台搗毀，將水缸頂個圓圓的大窟窿……

或者，用它那大象般的屁股撞人家的山牆，一下、兩下、三下……直撞得基震樑傾，終於將山牆撞倒而埋住躲藏菜窖裏的一家……

有人家的狗被豁開了肚子，還被插在了樹丫上掛着……

有人家的豬圈被踢為平地，公豬、母豬、仔豬盡數被踢得扁扁的，如同將全肉包子擀成夾餡單餅……

在大白天，它也闖入村來了，凸突的網着紅絲的牛眼，仇視地睃尋一切進行報復的目標——不管有生命的還是沒有生命的。一旦它朝什麼逼去，有生命的便沒有生命了，沒有生命的便徹底毀滅了……

人們被迫演習極迅速地鑽入菜窖……

它神出鬼沒……

它白天黑夜在村子四周傲慢地轉悠，翟村被它封鎖了……

於是翟村人不得不聯合起來保護家園……

於是翟文勉滿懷對翟村負罪的懺悔鼓起自己的英雄氣概……

於是便有了那一夜一敗塗地的大圍剿發生……

於是接續了翟玉興一家的慘劇……

於是翟村的傳統和歷史沾染上了鮮血……

此時此刻，在翟村這一片土地上成長起來的，深受翟村人心理環境影響的，躊躇滿志地加入了其實前程早已局限如箍的小知識分子行列的這一個翟村的兒子，認定自己將成為翟村歷史上罪孽深重之人。他的英雄氣概被嚴酷的現實撕得粉碎，毫無意義。他總算清楚地認識到了這一點。他的虔誠的懺悔也是毫無意義的，非但沒能贖回什麼，反而使自己罪上加罪。他一心要拯救翟村，同時也拯救自己的獻身的精神徹底崩潰了。他根本不知道自己下一步該怎麼辦了？他明白了自己已然被事件推向了悲劇之人的角色，他明白了他所扮演的角色已然被事件所確定，他已然實踐了一半屬這一角色的行為，他已然墮入這一角色的思想陷坑和命運下場無法自拔。

「難道這一切都是對我這個角色的鋪墊嗎？」

「典型環境、典型氛圍、典型影響、典型性格——難道我是在演戲嗎？」

「還不如昨夜慘死了的好。」他想。

悠然地，他覺得身後有人想要把自己怎麼樣——猛回頭，一把鐵鍬凌空劈額砍將下來！

驚慌一閃，鐵鍬深深砍入地裏……

「爸……」

「別叫我爸，我沒你這個兒子！」

鐵鍬又舉起，又無情地砍下……

他拔腳就跑，他的父親提着鐵鍬窮追不捨，意欲將他置於死地……

神色麻木的呆立在一堵堵殘垣斷壁和破窗懸門後面的翟村的男人、女人、老人、孩子，極其冷漠地望着這一幕。

他繞着井台跑，他的父親繞着井台追……

「砍死他！……」

一個孩子的聲音。

「砍死他！……」

「砍死他！……」

「砍死他！……」

許多孩子的聲音。

曾在人們聚眾向他問罪時挺身而出替他辯白勇敢保護他的老父親，這時因達不到一鐵鍬砍死他之目的而急得一屁股坐在地上，蹬踹着兩條腿，哇哇大哭起來……

「翟文勉他爹！你哭有什麼用？你養了那麼個兒子，你還不跳井？！……」

一個女人的聲音。

「跳哇！……」

「跳哇！……」

「跳哇！……」

許多女人的聲音。

他的父親不哭了，揪了一把鼻涕，習慣地抹在鞋底兒上，就像聽話的乖孩子似的，很快地朝井口爬……

「爸！爸！你別……」

晚了……

「撲通……」

他眼前一下子消失了他的父親，就像一個幻覺似的消失了。

他撲到井口，對着井中哭喊：「爸！爸！爸啊！……」

深褐色的，如同好幾年前的高粱秸一樣的幾根手指，在水面抓撓了幾下，沉了……

井水漸漸平靜，映出了一張歪扭的臉。他感到那張臉極其陌生，因為他自己的臉上從沒有過那麼一種歪扭的表情……

「文勉，你爹都跳了井了，你還等什麼？」

這是「二老爺子」的聲音。

「你還不跳嗎？怕什麼的呢？跳吧，啊？」

這是「三老爺子」的聲音。

「文勉啊，要聽話呢！讀書之人，都講個自覺性。跳了，你的罪也就減輕了……」

這是「四老爺子」的聲音。

幾位「老爺子」的聲音，循循善誘，苦口婆心，娓娓動聽，具有卓越的說教的意味兒。

他抬起頭，四面張望，卻哪一位「老爺子」都沒

看見。

不知他們隱於何處。

不知他們為什麼要躲藏着。

聽他們的話，他們分明有過什麼預先的勾結。即使沒什麼預先的勾結，他也清楚他們在骨子裏其實是那頭老鬼畜的同盟。因為它是他們確定的圖騰和迷信，他們都在不同程度上是它的一部分，撕扯不開的一部分，主體的一部分……

他跪在井邊磕了三個頭，站起來大喊一聲：「不……」

人們卻只見他一聲不吭地就走了——他是用他的心喊的……

他的家院卻完好無損，院外前後左右一丈以內，竟連個牛蹄印也看不見。但東鄰遭殃，西舍宅頹，彷彿有神明劃地為禁，暗中庇佑。他心中竊喜，但東鄰西舍大人、孩子投射在他身上的目光，使他接連打了幾次寒噤。他想，那老鬼畜若不是仍感念着他的父親當年對它的助生之德，便是對他採取以其道還治其身的特殊報復，離間他和翟村人們，使他陷於四面楚歌、十面埋伏，陷於翟村人心理圍剿的惡陣。他們對付它束手無策，聽天由命，但能對付他。他看透了，隔夜之間，顯然已是不謀而合，難以逆轉。不管那老鬼畜是出於感恩或是出於報復，結果都一樣了。

他躡足走近窗口，窺見他的母親跪在炕上，面朝一隅，雙手合十，嘴唇飛快地翻動，口中唸唸有詞，正祈禱着……

他不願也根本不想干擾母親，便躡足離開窗口，一步步倒退出院子，慌慌張張往婉兒家去……

翟村「老老爺子」的家被徹底毀了，四面的牆大部分坍塌了，屋頂架在幾處不可靠的支點上，看上去令人提心吊膽。婉兒她爹當寵物養着玩的幾隻長毛兔，大白耗子似的在瓦礫堆鑽鑽躥躥……

因為畜生就是畜生，所以敢於無所畏懼地犯祖蔑尊。

在這一點上，比起翟村的全體男人，比起幻想拯救翟村和翟村人的翟文勉，更具有英雄氣概，更頂天立地，真不愧是一頭英雄的老白牛。

頹牆敗舍之內，迴蕩着搖滾之樂，不知名的女歌星唱着情緒迷亂的歌：

跟着感覺走

緊拉住儂的手

……

他嚇跑了兔子，找到了婉兒。

婉兒蜷縮在一個牆角旮旯，秀髮紛亂，灰塵垢面，神色駭絕。她一個胳肢窩夾着的是她爺爺的骨灰盒，另一個胳肢窩夾着的是她的寶貝錄音機。錄音機電池乏電，「感覺」聽來就有些錯亂，好像感覺錯的是女歌星本人似的……

婉兒一發現他，就丟棄了兩個對她來說相當重要的東西——她爺爺的骨灰盒和正教導着人們如何緊緊抓住「感覺」的錄音機，張揚着雙臂撲向他，緊緊摟抱住她的「冤家」，彷彿他已是她此時此刻必須緊緊抓住不放的一種什麼感覺……

「太可怕了，太可怕了，太可怕了……」

她渾身顫抖不止。

「婉兒，你爸你媽呢？……」

「我……我也不知道……」

「不會……砸在了倒牆下吧？」

婉兒還是機械地搖頭說：「不知道，不知道……」

「你，為什麼還開着錄音機，開着那麼大的聲音？這種時候、這種情形之下聽音樂，別人會怎麼看你？這不是我行我素的時候。你不清楚咱們翟村人嗎？你千萬要懷幾個戒心……」

由自身而預料她的處境，他耿耿地警告她。

「我……我是為了給自己壯膽量……剛才那樣子，我覺得像是跟三個人在一起……我爺爺，還有另一個女的……全村的人都不用好眼看我……可我……可我又沒親自坑害他們！他們不是一向巴望着發生什麼刺激的嘛！小小不然的刺激刺激不了他們，而他們一心巴望着發生的，難道不是最大最大的刺激嗎？我的玩笑就算開得過了，那也是為了成全他們，是一片好心呀！……」

婉兒滿口的道理、滿腹的委屈，說着說着，委屈得哭了……

婉兒哭得別提有多麼傷心！

「別哭，別哭，哭也沒用！我沒時間多耽擱，我不能和你在一起，我這就得走……」

他用手指抹去她臉上的淚，如同輕輕抹去沾在玻璃上的水珠，似乎要更看清什麼。

「我不放你走！……」

「我得去辦要緊的事兒！」

「那我也不放你走！……」

婉兒將他摟抱得更緊。

女歌星還在迷惘地唱着「感覺」……

「別哭，聽話！放開我……」

「不……」

「你放開我！……」

「就不！……」

他不想向她解釋什麼，明白解釋也白解釋。他不得不掰她的手指，撐架開她的胳膊，從她的摟抱之中脫身一閃，就勢一推將她推倒了……

他顧不得她怎樣望着他可憐兮兮地哭，一狠心轉身便走……

她的哭聲像一條甩不掉的狗一樣追趕着他。

還有那女歌星的歌唱，也像一條狗，甩不掉似的……

跟着感覺走
緊抓住夢的手
腳步越來越輕
越來越快活
盡情揮灑自己的笑容
愛情會在任何地方留我
……

隔着辦公桌，縣公安局局長研究似的瞧着翟文勉，像精神病院的醫生般驚訝地瞧着一個沒人陪同前來的嚴重的精神分裂患者。此刻，他是多麼後悔同意傳達人員

允許這個大汗淋漓、強自鎮定的年輕人見自己。

「你怎麼來的？」

「半路……搞了一輛自行車……」

「半路搞了一輛？這話什麼意思？攔截的？搶劫的？……還是偷的？……」

「攔截的。」

「你認識對方嗎？」

「不，不認識。」

「那麼，就不是攔截了，而是搶劫了！這二者，性質是根本不相同的……你自稱你是研究生，這點兒起碼的法律常識你是應該懂得的……」

「我懂。攔截，搶劫，隨你怎麼理解都可以。請你趕快派人，跟我到翟村去！……」

「你說你懂，那你不是知法犯法嗎？」

「你他媽的渾蛋！」翟文勉終於不可忍耐，從桌上操起暖瓶雙手高舉，欲砸在縣公安局局長頭上，並且威脅，「你到底派不派人？」

「別，別，你別生氣！吸煙嗎？……不吸？那我可就自己吸啦！……一頭瘋牛，頂死了幾個人，當然是很可能的，不，是完全可能的！你放下暖瓶嘛！坐嘛！我很替被頂死的人悲痛。我相信你講的都是真的！我相信！但是，小夥子，第一，這是公安局，我不能派公安戰士跟你去對付一頭牛。咱倆都應該通情達理，是不是？你看你又瞪眼睛啦！年輕人，火氣這麼衝，不好，很不好。這樣吧，我給縣武裝部掛個電話，你去找他們。武裝部的武器裝備比我們公安局先進！就是對付一頭牛，也需要好點兒的武器，何況你說得很明白，還是一頭很厲害的瘋牛！我現在就掛電話，行不行？放下暖瓶，放下暖瓶……」

見對方抓起了電話，翟文勉才放下暖瓶。

翟文勉離去了。

縣公安局局長吸着煙，獨自尋思剛才發生的事兒，撲哧笑了，毫無疑問，這是一個精神病人嘛！他為自己急中生智將一個難纏的精神病人，倒腳射門似的巧妙地射進了縣武裝部的大門兒，感到挺開心的。現在，就讓武裝部那幫傢伙去對付一個精神病人或者一頭瘋牛吧！

人有時在做一些小壞事的時候能夠獲得特殊的愉快，即使這個人一向是挺好的人。

縣公安局局長愉快地唱起了京劇：

包龍圖打坐在開封府，
呼一聲王朝馬漢聽端詳……

唱了幾句，他又抓起電話將傳達人員訓了個狗血噴頭：「難道你看不出那是個精神病人嗎？他自己說他不是？愚蠢！愚蠢透頂！自己說自己是精神病人，那還真是精神病人嗎？虧你在公安部門混了這麼多年，連最簡單的判斷都失誤？下次再發生這樣的事兒，我扣你三個月獎金！……」

接着，他給自己沏了杯茶，慢呷緩飲，沒什麼具體工作可做。他又尋思了一通，又嘖兒地笑將起來……

「找部長？」

「對。」

「非找部長不可嗎？」

「是的。」

「你找不到部長，他不在。」

「可是，五分鐘以前公安局局長當着我的面兒親自掛來的電話！……」

「那電話不是部長接的，是我接的。部長他兒子今天結婚，都去參加婚禮了！只我一個人留下值班，有什麼事兒你就直截了當對我說好啦！……」

翟文勉有些猶豫。

「現在的風氣，可真是的啊！辦事兒的，都學會了找當官的，而且一找就找第一把手。第一把手要是什麼事兒都能親自處理，還用我們這些小催撥兒幹什麼？催撥兒有催撥兒的作用！比如我，要是沒有我留下值班，別人能都去參加婚禮嗎？……」

武裝部那個值班的「催撥兒」正悶得慌，可是來了個人了，也不在乎他是不是精神病，只管引誘他侃。

翟村的後生不得不把在縣公安局陳述過的那番話又陳述了一遍。

「等等，等等！我說夥計，你別再講下去啦！我講

吧！我講，你聽明白了沒有——一頭老白牛，很厲害的一頭老白牛，瘋了，怎麼瘋的？不需要你進行解釋啦！總之它是瘋了，對不對？怎麼瘋的也是瘋了嘛！這一點無關緊要。它頂死了人，頂死了兩個。你不是說死了三個人嗎？噢……甭解釋。你父親是跳井死的，那也和它有關呀！對不對？還有那個嚇瘋的，當然更和它有關啦！可你……你沒事兒吧？我的意思是，你……」對方顯然來了興趣，用一根手指指着自己的太陽穴，還轉了幾小圈。

「我發誓，我的神經沒問題。同志，你可一定要相信我呀！……」

翟村的後生潸然淚下了。

「別哭，夥計。你的神經保證沒問題就好！那頭瘋了的老白牛，還嚴重地破壞村子，危害人民的生活，所以你來請求武裝部去你們翟村為民除害，對不對？你來請求我們是非常正確的，我們是人民的治安武裝嘛！你多餘去請求公安局了。他們——哼，只配抓小偷和賣淫的！我去！我當然去！義不容辭！……」

對方說着，起身從牆上摘下帶套的手槍佩在腰間。

「您……就您一個人去？」

翟文勉顯出失望的樣子。

「還要去一個軍？笑話！我一個人去就綽綽有餘了！……」

對方顯擺地拔出手槍，美國西部牛仔槍手似的，使手槍在手指上轉，還對着槍口吹了幾口氣，彷彿槍筒裏積滿了灰塵。

那是一支老舊的五四手槍。

那是一位恥於繼續當「催撥兒」的「催撥兒」。他好大喜功，正閒得百無聊賴。

他戴上大殼帽率先往外走，走到門口又反身跨到桌旁，說：「你不是嫌我一個人少嗎？我再替你拉上一位……」

接着，他打電話：「報社嗎？找小王。小王？我誰？我是你大哥唄！聽出來了？哎，我告訴你：現在，有一件事兒，我親自去辦。不是對付人，是對付一頭瘋了的老白牛！詳細情況，路上再講給你聽！夥計，你就跟

我一塊兒去吧！我保證你回來後能寫一篇有聲有色的報道！」

恥於當「催撥兒」的「催撥兒」剛將吉普車發動起來，那位記者就到了，還有一位禿頂的中年人。記者介紹說中年人是位有名氣的作家。

四個人一上車，記者就掏出小本本墊着膝蓋開始發問，並開始唰唰地記。「催撥兒」總是一邊駕車一邊搶着回答，實在回答不了，以其昏昏使人昏昏時才將回答的權利不甘心地讓給翟文勉。

「關鍵是死沒死人。死人了，報道的價值和分量就重多啦！你父親也死了？請問你當時的心情怎樣？順便勸一句，你要節哀啊！那兩個死者的慘狀如何？講得越細越好……屍體模糊，橫陳在血泊之中……血已經凝了吧？許多房屋都被瘋牛所摧毀！對，就用『摧毀』一詞！村不像村，家不像家！你看我，忘了進一步介紹作家了！咱們縣這位大作家，發表過許多作品呢！《壁櫥裏的女屍》，讀過沒有？……」

車飛快地開，記者不停地問，不問便說，說起來就不停嘴。

作家卻挺有修養的，很照顧翟村的後生的心情，什麼也不問，也不跟他說什麼，只是嚴嚴肅肅地與記者討論同樣的素材在新聞報道和小說中如何分配才合理。

武裝部的「勇士」對作家懷有十二分的尊敬，說作家發表的小說他都拜讀過，不僅自己拜讀過，還極力推薦給親朋好友看。

作家是位很謙虛的作家，一個勁穩穩重重地說：「哪裏，哪裏！過獎，過獎！但是，我是堅決主張小說要具有人民性的！我的每一部小說，發行量都在三十萬冊以上。我寫的時候，心中總想着『人民』二字。人民性，乃是最高原則……」

車到峽谷，正是黃昏。乏鳥歸林，孤鴉鬱噪，殘虹烹天，初霧漫地，爽雨方息，暑蟬寂寂，風篩秋涼，雷驚四野。

「勇士」頗掃興：「媽的，怎麼下起雨啦？」

記者神采飛揚：「下雨好！下滂沱大雨才好！氛圍就不一般了！『風蕭蕭兮易水寒，壯士一去兮不復還。』不

該停，不該停！」

「勇士」說：「用槍，不遂我心願。要是一件什麼冷兵器，那我更提情緒！」

作家首先踏下車，在車旁撒了一大泡尿。尿畢，通暢得渾身一抖，口出一詩曰：「一元大武，威及四荒，壯哉猛士，稱頌八方！」

「勇士」聽出了是謳歌自己的意思，讚道：「好詩，好詩！」並悄問記者：「『一元大武』怎麼解釋？」

記者笑而不答，似乎在說——「這你都不懂呀？也太沒文化了點兒吧？」

作家便逼問記者：「你懂？你講，你講！」

記者吭哧半天，分明也是不知。

「一元大武者，一頭雄牛也！」作家自得了，拍拍記者的肩，「老兄，往後多讀點兒古文吧！」

記者紅了臉，說：「我不是不懂裝懂嘛。你小解，引起了我要大便。我這正憋得慌呢，所以一時就想不起來……」跑向遠處，匆忙一蹲……

翟文勉最後一個下車。他回望他的翟村，連縷炊煙也不見……

他心情沉重萬分！

他提醒他搬來的孤膽英雄：「你那槍裏，上了子彈沒有？」

「噢，對了，還沒上子彈吶！」

對方趕緊往老舊的五四手槍裏壓子彈，然後大喊：「我來啦！」

其喊將落，一聲牛吼頓起！谷口現出一丘龐大白物，似坦克，似裝甲車，似推土機，耀武揚威地就過來了……

翟文勉低聲說：「就是那老鬼畜……」

離着還半里多地呢，「勇士」慌慌張張地便開槍了。

「叭！叭！叭！……」

像小鞭炮，倒也響得脆亮。

作家怒斥：「你怎麼開槍了？你不是說要等它離你三五步時再開槍嗎？……」

射出的子彈不知都飛往哪裏去了！

「一元大武」耀武揚威地仍踏將來……

「你小子他媽的快再上子彈呀！」

「沒，沒，沒子彈了！子彈全射出去了哇！」

「你存心讓老子陪着你送死啊！」

「還楞着幹什麼！上車上車！……」

「勇士」雙手握空槍，傻眼呆瞪「一元大武」，僵在那兒。

作家面無人色，將他硬塞入車。

吉普車彷彿遭到當頭一棒的豬，晃頭晃腦，笨笨哈哈，掉頭開走……

記者提着褲子朝吉普追去：「別撇下我！別撇下我！王八蛋！狗作家，我半點素材也不讓給你！……」

褲子落下，絆倒了「後景大曝光」的記者……

「一元大武」奔突起來，衝向作叭兒狀的記者……

翟村的後生卻沒逃跑。

他覺得逃跑不逃跑對他來說早已都是無所謂的事兒了……

他看得清楚——那頭瘋魔了的老白牛怎樣衝到連滾帶爬的記者跟前，巨頭一低，雙角將記者從地上叉起，如同農夫用鋼叉叉起一捆草般輕而易舉，幹得令人難以置信的靈活而且利索……

吉普早已駛出很遠……

記者在牛頭上舞手劃腳……

它頂着他，朝一棵樹踏去。繞樹一周，又朝另一棵樹踏去。如是者三，它終於相中了一棵它所要尋找的樹——一棵有斷枝利茬的不高不矮的樹。

它就翹首把他插在那棵樹上，好像服裝店的售貨員用叉杆將一件顧客挑了半天而最終未買的衣服懊喪地叉掛在衣鈎上……

褲子從記者身上褪下來，懸一大白……

那可憐的人兒仍在舞手劃腳……

翟村的後生望着，竟絲毫也不感到觸目驚心了，只是覺得所見有些滑稽……

他想——噢，它不過就是這樣將狗插在人家的門楣上或院柵欄上的呀……

它退於丈外，以一頭畜生所能做到的標準的「立正」姿態，向插在樹上的那不雅的東西行「注目禮」。

「立正」對於畜生來說，能做到它那樣也就算做得最標準最好了。

遠遠地望着它，他給予它一種客觀的、毫無個人成見的、發自內心的評定，好比一位教練對受訓的運動員之某一高難度動作給予場外的公正評定。

它那樣子，顯然是在欣賞它的傑作。

忽然，它亢奮地跳起舞來。是的，的的確確是在跳舞。不是跳任何意義上的古典舞或傳統舞，是跳現代舞，是跳類乎迪斯科、霹靂、宇宙舞。它那如盤的四隻大蹄子踢踏有致，它那龐大的身軀尤其它那夯壯的後臀扭得相當猛烈，它那威武的頭一揚一俯得格外驕橫……

望着一頭畜生亢奮而舞，如同望着一個人學嬰而爬，對視覺同樣是意外的犒勞。

那一丘白色的既老且壯的半高等生命，造就着一種轟轟烈烈的感染力，使它周圍的一切似乎都顯得生動了起來。樹彷彿也在扭。一片片的草也彷彿開始抽搐，彷佛抽搐着抽搐着就馬上會變成一群群奇形怪狀的東西，伴隨着那一頭瘋魔了的邪性的龐大畜生興高采烈地踢踏歡舞。連插在樹丫上那具不雅的半死不活的東西，胳膊腿彷彿也比劃得更歡更來勁兒了——使人聯想到一個把自己懸起來練泳姿的人……

翟村的後生受到感染和蠱惑，不由自主地，情緒難耐地，雙腳也踢踏起來，身子也扭動起來，也竟有些興高采烈起來……

他簡直不由自主……

他簡直情緒難捺……

那一丘白色的既老且壯的半高等生命，轟轟烈烈地踢踏着如盤的四蹄，匪夷所思地扭着龐大的軀體，邊舞邊退向峽谷……

翟村的後生邊踢踏着邊扭動着亦趨隨着跟向峽谷……

它終於退入峽谷去了，就好比一位舞蹈演員邊頻頻謝幕邊退隱於垂地大幕之後。

隨着它的消失，四野肅靜。

翟村的後生駐足在鵰嘴峽谷的前面，瞪着斧劈般的兩仞嵯峨山勢，如望着空蕩蕩、寂悄悄的「大舞台」之

台口，弄不明白自己剛才是怎麼了……

他只記得它在谷嶕行了一次「屈膝禮」——是的，它那怪誕姿態，簡直就是行「屈膝禮」！同時，它還對他呵呵冷笑。它那牛臉上的冷笑之顏，他是已經很熟悉的了……

然而，他還是打了一串寒顫！

峽谷裏，嘯出一陣陰森森、濕漉漉、冷颼颼、腥洶洶的異風……

他覺得它那種冷笑，酷似「二老爺子」、「三老爺子」、「四老爺子」們慣常的冷笑，甚至使他想起已經死掉了的「老老爺子」活着時慣常的冷笑。

他又打了一串寒顫……

當黎明拖走了那一天的夜晚的殘骸，一個艷紅艷紅的人兒飄出翟村，火似的，霞似的，血似的……艷紅艷紅的那一個人兒，翩翩曼曼的，輕輕盈盈的，一隻大蝴蝶似的，被風吹着一般似的，向鵰嘴峽谷飄來……

那是翟村的寵女婉兒。

她提着她心愛的寶貝錄音機。

錄音機裏含着那一盤她最喜歡的磁帶。

不知名的女歌星迷惘而迷亂地歌唱着的是——

跟着感覺走
緊抓住夢的手
藍天越來越近
越來越溫柔……

她穿的乃是她為自己的新婚之夜預備下的紅綢睡袍……

翟村的男人、女人、遺老、頑童則一排排一列列跪於村頭齊呼：

白牛啊，白牛啊，歸來吧
已為你蓋好了牛棚啦，白牛啊
已為你備好了上等豆料啦，白牛啊
已為你選好了大小母牛三五頭啦，白牛啊
它們可都是外地的優良品種哇，白牛啊

歸來吧，歸來吧，白牛啊

白牛啊，白牛啊，長生不老

……

翟村的寵女婉兒，「跟着感覺走」——翩翩曼曼的，輕輕盈盈的，一隻大紅蝴蝶似的，被風吹着一般似的，向鵰嘴峽谷飄來，悠悠地飄來……

她在谷嘸處看見了她的「寃家」——他被牛筋捆在十字架上，十字架深深釘入地裏。

她推了推十字架，十字架紋絲不動。

她微笑了，說：「寃家，他們弄得很牢很牢的呢！怎麼忘了給你釘個帷蓋兒，也防日曬着了你，雨淋着了你呀……」

他什麼都沒說。

死人都是寡言的……

她見他一隻鞋的鞋帶兒開了，便放下錄音機繫好了他的鞋帶。

之後，她拎起錄音機，咿咿呀呀地哼着唱着也不知唱的什麼，腳步兒錯差地，身子兒撲旋地，臉龐兒歡顏悅色地，被異風吸入了谷腹……

瘋魔了的老鬼畜被這火似的、霞似的、血似的、艷紅艷紅的人兒激怒了，也被錄音機發出的歌聲激怒了。

當它俯着頭挺着角直向她衝來時，她塞身在一道岩縫裏。

它一頭撞在岩上，一隻角折斷……

它愈怒，後退數丈，又猛衝過來，又一頭撞在岩上，額裂漿噴……

這一頭既老且壯的半高等生命目凸欲暴，一次次後退，一次次猛衝，一次次頑撞……

可怕而可憐的畜生的頭血腦漿，染得岩體紅白相間……

終於，它一頭撞入了岩縫，它的頭被卡住了，退不出來了……

它那龐大的軀體無力地掙扎了幾番，癱軟了……

它的前腿一彎，似乎極卑恭極馴良地跪下了……

血……

婉兒的血，一滴，一滴，一滴……

滴灑在谷腹的土地上……

它的另一隻角，插入了她的胸膛，正插在兩乳之間……

土地貪婪地吞嚥着她的血。

它的頭像一個吃奶的孩子的頭，偎在她懷裏……

她抬起一隻手，撫摸那牛頭、牛臉、牛鼻、牛唇……

這最後的一番刺激，使她的神經大為滿足。

她說：「嘿，乖犢兒，咱們該玩完了。是吧？」

她說完就死了。

那時刻，大地正分娩出半個太陽，朝霞正燃燒得無比輝煌。

錄音機被踏在一隻牛蹄下，峽谷中餘音迴蕩——

跟着……

跟着……

跟……

死神

時值正午，暑熱難遣。

他躺在床上，恍恍惚惚，似睡非睡，欲醒難醒。朦朧之中，聽得有人敲了幾下門，想應一聲，應不出聲，想坐起來，坐不起來，彷彿身體已不是自己的，僵而且沉。

門外人又敲了幾下門，輕輕推門入室。他頓覺一股森涼，和着一陣馥香。

躡着腳步徐至床前，來人分明在向他俯視。森涼之氣襲面，香水味兒盈鼻。強睜雙眼，見一芳齡女性極美的臉，情態嬌嬈，紅唇微動，帶着不露齒的很甜很媚的笑意，唇角扯出了桃腮上淺淺的梨渦。

陌生。

她將垂散胸前的烏絲般的柔髮朝肩後一撩，直起腰來退離床前，十分優雅地提了一下裙裾，款款地坐在圓桌旁的一把椅子上，用迷人的目光注視着他。

他不免因自己的失儀有些發窘，也莫名地有些慌亂，睏困全無。他立即坐起，趿鞋下床，坐在圓桌另一旁的椅子上，低聲嘟噥：「請原諒，我這幾天正生病。」

她聳了一下肩，兀自很甜很媚地笑着。

「你是……大學生？」他問，並打量着她——水粉色的無袖的連衣裙，玉臂盡裸，象牙般的頸子上戴着金項鏈，一個金的小十字架半露在連衣裙領口。他立刻否

定了他的猜測，女大學生一般是不戴那玩意兒的。

她搖搖頭，還是那麼甜那麼媚地笑着。其神其態，如無邪少女，天真而又風情百種，令他莫測高深，復凡心暗動，有些被蠱的感覺。

「演員？……」曾有演員或想當演員的訪過他，希望經他向某某導演推薦，在由他的小說改編的電影或電視劇中扮演什麼角色，可他最近並無小說改編成功。

又搖頭。

「編輯……」他感到全身發冷。

仍搖頭。

「記者……」

搖頭，笑臉依舊。

「那你究竟什麼人？找我有什麼事？」他如墮五里霧中。

「我是死神。」她終於啟口，話音鶯啼燕囀，如珠璣落盤。言罷，貝齒輕銜下唇，明眸凝睇而視，似莊猶諧，故矜且笑。

他調侃道：「死神是你，世人不懼死矣！」潛意識中，生出取悅的動機。

「我是死神。」她重複說道，並緩緩伸過一隻手來握住了他的一隻手。

他不禁打了個寒顫，如冰的一隻玲瓏秀手啊！

她的手握住他的手不放。他的手像在冬天被什麼鐵器粘住。

他這才恍然徹悟，為什麼她走入房間後他感到一陣甚於一陣的森涼。他瞧着她驚呆了，然因其殊美，並無所懼。

「你相信了吧？」死神放開他的手，那種很甜很媚的笑愈加動人、迷人、蠱惑人，大有得意之色，而得意之中還包含着些許詭詐，幾多狡黠。

他瞠目結舌，說不出話。

「怎麼，你還不相信呀？」

「信……可是……你來找我，有何貴幹？……」

「瞧你問的！」死神哧哧笑道，「我來找你，還會有什麼事呢？履行公事唄！」

「公事？……組稿嗎？」他凝視她那面如桃花的臉，

只覺怪誕而迷亂，一味問呆話。

「組稿？……」死神抬腕掩口，咏咏笑得愈發可愛。笑罷，嫩嫩纖指朝他額上輕輕一點，鶯聲燕語道：「我來要你的命！」

他覺得額上似乎被電棒擊了一下，一陣冰冷直透腦骨，神志格外清醒起來，便收斂了雲遊他方的心意，並認識到眼前的現實是需要嚴肅對待的。他謹慎地問：「你搞錯了吧？我才三十歲呀！」

「我對我的工作一向是很有責任感的。」死神正色道，「自從我主宰人類壽命以來，還一次也沒出過差錯呢！」

「您千萬別誤會，我的意思是……太突然了……」他不由得「肅然起敬」，乃至誠惶誠恐，對死神稱起「您」來。

死神用習以為常的語調回答：「人人難免一死。人人死到臨頭，都覺得太突然。不過，也正是這一點，使我從中獲得了樂趣。」

他不知再說什麼好。

死神又輕舒玉臂，像唱戲的旦角一樣，秀手宛若白蓮，嫩嫩纖指朝床上一指：「你瞧，其實你已經死了。」

他這才發現——床上仍直挺挺地躺着一個他，確乎已經死了。

他這一驚，非同小可。

她卻一副司空見慣的模樣，甜而媚地一笑，嬌聲細語地說：「我很忙，不能在你家裏耽誤太久的時間。」說着，瞥了一眼冰箱。「有什麼止渴的飲料嗎？我渴極了。」

「有，有！」他受寵若驚，趕緊站起來，打開冰箱取出一瓶汽水，開了蓋兒倒入一隻杯子中，並懷着十二萬分的討好心思卑下地笑着，奴僕似的雙手恭恭敬敬地捧送給她。

死神儼然主子似的接了過去，不慌不忙地飲下，使他奇怪她本是冰冷的又何以也竟覺得熱呢？她拿着一方潔白的手帕優雅地在桃腮邊扇動，手帕散發出一陣比剛才更濃的馥香，這馥香又令他心醉神迷。——死神那連衣裙上無兜，手帕顯然是死神變出來的。

他退開去，歸坐原位，注視着死神，暗自思忖：女

人的心，大抵是富於同情的，倘訴之以哀，興許能博得死神的一片同情而免了今天一死。

待死神飲盡了那一杯汽水將杯子輕輕放在桌上時，他主意已定，虔誠至極地說：「諸神之中，我最崇拜您死神，因為您的權力是任何人也無法抗拒的……」

死神謙虛地微笑着，桃花般的面上不無悅色。

他見自己的阿諛奉承對死神產生了影響，進而改換一種淒淒切切的語調說：「我才三十歲，如果我現在死了，還有許許多多的身後事未曾料理，功不成，名不就，而且還沒愛過……沒愛過，怎算做人一場呢？……我真是沒活夠……」

他喋喋不休地說着，說的倒也是些老實話。他自己都被自己的話感動了，不禁潸潸然而淚下了。

「別再說下去了，嘮嘮叨叨使人心煩！」死神打斷他的話，認真地說，「總之，你是怕死的，對不對？」

「對，對！」他諾諾連聲。

「但我是絕不會被你感動的。」死神又像先前那麼甜那麼媚地無聲地笑將起來，如桃花的面上梨窩淺現，姝麗的臉兒美而俏，楚楚生情。

他卻不肯動搖他的信心。在信心的支配下，他哇地放聲大哭，一邊哭泣一邊繼續重複他說過的那番話，涕淚交流，悲悲哀哀。

「噢，可憐的人兒，不要哭呀，不要哭呀……」死神似乎動了惻隱，用充滿柔情蜜意的語調安慰他，同時又掏出那一方潔白的馥香的手帕隔着圓桌伸過玉臂秀手來替他拭淚。

他暗自慶幸目的達到，掩飾着竊喜，放開膽量握住了死神那隻玲瓏秀手，並灑下些淚珠兒在那手上。他如同握着塊冰，但不在乎。

「只要您……放過我這一次……我將視您為我心中的偶像，我將無限敬仰您，無限崇拜您——這最美最美、最善良最善良的神……」他騙死神，也將自己騙了，彷彿他所表白的是他由衷的信仰。他的手已被冰得如同死神的手一樣蒼白，五指已麻木了。

死神矜持地從他手中抽出了手，依然那麼甜那麼媚地笑着，依然嬌聲細語地說：「無論如何，我也絕不放

過你。」

死神的話又一次令他感到絕望。死神的笑則又一次蠱惑了他。於是，他又哭。於是，死神又很有耐心地哄他，像哄一個小孩子。死神的語調溫柔極了。死神的模樣善良極了。死神是動人極了，迷人極了，但始終在哄他的話語中不忘提醒他——「無論如何，我也絕不放過你」。說時，她如年輕的母親哄自己的孩子一樣，不停地用如冰的秀手撫摩他的臉、他的頭，用她那潔白的馥香的手帕替他拭去不斷從眼中湧出的淚水。這樣，他於絕望之中一直懷着不泯的一綫希望，自信死神必定是會被他感動的。於是，他哭泣得更加令人可憐，最後竟跪倒在死神面前，抱住她那修長的可與芭蕾舞演員媲美的雙腿，將臉埋在她那如冰的膝間唏噓不止。——他是真真感到悲哀絕望了。

死神總說着那句「無論如何，我也絕不放過你」的話，桃花般的面上依然浮現着很甜、很媚、很迷人、魅力無窮的笑。

他絕望之下竟卑賤地吻起死神如冰的腳來，他的眼淚弄濕了死神那薄薄的透明的絲襪。

「好啦，可憐的人兒。別哭了，我放過你就是……不過，你得將你的一樣東西給予我，作為對我的報答。」死神終於改變了說法。

他頓時止住哭泣抬起頭來，仍跪着仰視着死神那張美艷的臉。

死神眼中閃耀着無比快樂的光彩。

死神是那麼得意。

「什麼東西？只要我有的……」他發誓般地說。

「當然是你有的，我要你的情感。」死神說時向他低俯下臉，收斂了笑，咄咄盯視着他。

「我的……情感……」

「對，你沒有嗎？」

「有……有……」

「你不肯嗎？」

「肯……肯……」

「那麼，我放過你這可憐的人兒。」死神伸出兩條玉臂將他扶了起來，桃花般的面上浮現出那甜而媚的笑。

他徹底被迷惑了，也徹底受益了，自然同時也徹底從絕望中解脫了。死神的話，使他想到了「愛」字。他半信半疑，竟不知究竟是他征服了死神，還是死神征服了他。面對死神如花似玉的容貌，他竟心猿意馬起來。

他忽然衝動地將死神擁抱在自己懷中，剎那間他從心裏往外打了個哆嗦。那種冰涼的感覺，宛如擁抱着一塊冰。然而，他不顧，他將死神擁抱得緊緊的，並且吻死神那兩片紅唇——塗了唇膏的冰。

死神微微閉上雙眼，像個溫柔的情人，乖順地偎在他懷裏。

他吻着死神，撫摩着死神那女性的身體，自己的身體也漸漸變得冰冷。他卻不願多想，恣意親愛。

他無意中又瞥見了床上死去的他，一雙僵滯的眼睛分明流露着焦急，似乎要吶喊。

他轉臉旁視。

他心智迷亂地暗想：「這是怎樣的一種浪漫，這是怎樣的一種愛的奇跡呀！」

死神這時推開他，哧哧笑道：「你錯了，我是無性的。你們活着的人，不知根據什麼偏要以為我是女性。這真是一個大錯誤！」

他愕然了。

死神復坐下，接着說：「我問你索要的不是愛，而是你的情感。」

「這……」他一時不能明白死神的話，懵懵懂懂地問，「有什麼區別呢？」

死神譏嘲地說：「愛，不過是你們活着的人最經常打出的一張牌，它對我卻沒有絲毫價值。我要你的滿把牌，喜怒哀樂，熱情癡緒，傷感愁懷，憂鬱、崇高、憐憫、激越、懺悔、感動、思念……總之，是一切情感，當然也包括愛。」

「那……我成了什麼呢？」

「這就不關我的事了。」

「我的情感對你又有什麼用呢？」

死神輕蔑地說：「玩。」

他又從內心裏打了一個寒顫。

他明白了，死神一定在預謀着什麼，或許懷着對人

類的某種險惡動機在他身上進行着什麼試驗。

他這時才對死神感到有些恐懼。

他又跪了下去，又哭泣起來。他一邊哭泣，一邊哀哀訴說：「如果變成了那樣一個人，倒還莫如死了好。」

「那麼，我就拿走你的命！」死神怫然色變，如桃花的面，現出了某種怒容。

可是，他又不想死，想繼續活下去！面對冷酷無情的死神，他絕望至極，只有跪在死神面前痛哭流涕，完全忘記了自己是一個強壯的男人，死神不過一嬌媚女子而已。

死神倏然站了起來。

「不識好歹！」死神凜凜地說。

死神說着就變了，變成了一具骷髏，披着黑色的斗篷，散發出腐敗難聞的臭氣，還有幾條蛆蟲正在兩眼的黑洞和牙齒間鑽着。

「走！」死神的一隻枯骨的手抓住了他的一條手臂。

他剛才竟跪倒在這醜惡的骷髏面前，竟對它哭泣、哀求，擁抱它，吻它的腳！……他感到一陣噁心，差點嘔吐。他產生了一種巨大的羞恥，這種羞恥立刻轉化為一種巨大的憤怒。

「放開我！」他大叫，企圖掙脫自己的手臂。

死神不放開他。

他用力掙脫了手臂。他突然舉起一把椅子，狠狠地朝死神砸去，一下子就將死神砸散了，一堆白骨橫七豎八堆在地上。

他萬沒料到死神竟這麼不堪一擊，低頭瞧着那堆白骨發呆。他倏然想到，死神可能會立刻又變成剛才的樣子出現在他眼前，於是趕緊翻找出一些結實的繩子欲將那堆白骨捆綁起來，以防止死神變化。

躺在床上死去了的他這時活轉來了，下床幫他一塊兒捆。兩個他在忙亂中合而為一了，似乎從未分開過。

他拎着那一堆骨頭匆匆離開家，下了樓，將那捆白骨扔進了垃圾箱。他轉身離去，又不放心地站住了，忐忑不安地回頭看，手裏仍拿着的死神那件骯髒的黑斗篷竟忘了扔掉。

附近建築工地上的攪拌機轟轟地響着，他用死神的

黑斗篷包裹了死神的白骨朝攪拌機走去，趁工人們不注意連骨頭帶斗篷塞進了攪拌機中。

他仍不放心，站立一旁聽着攪拌機發出破碎之聲。

一會兒，幾個工人過來，從攪拌機中瀉出泥沙，用斗車運走了。他跟在他們後面，親眼看見他們將泥沙傾倒在模型內，才略覺放心地回家了。

房間裏，腐敗的臭氣未消。

他敞開門戶，開了電風扇。

幾天後，工地上矗立起了幾根十幾米高的水泥柱。其中一根頂端露出五截鏽鋼筋，有的勾着，有的指着，正對着他的窗口，使他聯想到死神那玲瓏的秀手，五指纖纖捏成蓮花形的樣子。

他常從窗口望着那根水泥柱冷笑……

復仇的蚊子

一

鄭娟是好看的女人。

現今的人們，尤其男人們，早已不用「好看」二字讚美女人了。現今，讚美女人的詞彙極大地豐富了，並且仍在創新着。但在從前，「好看」二字是民間的底層讚美女人時最常說的。「好看」是受端詳的意思，是越細看越能發現美點的那麼一種模樣。除了「好看」，再就是「漂亮」了。比「漂亮」還漂亮的話，那就夠得上是「大美人兒」了。民間的底層讚美女人，基本上就這麼三級標準。

鄭娟還達不到「大美人兒」的級別。甚至，離「漂亮」的標準也有點兒差距。

然而，她的確是個好看的女人，容貌好看，身材苗條。走在路上，回頭率蠻高的。當然，指的是縣城的路上。三十六歲的鄭娟，其實也沒離開過縣城幾次。那南方的縣城二十幾萬人口，是新區開發得挺現代，舊區改造得挺得體，新舊結合得頗自然頗有味道的一個縣城。很難說該縣城居民們的幸福指數怎樣，從沒誰調研過、統計過，但他們生活得都比較從容淡定倒是真的，起碼表面看起來是那樣。鄭娟一家三口，以前過的也是那麼一種從容淡定似的日子——自己經營一處小百貨店，丈

夫劉啟明是名刑警，女兒上小學二年級了，富不起來，卻也窮不到哪兒去。

二○一四年七月裏的一天早晨，鄭娟突然地不再是一個女人了，不但不再是一個女人了，連一個人也不是了。究竟好看不好看的，對她已經全沒了意義。

像許多女人一樣，她有醒來後摸一下臉頰的習慣。

她摸了一下自己的臉頰，居然沒摸到。

咦——怎麼回事兒？

她困惑了。

又摸一下，摸到了——但感覺與以往太不同了。

剛醒嘛，神志處在一種似夢非夢的狀態，那種不同沒太使她當回事，只不過有點兒困惑而已。

她那會兒怎麼也想不到自己居然變成了一隻蚊子——一隻雌蚊。

這是任何一個人都料想不到的事呀！

在枕頭下方一尺左右，在薄薄的綫毯的褶皺之間，她伏在寬大的雙人床上。丈夫死後的一年多裏，她度過了近四百個獨眠之夜。夫妻間感情一向挺好，獨眠不是她所習慣的。一場車禍，不但使她失去了丈夫，而且使她失去了女兒。多少個夜晚，她的淚水弄濕了枕巾，仇恨在心裏發芽！

但，她現在變成了一隻雌蚊。

她還沒睜開一下眼睛。

她想仰躺着，仍閉着雙眼緩一緩噩夢連連之後的迷糊勁兒——卻沒能仰躺成功。

一隻活的蚊子，不論雌雄，是一生也不「仰躺」一次的，除非被凍僵了，或者快被蚊香熏死了。

「我怎麼動不了啦？」

她又困惑了，但還是沒有睜開眼睛。

她想摸出枕下的手錶看看幾點了，那同樣也沒成功。當時的情況其實是——作為一個人的意識和變成了一隻蚊子的神經反應系統之間，還沒有達到最初的通暢。也就是說，她作為一個人的意識是一回事，而作為一隻蚊子的反應完全是另一回事。她終於睜開了眼睛，然而除了光亮她什麼都沒看見。蚊子雖也有眼，但視力是很差的。蚊子是靠對氣味的敏感來決定行動的，而且

幾乎只在需要吸血的時候才有所行動。那時的她也就是那隻雌蚊，並不飢渴，所以也就沒有行動的欲望。像所有那種情況下的蚊子一樣，「她」一動不動地自以為安全地伏着，如同老人在養神，如同嬰兒淺睡。實際上，作為一隻蚊子，「她」的生命標準是成熟的，經歷卻是一張白紙。一個三十六歲的身高一米六八、體重一百一十七斤的女人微縮成了一隻蚊子，「她」的第一感覺當然會是以為自己根本不存在了，也當然會是找不着北的。

那種彷彿自己根本不存在了的感覺，不僅使「她」極為困惑，而且使「她」極為驚駭了。

「怎麼，難道我死了嗎？」

是的，「她」以為自己已經死了，只剩靈魂飄浮在空間了。關於靈魂呢，「她」此前是寧可信其有，不可信其無。同時，「她」的理解告訴「她」——靈魂是一種可脫離肉體存在的意識，卻又不會一直存在下去。至於靈魂能存在多久，因人而異，因人怎麼個死法而異。

「她」因為自己已經死了而哭泣起來，那是絕望與恐懼相混雜的哭泣。「她」太不甘心自己已經死了，因為害死丈夫和女兒的一干人等還逍遙於法外，丈夫和女兒之死的真相還沒大白於天下。「她」還有報仇雪恨的使命在身，怎麼可以就這麼不明不白地死了呢？！即使使命完成了，「她」也還是願意活着不願意死的。

由於「她」的哭泣，伏在薄綫毯褶皺間的那隻蚊子微微動了幾動。

二

一年多以前，她的丈夫劉啟明還活着。有一個時期，他心事重重，經常緊鎖愁眉地發呆，顯出心理壓力巨大的樣子。在她再三地追問下，有一天晚上丈夫主動向她傾吐了心中的鬱結——他在參與偵破一起受賄金額巨大的幹部腐敗案的過程中，逐漸明白了連他們公安局的某幾位頭頭腦腦都涉罪於案了，而在他們背後的腐敗案的始作俑者竟是縣裏的幾位領導。鄭娟聽罷，一點兒都沒往心裏去。她說：「老公，你至於在家裏唉聲嘆氣、愁眉不展的嘛！你在辦案組不過是個小角色，裝傻就是

了唄。他們腐敗他們的，咱們過咱們的小日子，跟咱們有什麼實際的關係呢。他們就是腐敗得再不像話，不是也沒將咱們的一分錢給貪了去嗎？」丈夫說：「那倒是，還發給了我一萬多元的辦案辛苦費呢！」鄭娟笑了，說：「那你應該高興才是嘛！」丈夫說：「我怎麼能高興得起來呢，那明擺着是封口費嘛，我收還是不收呢？十八大以後，反腐反得多來勁啊，又打老虎又拍蒼蠅的。我如果收了，萬一辦案組沒替當官的抹平，哪一天露餡了，我不也成了一根綫上的小螞蚱了嗎？那也肯定是要判刑的呀！如果我鋃鐺入獄了，你跟女兒往後的小日子可怎麼往下過呢？」

鄭娟一向是這麼一個女人——事不關己，從來只當耳旁風的。各色人等對腐敗現象的街談巷議、義憤填膺，那是決不會影響她一門心思過好自己小日子的心思。她能熟練地用電腦，但對網上真真假假的關於腐敗的新聞絲毫不感興趣。她只在網上買東西或為小超市訂貨，或看看關於明星、名人們的緋聞八卦解解悶兒。丈夫劉啟明卻與她截然相反——他特別關注社會時事，尤其關注腐敗現象與反腐新聞以及社會治安報道。只有沒有那類新聞值得關注的時候，他才看各類體育賽事。往往，丈夫手握遙控器鎖定一個正報道反腐新聞的頻道邊看邊大發憂國憂民之義憤時，陪着的她卻已手握花生或瓜子打起盹來。

那一天，鄭娟與丈夫交談了幾句之後，對於丈夫備感煩惱的事本不怎麼走心的，卻也不由得有幾分重視了。

她不解地問：「現在既然反腐勢頭來得這麼迅猛，他們怎麼還敢頂風上呢？吃了熊心豹膽了？」

丈夫說：「吃了熊心豹膽也不敢頂風上啊！這是十八大以前的腐敗，以前已經將腐敗的事做下了，貪污受賄的錢已經入了自己賬戶了。忽有人舉報了，上邊下了批文要求從速查清，他們除了想方設法地掩蓋真相，再也沒有什麼好的自保的計策可應對的了呀！」

她追問：「你不收那筆封口費，你們辦案組上上下下的人對你就沒不好的看法？」

丈夫嘆道：「已經有了啊。」

她想了想，為丈夫出了個主意，教丈夫怎麼樣怎麼

樣裝病，然後要求退出專案組。

丈夫說自己雖然不曾在單位裝病，但已經以別的藉口要求退出辦案組了，只不過還沒批准。不過，一場「大衝突」已發生了——兩天前，他發現自己的抽屜、櫃子被人翻過。

「你的鑰匙被偷了？」鄭娟不免有點兒吃驚。

「在我們這行裏，幹那種事兒還用偷鑰匙？」

丈夫苦笑，說他開罵了，結果和一名同事打起來了。櫃子裏的記事本不見了，而記事本上寫着諸條自己對於案情真相的懷疑。

鄭娟勸道，那你也不必有心理壓力嘛！有心理壓力的應該是他們，絕不應該是你啊！又說，如果他們做什麼對你不利的事，那我支持你乾脆向上邊舉報他們！你在單位雖然是普普通通的小角色，但如果受欺負了咱才不忍。這年頭，誰怕誰啊！何況，你還掌握着完全可以整倒他們一大片的材料！

丈夫嘆氣說，真是她說的那樣當然就可以藐視他們誰也不怕了，可自己實際上並不掌握什麼證據確鑿的材料，只不過心存疑點而已。但疑點畢竟不是事實，所以還不能輕易舉報——如果一旦舉報，最終被證明只不過是自己的疑心而根本不是事實，豈不是自取其辱，並在同事之間落下笑柄嗎？

鄭娟說，那又有什麼可怕的呢？反腐是每一個公民的權利，更是公民對社會的責任。即使舉報錯了，那也沒什麼可笑的。誰取笑他，是誰自己不對。

丈夫說，雖然理是那麼個理，擱在一般老百姓身上，倒也確實沒什麼大不了的後果。但自己不是一般老百姓啊，自己是公安人員呀。身為公安人員，自己應該清楚舉報要有事實根據呀。否則，別人指責你居心不良，企圖誣陷，就跳進黃河也洗不清了。身為公安人員，最忌諱的就是有了這一污點。那還能繼續穿着警服在公安這一行裏工作下去嗎？

鄭娟說，那也不能算是污點。

丈夫說，對於公安人員，不是污點也是污點啊……

兩口子交談到這兒，鄭娟不知再說什麼好了。

上床後，鄭娟使出女人的渾身解數，盡顯嫵媚，故

作嬌羞，主動投懷送抱，給予種種柔情溫愛，一心想要與丈夫雲雨，以便用「性」趣驅除丈夫的煩惱。丈夫卻因思慮重重，無法同時進入狀態，始終疲軟，令鄭娟好生索然、鬱悶而又無奈。

隔日是周六，丈夫說要駕車帶女兒去郊區散散心。鄭娟因為小超市進貨了脫不開身，便沒同去。半個多小時後，噩訊傳來，丈夫和女兒都亡於一場交通事故，死狀極慘。所幸她沒同去，若也在自家車上，估計連她也做了橫死之鬼了。

那不能算是因公殉職的。追悼會開得匆匆草草，象徵性的悼詞也只不過寥寥數語，而最該參加追悼會的同事、領導借故並沒參加，參加者都不情願似的鞠過躬就走了。

鄭娟大病一場，之後開始走法律程序，要求對方司機給予經濟賠償。在這個時候，她也不由得起了疑心。順着疑點明察暗訪，疑心越來越大——對方司機竟是本縣一位副縣長的遠親，而那位副縣長也是丈夫生前所懷疑的腐敗幹部之一！法院判的不能說不公正，賠償數額也算說得過去。但她只不過收到了一份判決書及區區三萬多元錢，再之後就一筆錢也要不到了。法院的答覆是對方確實無力全額償還了，她說經過她的暗中走訪了解到對方還是一處品質良好的大理石礦的老闆呢，而且開的是「奔馳」車。又開「奔馳」車又是礦業老闆的人，能說沒有償還能力嗎？為什麼不強制執行呢？錢是根本抹不掉她的傷痛的，那怎麼能呢？但如果連賠償都獲得不到，丈夫和女兒豈不是白死了嗎？兩條人命啊。一個好端端的幸福的小家庭被毀了啊！法官耐心開導她，勸她切莫鑽牛角尖，凡事不能想當然。法官說法院方面也明察暗訪了呀，說法院了解的情況乃是——大理石礦的開採權、銷售權並不屬被告嘛，被告只不過是名義上的法人，只開一份並不太高的工資，那不違法。法院是要嚴格依法辦事的，但法院如果封礦上的賬，沒收不屬被告而實際上屬別人的礦業收入，那可就是知法犯法了。至於那輛「奔馳」車，當然也不是被告的，而是真正的礦主的。

她問，那真正的礦主是何許人呢？

法官說，這可不便相告，因為這屬非當事者的第三方的隱私，如果相告了，就等於身為法官侵犯了非當事者的第三方的隱私了。

法官還極同情極遺憾地說：「你丈夫和你女兒，如果上了意外人身傷害險種就好了。你也要節哀順變！再不幸的事，攤上了又有什麼法子呢？死者不能復生，活着的人還要一如既往地活下去啊！」

她含悲忍氣地問：「請您告訴我，我怎麼就能一如既往地活下去呢？」

那位比她大十來歲的男法官略微一楞，隨即打着哈哈敷衍道：「問得好問得好！是啊是啊，我理解你目前的心情，特別理解。再回到以前的生活軌道上是不太可能了，但是呢，任何不幸只能摧垮我們的一部分人生，卻不能摧垮全部。比如，我們渴了還是得喝水的，餓了還是得吃飯的，困了還是得睡覺的。這些人生的基本方面，還是得一如既往地進行下去，除非……我說還要一如既往地活下去，指的主要是以上方面。我說得對不對啊？是對的吧？……」

法官一番話，說得她半晌啞口無言。她目不轉睛地望着他，覺得他真是太能說會道了，同時想到了四個字——「行屍走肉」。

法官又說：「你作為原告，不必太性急。人家被告不是沒說再不賠償了嘛！人家一再表示，賠還是會如數賠償的。不過呢，你要給人家時間。五年賠償不完，十年還賠償不完嗎？十年賠償不完，十五年、二十年還賠償不完嗎？總而言之，人家並不想要賴。我們法院的判決，也是到任何時候都有效的……」

法官的話徹底激怒了她，尤其對方口中一而再再而三說出的「人家」二字，如同往她心中的怒火上澆油。

她瞪着對方罵了一句很難聽的話，一句有語言自尊感的女人即使在極其生氣的情況之下也羞於罵出口的那麼一句話。她一向是一個有語言自尊感的女人，這受益於她曾是一所師範學院的學生，更受益於她有當過三年小學教師的經歷。她活到三十六歲，口中真的就沒說出過幾次髒字，自從當了母親以後更是一次也沒說過。那口，那時，瞪着那位法官，她像穢語罵街的潑婦似的罵

出了口。

對方楞了楞，眨眨眼，修養極高地矜持一笑。那時，對方的雙手捧持着一夾子案宗，一笑後將夾子夾在腋下了。於是，她看到對方的另一隻手還拿着手機。

那法官抱歉似的說：「我將咱倆的話從頭到尾錄下來了，這是我的工作習慣。我認為，對於法官這是個好習慣。」

他一說完就轉身揚長而去。

她站在原地呆若木雞。

她以後就見不到那位法官了。

但是，她想要解決自己的問題，非得再見到那位法官不可啊，於是只得四處找關係求人。現今，求人只用嘴是不行的，得送禮。現今求人只送市面上常見的種種食品、特產保健品之類的也是不行的，那些東西作為平常聯絡感情的禮品還勉強送得出手，真求人辦事時往往會被視為垃圾禮品。她還算是個諳知世風與時俱進的人，自然除禮品之外也給了一筆封在紅紙袋裏的錢。三十六歲而又風情正茂的女人求人，就得允許所求之人對自己的輕佻行為，不管情願不情願，那是都要裝出愉快的樣子的，否則就是太不懂事了。這點兒「事」她是懂的，只得「愉快」地允許對方趁機佔盡便宜。

她終於又見到了那位法官，前提是她得當面向「人家」認錯。

她當面認錯了。

法官就又將上次對她說過的話幾乎原汁原味地重說了一遍，像上次一樣一而再再而三地強調「人家」被告其實並非想怎樣怎樣，只不過希望怎樣怎樣。總之，聽來彷彿是這麼一種意思——「人家」被告其實挺懂事的，也挺願意服從法院的判決的，只不過限於能力有限……所以，她應理解，也應懂事。

那次，法官的雙手什麼也沒拿。

那次，她又想罵那一句不堪入耳的髒話來着，卻沒敢再罵，怕法官兜裏揣着手機，而手機還開着錄音。

她頗費周章卻一無所獲地與法官又見上了那麼一面。

不久以後的事，更令她難以接受了——被告因患過肺結核病，服刑期間查出痰中有結核病菌，被保釋監外

治療，沒幾天便回家養着了。

於是，鄭娟開始了迫不得已的書信上告「戰役」。

為了一封封信能使縣裏的領導們以及管着他們的地級市的領導們確實收到並作出「重視」的批示，她又開始求人。真心同情她的人勸她何必那麼花錢送禮並大費周章地求人，說不那樣各級領導也是可以收到她的信的，起碼有些領導能收到她寄出的部分信。但那時她已聽不進勸了，她的經驗使她認為，勸她的人都未免太天真了，儘管她相信他們的同情是由衷的——但她希望那些領導們能確實收到她寄出的信，更希望他們作出「重視」的批示啊！要達到後一種目的，不借力怎麼行呢？

她送禮送得越發實在了。

她給錢給得越發大方了。

被形形色色保證能幫上她忙的男人們佔盡便宜時，她樣子裝得越發地樂意了。

然而，禮白送了，錢白花了，也白被形形色色的男人們一番番大佔便宜了，就差跟他們上床了。

也許正因為就差跟他們上床了，她的信皆如泥牛入海，沒了下文。他們中的一個是律師，五十來歲，矮而壯，半禿頂。如果不是西裝革履的，就怎麼看怎麼不像是律師。然而收了介紹費的人言之鑿鑿他千真萬確是律師，不但是而且還是縣城裏鼎鼎大名的律師。她以前從沒跟律師那一行的人打過交道，根本不了解律師中誰有名誰又只不過初出茅廬，便信了介紹人的話。何況，她也相信人不可貌相。

律師在電話裏說：「鄭娟啊，你的事啊，就隔着那麼一層薄薄的窗戶紙，你就不明白究竟該怎麼辦。只要有人願為你捅破窗戶紙，指點迷津，你的事辦起來就沒什麼大難度了。」

言下之意，他就是那個願為她捅破那層薄薄的窗戶紙進而指點迷津的人——她的「貴人」。

她說了些拜託和感激不盡的話。

對方說：「看在你苦苦相求的份兒上，那我就幫幫你吧，哪天我先為你捅破窗戶紙吧。不過呢，諮詢費你還是要付的。我是律師事務所的合夥律師，如果我白接受你的諮詢，所裏的其他人會說閒話的，會有意見的。明

白吧？」

她連說：「明白，明白。」

她也正想核實一下介紹人的話，於是第二天就去對方指定的律師事務所交了三千多元的諮詢費。那律師事務所的辦公環境挺上檔次，但沒見到那位律師本人，接待員說他參加開庭去了。

她有心套話，隨口而言似的問：「他一向很忙是不是啊？」

接待員說：「是呀是呀。如今官司多，我們所的律師都很忙。何況他是我們的名牌律師，更比別人忙了。」

離開律師事務所後，她暗自慶幸自己找到的是一位名牌律師，並且由衷對介紹人心存感激，也就不像點錢時那麼心疼那三千多元，轉而認為花得值了。

隔了幾天，她收到了那律師的短信，說她的事太敏感，不便在所裏與她談。

她回短信建議了一處地方。

對方說那地方人多眼雜，更不便了。

她又建議了一處地方，對方說那地方太幽靜了，是個口碑不良的地方。

「怎麼，你不知道嗎？那裏是有那種關係的男人女人經常出沒的地方，是出緋聞和醜聞的地方，我是從不去那種地方的。」

看他短信的意思，彷彿受了侮辱。

「那，還是您說個地方吧。您說哪兒，我去哪兒。」

她表態唯恐不及。

於是，他接連不斷地向她的手機發過來一條條短信。前一條剛確定一處地方，後一條隨即指出種種言之有理的顧慮予以自我否定。起碼，在她看來那些顧慮是言之有理的。如是者三，似乎整個縣城就沒有一處適合他與她坐下來安安靜靜地談事的地方了。別說他有那種感覺了，連她自己也都有了。她攤上的案子不但一度是縣城裏的重大案件，成了頭條新聞，還引起過廣泛的流言蜚語和街談巷議。後來，不論她出現在哪裏，總像有幾雙眼睛在暗中監視着她，即使走在路上也每每有那種感覺。

她乾脆撥通了他的手機，試探地問：「那勞駕您到我

家裏來談行嗎？」

「到你家裏不太合適吧，我可是從不到當事人家裏談業務的。」

他的話聽來不怎麼情願。

「我家現在就我一個人了，絕不會有人來打擾。再說，我家住的小區挺偏僻，新小區，入住率也不高，你不太可能碰到認識你的人。」

她已經在說服他了。

她太渴望見到他這位能替她捅破那一層薄薄的窗戶紙，並且當面指點迷津的人了啊。

「那，也只有如此了。你將詳細住址發過來吧。」

他總算勉強同意了。

他出現在她家裏那天，她預先將屋子收拾得乾乾淨淨，沏好了茶，備好了煙。當聽到他的敲門聲時，她覺得他如同上帝般按時站在門外了。丈夫劉啟明曾是一個偷偷信仰耶穌的人，並且信得蠻虔誠，所以她每每覺得上帝離她也怪近的。

他吸着好煙，飲着好茶，稱讚着她家這裏那裏的舒適和乾淨整潔，穿插着重複地說同一段預先背過似的話：「你攤上的事，我是發自內心同情的。想必你也清楚，許多人不願聽你說你丈夫那件事，更不敢和你談那件事。本縣公檢法以及我們律師，尤其不敢沾那件事。你是聰明的女人，不必我說出原因想必你心裏也是有數的。我這樣的男人如今不多了，我不敢說自己是個見義勇為的男人，但起碼敢當你面說，我來見你那是無私無畏的。你的事吧，隔着層窗戶紙看就很複雜，捅破了那層窗戶紙看其實解決起來也比較順利……你家窗台那幾盆花養得真好，我也喜歡養花。看到別人家裏有花，我心情就愉快，對主人就有一種情不自禁的親近感……」

他的話重複過來重複過去的就是不捅破他所言的那一層薄薄的窗戶紙，有時看似真知灼見已到脣邊了，卻話題一轉又稱讚起她家的舒適和乾淨來。

終於，她從他看着她時的目光中明白了原因，進而心中有數了。此前，她已為了她的事兩次向同一個男人奉獻身體了。是的，那接近是奉獻。那男人比這律師年輕，才比她大兩歲，比她丈夫劉啟明還小一歲。他自稱

縣公安局政委是他表姐夫，有他表姐夫這層關係，他與縣法院的頭頭們關係也走得挺近，而靠以上關係他覺得自己能幫上她的忙——那起交通事故不是交管局作出的結論嗎，他自信能替她要求縣公安局引起重視，並介入重新進行調查。如果得出的結論不再是事故，而是蓄意謀害，那法院不是就得重審重判了嗎？於是，她的目的不是也就達到了嘛。他是一家房地產公司老闆的助理，挺斯文的一個男人。她不是經人介紹而認識他的，而是他毛遂自薦主動認識她的。他很坦率，說此前她雖不認識他，但她早已是他的夢中情人了。自從他有次在她的小超市買過飲料，以後就常去她的小超市了，買東西是自己給自己找的藉口，其實是為了再見到她，再從她手裏接過諸樣東西。

「你回想一下，我是不是常到你的小超市去？如果你不在，我會轉身就走。只有你在的時候我才買，買完這樣買那樣的，每次都買一大袋子，每次你都笑着說：『歡迎下次再來。』想起來了吧？」

她回憶了一下，想起來了，以前確實在自己的小超市里見過他幾次。

於是，她淒苦地笑了笑。

「我承認我心裏確實對你有非分之想，否則我也不會主動來。但是，我的希望是純潔的，是不能與我的非分之想畫等號的……你明白我的意思嗎？」

她點點頭，表示明白。

他說那幾句話時，夾煙的手指抖抖的，吸煙的雙唇也抖抖的。他像不速之客一樣邁進了她的家門，雙手遞名片時就發抖。坐下後，他的雙腿也沒停止過顫抖。總之，他一直處在心理因不安而緊張的狀態，顯然一直提心吊膽的，分明是怕她先火起來罵他個狗血噴頭。

她那一個時期對自己的要求是——只要表示願意幫助她的人，不管其表示是真是假，自己都應一律地回報以感激，包括假的感激。她覺得自己太孤立無援了，太需要幫助了，連空頭支票那種幫助也需要，因為對於渴極了的人眼藥水兒也是水。

她以女人研究水果攤上的水果是否打過蠟的那一種目光看着他，語調儘量平靜地問：「你主動找上門來表示

願意幫助我，其實主要是因為你想趁機和我發生關係。我這樣理解對嗎？」

話一說完，連她自己都吃驚自己問話的方式未免太過於單刀直入了。然而她一點兒都沒臉紅，已是結過婚有過孩子的女人了，對於男人們打算和他們相中的女人發生關係的想法早就了如指掌不覺可恥了。只不過她一向善於把持自己，從沒背着丈夫與別的男人劈開過大腿。

他倒吃驚起來，呆瞪着她一時說不出話，彷彿被她幾下就剝光了衣服。

她又問：「你和你老婆關係好嗎？」

他卻臉紅了，自卑地說：「我倆……我倆……三年前……離了……」

「把煙掐了吧。」

她說着站了起來。

他的手更加發抖了，笨拙地摁了幾次，才將吸剩小半截的煙徹底摁滅在煙灰缸裏，還弄髒了手和茶几。

「你站起來。」

他站起來了，掏出手絹擦手指、撫茶几，同時低聲下氣地說：「我……我是真的願意幫助你，真的……」

「這我看出來了，什麼都別說了。」

她拉着他一隻手，倒退着將他引入了臥室。

當二人做完那種事後他下床穿衣服時，她赤身裸體仰躺着，只用枕巾蓋着小腹預防着涼。她目光挺溫柔地望着他，有種久違了的心滿意足的感覺。那時，她忽然明白自己需要的不僅僅是心理上的真真假假、真假難辨的同情和幫助的許諾，並且也直接需要生理的慰藉。一年多未行房事，對於她絕非習以為常，恰恰相反的是有時候她想得厲害。丈夫活着的時候，兩口子三天兩頭就變着花樣做一番。丈夫常服「偉哥」什麼的，而床邊這個以前根本不認識的男人的持久善戰靠的卻是實力。她對丈夫那種藥物作用之下的來勁是有切身感受的，而床邊這個男人可不是銀樣鑞槍頭。

他穿好衣服戀戀不捨地望着她，忽然想到似的說：「差點兒把正事給忘了！我打算如何幫助你的幾個步驟，咱倆應該商議一下是吧？」

她說：「不必了，謝了！我心領了。」

她對他將怎樣實施幫助反倒漠然處之了，不是根本不在乎了，而是從他在床上如飢似渴的表現看出來了——他誇大了他在那些當官的男人們之間的能量。她丈夫生前曾對她說過，男人們的能量基本上是同等的，在別的方面太強了，在床上就不怎麼行了；反過來也是一樣的。她比較相信丈夫的話是有道理的，因為自從丈夫對自己在單位的晉升與否牢騷滿腹後，做愛前往往就需要偷偷服「偉哥」之類的了。

他說：「那，我可以走了？」

她說：「當然。」

他說：「我自己想怎麼幫你就怎麼幫你？」

她說：「隨便。幫得上就幫，幫不上也別覺得內疚。」

她說完閉上了眼睛。他將房門關得很輕，儘管輕，還是不可避免地發出了響聲。聽到後，幾乎同時，她眼角淌下淚來。

不久，她卻反過來約見了他一次，也是在家裏。她求一個最好的女友引見她認識一位縣人大代表，對方稱得上是她的閨密，縣人大代表是對方的哥哥的高中同學，關係非比一般的高中同學。可對方找了一個極顯然是藉口的藉口拒絕，同樣顯然地是要以那樣的藉口使她明白，請她以後不要再視對方為閨蜜了。那件事使她感到自己是孤立到眾叛親離的地步了，也使她感到「洪洞縣裏無好人」了——雖然她所在的縣城並非洪洞縣。

就是受到了那一次心理挫折後，她不由自主地約見了他一次。

他一進門就說：「我發誓，絕不是我虛情假意地騙你，我是真心真意、實心實意想幫你的，可沒想到他們一聽都搖頭，勸我別管閒事，還指出了你的一些不是。太有難度了，太有難度了，我太對不起你了……」

她用一根手指壓住了他的雙脣，隨之默默拉着他一隻手像上次那樣倒退着將他牽入臥室裏去了……

眼前這位縣城裏的大牌律師，卻是一個僅僅論樣子也引不起她一點兒好感的男人。女人和男人在習慣於以貌取人這一點上沒什麼本質區別。其實也不是習慣或不習慣的問題，直接就是人性的固有傾向，這種傾向在看待異性時決定着相當普遍的好惡。情況每每是這樣，明

明一個女人在花言巧語，但只要她的模樣是一個男人所喜歡的，那麼大多數的男人也會聽得特享受，而沒被好看的女人騙慘過的男人尤其如此。他們會一邊聽着她們的花言巧語，一邊在心裏這麼想：「誰叫我喜歡你這樣的女人呢，所以你的花言巧語也令我聽了高興。」正如海涅的詩句所言：「雖然我明知你一點兒都不愛我，但你的香吻同樣使我如醉如癡！」反過來，女人的眼看待男人時也是如此。

那律師的樣子引不起她一點兒好感是含蓄的說法，乾脆的說法應該是——他的樣子屬她很反感的那一類男人。他居然還穿得西裝革履的，還往衣服上噴了香水兒，這就使她更加反感了。是的，如果他不是那樣的一個男人，那麼他的車軲轆話繞過來繞過去的她還會有更大的耐心堅持着聽下去。你再繞，那也總有自己把自己繞累了的時候吧？但面對的是他那麼一個男人，她實在堅持不下去了。

她強忍着沒因發作而失態。

她告誡自己：不能生氣，千萬不能生氣。鄭娟，你必須聽他向你捅破那一層薄薄的窗戶紙啊，否則你肯在自己家裏見他又是何苦來的？再說，如果你發作了，先不論失態不失態，若他過後四處貶損你，你還能指望仍會有人肯幫助你嗎？連關係那麼好的女友對你的事都怕惹上什麼麻煩而避之唯恐不及了，何況別人啊？你為了認識他花了三四千元錢呀！只要他今天能向你捅破那一層薄薄的窗戶紙，向你指點迷津，那你那三四千元錢就不算白花不是？

「你的事至今也沒個令你滿意的結果，歸根到底是因為你雖然求了那麼多人，但求到的都不是高人。高人是什麼人呢？是那種一句話往那兒一擱，相求的人就如同醍醐灌頂般立刻茅塞頓開的人。捅破一層薄薄的窗戶紙，說來輕巧，那也得有那高水平……」

她已經開始反胃了，再聽下去有可能就嘔吐起來了。

「對不起，失陪一會兒。」

她不看他，說完即起身進入臥室了。

幾分鐘後，律師大聲問：「哎，你還談不談啊？我的時間可是寶貴的！」

臥室裏傳出她如水龍頭餘流般的聲音：「進來談吧。」

他也正中下懷地進入了臥室，見她已直躺於床，一絲不掛。

然而他差不多是白忙活了半天，忙了一頭汗卻並沒忙出幾許快活來，更談不上快感了。她的身子一直涼冷冷的，連體溫都沒因他心有不甘的白忙活而升高一點點。

當他沮喪地站在床邊穿衣服時，她依然以那種平靜極了的語調問：「現在，該捅破那層薄薄的窗戶紙了吧？」

他說：「什麼窗戶紙？……啊，對，對。是啊，是啊，是該捅破了。它是這麼回事，你吧，你是不可以兩種要求同時提出的。導致你丈夫和你女兒死亡的究竟是一場交通事故還是一場蓄意謀害，這是一個問題。要求法院強制執行經濟賠償，這是另一個問題。希望兩個問題一塊兒解決，太複雜了。所以，要分開，只先解決一個問題。後一個問題相對單純些，所以應先……」

不必他醍醐灌頂，她已經明智地先易後難地進行了，而他的高人之高見對於她來說連是一個好建議的價值都沒有。

她平靜地說：「滾。」

說完，便閉上了眼睛。

房門響過後，這一次她眼角連眼淚也沒流，頭腦裏一片空白，像活死人似的。

她最後一個求到的還是一個男人。一個快七十歲的老男人，縣裏一位退休老幹部，曾當過政協副主席。她和他之間並沒發生肉體關係。他腿不好，離開了輪椅站不住多一會兒的。見面地點在他家，他老伴進進出出的使他想怎麼樣也不敢輕舉妄動，只能趁他老伴不在眼前時親親她的手，拍拍她的腿——當時她穿的是裙子。

「亂支招！瞎支招！愚蠢之見！還是得要求公安部門將你丈夫和你女兒的死因先搞清楚。作為親人，你既然心存疑點，那就有正當的權利要求公安機關介入偵查！這是你的公民權利。打蛇要打在七寸上。第一個問題解決了、真相大白了，第二個問題不就迎刃而解了嗎？對吧，鄭娟？……你的腿可真白……」

後來，她就不再沒頭蒼蠅似的四處求助於那些男人

了。求助於他們的一番番屈辱的經歷使她明白——世界是男人的，也是女人的，歸根結底是男人的，因為絕大部分權力由男人們掌控着。女人如果要求助於男人們，不跟他們來『潛規則』是很難求助成功的，即使來『潛規則』那也未必就能順利地求助成功。因為女人求助於男人而又進入了『潛規則』的過程，即使將自己的身子搭上了，那也往往會被認為是自願而自作自受的事，難以啟齒對他人道的。

於是，她開始了上訪這最後的路。

對於上訪，她是很不情願的。那一年，對上訪者們管制得極為嚴格，種種耳聞使她畏如險途，但只剩那麼一條路還沒走，也就只有知難而往了。起先去往的是省城，在省城她的境遇還不太糟，接待部門的人士承諾會有批示，但實際結果是有批示還莫如根本沒有批示——回到縣城不久，她便發覺自己被嚴密監控了，連她所經營的小超市周圍也經常可見形跡詭秘的男女了。她明白那幾個男女是執行有關方面的任務對她的小超市實行「蹲點」的。顧客日漸減少，生意從沒有過如此冷清了。那一個月的利潤結算下來還不夠付店面租金的，她乾脆將小超市關了。

她橫下一條心要上訪到北京去了，孤注一擲，破釜沉舟。幾次在列車站被攔截住，押回到家裏，予以嚴詞警告：「你的做法是破壞社會和諧穩定的行為！」

然而她總是能避過監視又出現在火車站，卻也總是會又一次被攔截住。最後一次，她被押到了一個「有利於」她「好好反省自己的偏執」的地方。那是一處廢棄的農村小學，一間教室成為她的「感化室」，幾個男女住在另兩間教室裏。他們住的教室有紗窗，床頂也掛着蚊帳。她住的教室沒有紗窗，也沒蚊帳。他們不分給她蚊香，怕她弄出火災來。正是盛夏農村蚊子既多又猖獗的季節，被「感化」的十幾天裏，不論白天還是晚上，她幾乎就等於是一個被別人成心餵給蚊子的女人了。

在那些想一死了之都死不成的日子裏，她無數次祈禱：「上帝呀，如果你真的是存在的，懇求你把我鄭娟變成一隻蚊子吧！我希望把我變成一隻隱形的、蜻蜓王那麼大的、飛的時候半點兒聲音都不發出的大蚊子！仁慈

的上帝呀，鄭娟無怨無悔地哀求你了！……」

那時，這女人心裏充滿了憎恨。

她一向是善良的、本分的，是視一概之報復行為為罪過的女人，但變成一隻大蚊子來實行報復則是她那時能想得到的最狠毒的報復方式……

三

此刻，她真的變成了一隻蜻蜓王那麼大的、隱形的雌蚊，但她還不清楚自己所變成的是一隻多麼奇異的雌蚊——除了蚊子，另外什麼有眼睛的東西都看不到「她」。「她」自己卻能看到自己，比如「她」飛到鏡前的時候，飛近水面也能看到自己。蚊子的視力是很差的，「她」這隻巨大的蚊子卻有一雙蜻蜓才有的那種複眼，而視力比蜻蜓還強。更為奇異的是，「她」根本不必與雄蚊交配就能夠生小蚊子。是的，是能直接生出小蚊子的，就像有的魚能直接生出小魚那樣。只要「她」在白天既吸過男人的血也吸過女人的血，那麼男女兩種人血在「她」體內就可以「自動」合成一隻隻小蚊子。它們沒出生時像微小的魚子，一離開「她」這母體就變成了蚊子。「她」每晚可生下一千幾百隻小蚊子，而它們見風就長，隔夜就是能叮人也能交配的成年蚊子了。「她」所生出的蚊子壽命比較長，一般蚊子最多活半個月，而「她」的「孩子」們可以貓冬活上二三年。

是的，是的，她當時還不清楚自己變成了一隻多麼大、多麼強的蚊子。

「我究竟怎麼了?病了，還是死了?……」

這種恐懼的本能一產生，「她」便無聲地飛到了穿衣鏡前。確切地說，那是兩種本能使然的行動——女人的本能和蚊子的本能。女人的本能使「她」想照鏡子，蚊子的本能使「她」立刻朝鏡子飛過去。女人的本能支配蚊子的本能，於是「她」立刻出現在鏡前了。「她」想照鏡子的本能極為迫切，幾乎使「她」一頭撞在鏡上。但並沒撞在鏡上，因為蚊子的反應不會使那麼可笑的結果發生。對於一隻蚊子，居然一頭撞在鏡上或其他什麼物體上，豈不太可笑了嗎?

於是，「她」看到了自己——一隻蜻蜓王那麼大的蚊子懸在鏡前，蜂鳥般快速地扇動翅膀，雖然不能像直升機似的定位於空中，但基本可以保持水平狀態。

「這是什麼鬼東西？是我變成的嗎？」

那一對半圓的花瓣狀玻璃球似的複眼，起初使她以為自己變成的是蜻蜓，但立刻又看出那根本不是一隻蜻蜓，而是一隻堪稱巨大的蚊子。——蜻蜓的嘴和蚊子的嘴區別是明顯的。

「噢，上帝啊上帝，我究竟做了什麼罪過之事你要這樣懲罰我？不但將我變成了一隻蚊子，還將我變成了一隻不倫不類的大蚊子！你將我變成了這麼大的一隻蚊子，不是要使我一飛離自己的家就會被發現嗎？那麼，不論大人孩子，誰會不以將我消滅掉為快事呢？……」

她這麼一想，就號啕大哭起來。那只不過是一個女人的意識部分在哭，無聲，也無淚，沒有任何相關的臟器反應。作為一個女人，整個的她也只剩下意識了，其他一切的一切全都微縮成了一隻蚊子並改變生理結構存在於一隻蚊子體內了。儘管相對於蚊子來說，那可不能說是一隻微縮的而簡直是一隻巨大的蚊子。

但是，她的意識一號啕大哭，對於她變成了蚊子的身體還是會發生一些間接的影響——她的蚊子的身體難以水平地懸在鏡前了，翅膀扇動的頻率不協調了，而這使她蚊子的身體忽地一下墜了一尺左右的高度，緊接着以一種高超的飛行技能飛走了——那也是蚊子的本能反應。具有女人的和蚊子的兩種本能的這一隻超大的蚊子，它的奇異之處也在於，當女人的本能將會導致不好的結果時，蚊子的本能會反應迅速地化險為夷，反過來也是如此。

於是，「她」又降落在床上自己剛剛趴過的地方。

「我要復仇，我要復仇！我要實行私刑性的懲罰！」

這種強烈的想法一經產生於她的意識之中，壓倒了恐懼，並且使她不再抱怨上帝也不再哭了，因為她憶起了自己曾那麼多次地祈禱上帝使她變成一隻蚊子。

「噢，上帝，原來你是真的存在的！那麼，你就應該允許我採取報復行動，否則你就枉為上帝了！……」

隨着她這麼一想，她作為女人而唯一存在的那一部

或者反過來說，那種氣味以及其他一切蚊香、驅蚊劑、熏蚊草之類的氣味，對於「她」這一隻大蚊子是絲毫也不起作用的。「她」在慶幸自己的無恙之後，居然冒險地飛近了小布包，想要搞明白它對自己為什麼竟無傷害。「她」甚至在小布包上伏了一會兒，絲毫也未感到任何不適，沒有傷害就是沒有傷害。

「哈哈，想不到我變成的是這樣一隻蚊子。上帝啊，您老人家太心疼我了，教我如何能不信仰您呢？……」

在她的意識想像中，上帝是一位慈祥的老者形象，酷似羅中立的油畫《父親》——她曾在電視美術頻道見過那一幅油畫，留下了很深的印象。《父親》很像她早已故去的同是農民的父親，而她很愛父親，父親也很愛她，父女感情深篤。不過，她想像中的上帝卻並不紮白毛巾，而是一頭凌亂的白髮，這一點又有幾分像晚年的莫扎特。鄭娟可不是一個除了掙錢就只習慣於嗑着瓜子打麻將，或蜷在沙發上一集接一集興趣盎然地看垃圾電視劇的女人。不，不是那樣的。實際上，她是一個喜歡看書的女人。以前，常常是丈夫在低着頭聚精會神地

分也就是她的意識裏頓時充滿了復仇的能量和強烈的行動念頭。那時，蜻蜓王般的大蚊子完全聽命於一個原本很善良的女人「怒火熊熊」的意識了。

於是，「她」一下子又飛起來了。先是朝窗子飛去，有玻璃擋着，自然沒法飛出去。一扇窗開着，也有夏初剛換的新紗窗擋着，那麼大隻的蚊子根本不可能從紗窗的網眼鑽出。

「到衛生間去！到衛生間去！」

女人的意識果斷又明確地下達了行動指示，於是大蚊子從窗前掉頭飛入了衛生間。她每次洗完澡之後都習慣敞開着衛生間的門，為的是使潮氣容易散出，衛生間乾得快些。衛生間的窗戶是半開着的，南方人家差不多都那樣。為了防止蚊子飛入，往往在窗台上放一種小布袋，裏邊塞滿氣味像樟腦丸一樣的驅蚊藥。蚊子對那種氣味特敏感，不敢冒險接近。

「噢，也不能從小風窗飛出去！」

「她」正這麼提醒自己這隻蚊子，卻發覺自己已經在外邊了，而作為蚊子的「她」絲毫也沒嗅到那種氣味。

玩手機遊戲，而她同樣聚精會神地在看書。她對書的選擇挺有品位，這使她文化見識的視域挺豐富，許多大學生都沒有的見識而她反倒是有的。她是民間尋常女性中一顆為數不多的讀書種子，所以她那無所歸屬的獨立存在於空氣中的意識的聯想十分豐富。這種十分豐富的聯想，又使她的意識覺得自己彷彿仍是一個女人，只不過被隱身了，而蚊子是蚊子，並非是她，最多只能說是她的一部分，還不是主要的部分。

「她」少了幾分害怕，勇往直前地飛往第一個復仇對象必定會在那裏的地方。「她」目的地明確地飛着飛着，看見一個姑娘在公共汽車站候車。姑娘二十三四歲，挺秀氣，短髮，穿無袖連衣裙，裸着的雙臂白晰，皮膚細嫩。那樣的兩條手臂，確切地說是那姑娘的體味，幾乎只有蚊子才能聞到的體味，誘使「她」膽大無比地飛了過去。那時，「她」這隻大蚊子忽感飢渴難耐。「她」昨晚沒吃晚飯就睡了，「她」的蚊腹癟癟的，「她」那蚊子的身體裏頓時產生了一系列的生理反應，使「她」立刻想要暢飲人血，如同酒鬼犯了酒癮似的。

然而，她不是一個行事莽撞的女人，在任何情況之下她都是一個膽大心細的女人。她先繞着姑娘的頭飛了一圈，看那姑娘的反應是否敏捷。姑娘卻絲毫反應也沒有，彷彿是聾子。姑娘的手伸入了挎包裏，於是「她」猜想姑娘將要取出手機了。姑娘取出的卻不是手機，而是袖珍本的小書——安徒生的插圖版童話集。「她」已看出那姑娘並不聾，當附近一棵樹上有蟬突然鳴叫時，姑娘還朝那棵樹望了一眼。

「她」困惑了。

「她」自己這麼巨大的一隻蚊子，飛時得發出多響的振翅聲啊，但姑娘明明不聾，為什麼就聽不見呢？

但「她」仍不敢貿然行動——她太清楚有些人對付蚊子的策略了！明明聽到了蚊子的嗡嗡聲，卻裝出毫無察覺的樣子，正在怎樣便照樣怎樣，只待蚊子剛一落定甚至是將要落在身體的什麼部位時，便出其不意地「啪」的一掌，一隻蚊子就喪命了。那類人是蚊子殺手，十隻想要吸他們血的蚊子，往往有八九隻還沒來得及下嘴就被拍扁了。其實，「她」自己沒變成蚊子之前就屬那一類

人，所以「她」要對那姑娘再進行試探。一隻蚊子如果受一個成年女人的意識的支配，而那女人又並不是一個「腦殘」的女人，那麼那隻蚊子便一定是一隻極為狡猾的老謀深算的蚊子——雖然「她」是一隻剛「出生」的不諳「蚊道」的蚊子。

「她」懷着高度的戒備飛到了姑娘的耳朵旁，翅膀幾乎觸着姑娘的耳郭了，就在那麼近的距離懸浮着。蚊子要保持在空中懸浮不移，翅膀扇動的頻率就應更快，發出的聲音也更大。

然而，姑娘分明還是沒聽到，仍然低頭專心致志地看著書。

縣城裏的生活節奏是慢的，雖有公共汽車，但乘車的人不多，車次相隔的時間較長，候車人等的耐性都可嘉。

姑娘的表現使「她」終於明白，原來「她」自己變成了一隻飛着的時候並不發出嗡嗡聲的蚊子，而這使「她」簡直有些驚喜了。「她」又在姑娘的眼皮底下飛過來飛過去，還膽大無邊地在《安徒生童話集》上落了一會兒——姑娘的表現依然如故。

這使「她」進一步明白，原來自己還是一隻隱形的蚊子！

「哈哈！現在，人奈我何？人奈我何？我變成了這麼奇異的一隻大蚊子，如果還不實行一個都不寬恕的報復更待何時？更待何時？上帝他老人家將我變成這樣的一隻大蚊子，不就是為了成全我的報復願望嗎？……」

「她」不但驚喜，而且對於即將實行的報復穩操勝券，信心百倍，勇氣大增。

但這驚喜並沒抵消掉飢渴的感覺，絲毫也沒抵消。

「她」腹中空空地又飛了一陣，但真是又飢又渴啊——「她」急迫地需要飽吸人血！

姑娘仍沉靜地低頭看書。

「她」從書上飛起，目光首先被吸引住的卻不是姑娘的手臂，而是姑娘頸子的一側。那部位的皮膚像姑娘的手臂一樣白晰，比手臂還細嫩，並且白晰細嫩的皮膚之下隱隱呈現出一截淡藍色的、毛綫般粗細的血管。這是在成年人中不常見的情況，只有極少數兒童和少女的頸

部才會那樣，連少年們的頸部也很少如此。

那血管使「她」亢奮。

這世界上不曾有一隻蚊子能直接將吸針刺入一個人頸部的血管中，然而「她」的吸針絕對可以輕而易舉地刺入！

正當「她」預備突襲時，姑娘合上了書，書的封面印着安徒生的半身畫像。那實際上其貌不揚的童話作家安徒生的樣子被畫家美化了，看上去有幾分像英國的美男子詩人拜倫和雪萊了。

在她的家裏，如今仍保留着一本同樣版式的《安徒生童話集》。

她曾為女兒讀過。

女兒曾端詳着「安」的畫像，說：「他很漂亮。」

在她和女兒之間，安徒生一向被親昵地說成「安」，彷彿是她家的一個好親戚。

她從沒告訴過女兒真相——「安」一點兒也不漂亮，用「其貌不揚」來說他已是相當禮貌的說法。不僅如此，「安」還是男人中的小矮子。

就在那時，姑娘吻了一下「安」，吻得很深情。

姑娘這一動作，竟使「她」的吸針沒有刺將下去——「她」嘴兩旁的瓣腭已經分開了，「她」的吸針已快接觸到姑娘的皮膚了。

然而，「她」收回了吸針，合攏了瓣腭，從姑娘的頸旁飛開，懸浮在姑娘對面了。

那秀氣的姑娘看上去是一個尚未戀愛過卻已開始思春的人兒。

「我不能，她和我無冤無仇，看上去分明還是一個好姑娘！再說，她正在看書，看的居然還是《安徒生童話集》！如果她在玩手機，那將是另外一回事。這年頭，看書的年輕人已經不多了，看書的姑娘尤其少了。看『安』的童話集的姑娘，往往會被嘲笑為弱智的！這樣的姑娘是應該友好對待的，我不能……」

她那女人的意識以各種理由說服自己不要「突襲」那姑娘，她的蚊子之身卻由於飢渴難耐而生理反應強烈，一次又一次地向姑娘的皮膚接近，或者頸部，或者臉、手臂，甚至有幾次還向下飛企圖接近姑娘的裸腿。

「她」的大蚊子的瓣膀也一次又一次分開、合攏，再分開，再合攏……

正當她的意識和她的蚊子之身互相爭奪行動權的時候，公共汽車終於開來了。幾秒鐘後，姑娘已在車內，「她」被車門關於車外了。「她」靈機一動，落在了車後窗上搭乘起順風車來了。

「她」氣喘吁吁，覺得更飢渴了，還覺得好累，因為剛才那一番女人的意識與蚊子之身的爭鬥消耗了「她」不少的生理能量。見到那姑娘背靠扶手立杆又在看「安」的童話集，「她」竟因畢竟沒有傷害到對方而產生了幾許欣然。

搭順風車的「她」，快捷地飛到了一處會場。昨天電視新聞報道，今天上午有一個關於維護社會公正與治安的會議要在那裏召開，「她」估計她的第一個報復對象肯定在會場中。

她估計得不錯，他果然在那裏，正坐於台上對着話筒侃侃而談。那男人並沒對她「潛規則」，更沒在肉體方面佔過她什麼便宜。實際上，兩人沒面對面過，更沒說過話，但在所有她將要實施報復的男人中，她最恨的是他。她知道，是他親批文件將她列為重點監控對象的。在她被「收容」期間，他還到那地方去檢查過看管人員的「工作」情況——在關她的房間裏，她聽到過他和他們的對話：

「這就是禁閉她的房間？」

「是的，領導同志。」

「要好好調教她，使她徹底明白給政府製造麻煩是絕無好下場的！」

「明白。」

「紗窗不必修，蚊香不必給。」

「那麼，蚊帳呢？」

「更是多此一舉。蚊子又叮不死人，讓她受點兒懲罰是應該的。這也是你們的責任，否則派你們在這裏幹什麼？總之，要好好調教她。調教什麼意思，你們都懂的吧？」

「懂，都懂。請領導放心。」

他走後，他們對她的態度更加冰冷了，有的男人甚

至敢於調戲或凌辱她了，並且將她的關押時間延長了半個月，直至她肯於屈服地寫下「悔過書」才獲釋放。

蜻蜓王般的隱形的不發出一點兒振翅之聲的大蚊子，遍體膨脹着復仇的怒火朝在台上侃侃而談的男人飛將過去，如同一架攜帶着核彈頭的殲擊機朝殲滅目標飛過去。如果「她」不是隱形的，那麼人們看到的也許是一隻着火冒煙的「大蜻蜓」。

那男人「啪」地往臉上拍了一下，確切地說，是一掌拍在右眼上。

「哎呀，什麼蟲子叮了我一下。請原諒我的失態之舉啊，親愛的同志們！坐在台上就這一點不好，雅或不雅的動作都會暴露在眾目睽睽之下……」

他還想趁機幽上一默。

雖然那話也沒什麼幽默性可言，台下卻照例響起了阿諛獻媚的笑聲，有人還起身高舉手機為那時的他拍照。

「剛才我講到哪兒了，同志們？……」

「啪！」

他緊接着又往左眼上拍了一下。

他的右眼已腫了起來。

多麼大隻的蚊子啊！它的吸針像靜脈注射針頭似的，何況還是一隻憤怒到極點的大蚊子，當然襲擊效果立竿見影了！

「哎呀，哎呀！……」

那男人的手分別捂在左右眼上，他感覺不是癢，直接就是疼，如同被馬蜂蜇了。他離開了座位，碰倒了椅子，就那麼雙手捂眼，「哎呀，哎呀」叫着滿台跑圈。

「她」卻並沒停止進攻。「她」嘴兩旁的瓣腭一次又一次激動地分開，一次又一次準確地將吸針深深插向他的脖子、耳朵、額頭、鼻尖、手。

台下的人全都站起來了，他們什麼都沒看見，也什麼聲音都沒聽到，根本不明白發生了什麼情況。簡而言之，他們都看呆了，有人還以為領導突然中了邪魔呢。

居然又有高舉手機拍照者。看來不心疼領導的傢伙不但什麼時候都會有，而且往往在領導突遭不測時原形大露。

「別照啦！都照什麼照？張科長，你還想不想再當科

長了？快上台保護領導呀！……」

於是，有人對領導的「愛心」被喚起了，猶猶豫豫地往台邊移動，進一步退兩步的。不明情況，儘管「愛心」被喚起了，卻誰都不敢冒失登台。萬一真是什麼邪魔附體呢，一旦轉附到自己身上，那是鬧着玩兒的嗎？

領導仍捂着雙眼，「哎呀，哎呀」直叫着，「啪嗒」一聲掉下台去了。

「她」這才算多少獲得了一些報復的滿足和快感，揚長而去。「她」本是可以順便也攻擊別人幾次的，比如那些想要表現對領導的「愛心」的人，但一考慮到他們挺無辜，分開的瓣腭便收攏作罷了。「她」想，如果「她」真的由着性子對所有的人攻擊不止，那會使整個會場一片驚叫亂成一鍋粥的。

但，「她」並無那種想法。

「她」離去得像進入會場一樣順利，伏在一個着急忙慌打手機的男人的背上進入了電梯——那男人是領導的秘書。出了電梯，「她」一下子就從一扇敞開的窗口飛到外邊去了。

對於蚊子，人血以及其他一切動物的血本身是沒有味道的，而對於「她」這隻奇異的大蚊子也不例外。「她」吸人血時只感覺一股溫熱的液體進入了腹內，於是像電器充了電似的，生理化學反應使「她」覺得自己又強大了許多，但同時也感覺身子沉重了，以至於影響飛行速度了，就像人吃得太飽了反而倦怠那樣。

「她」飛向一棵樹，躲在幾片大葉之間睡了過去。那一覺「她」睡得很長，醒來時已是黃昏，而那時的「她」才真正感到精力充沛，能量飽滿，戰鬥力極其旺盛。

「她」看到了這樣一種情形——那棵樹的一側是一片水塘，塘中蓮葉翠綠，幾莖蓮花嬌蕊初綻。在水塘上方，一群蚊子飛作一團，忽而飛散，忽而聚攏。它們分散，乃因有一隻蜻蜓在攻擊它們；它們聚攏，乃是出於一種自保的本能。若蜻蜓從飛作一團的蚊群中要逮到一隻，比逮到一隻單獨飛的蚊子難度要大些，所謂視覺迷亂的緣故。

那是一隻被人叫作「黃毛」的蜻蜓，比「紅辣椒」大不少，比「八一」的身子稍微短點兒，卻較肥壯，

從頭到尾全身都是黃色的，黃中帶褐那一種不純正的黃色，連四片翅片上的筋絡狀的綫條也是那麼一種黃色的。那隻「黃毛」的飛行技巧很高超，顯然特有空中捕食蚊子的經驗，蚊群企圖迷亂其視覺的伎倆對它顯然失靈。它每向蚊群衝過去一次，總能準確地逮到一隻蚊子大快朵頤。一般而言，一隻蜻蜓吃掉兩隻蚊子就基本上飽了，吃掉三隻就未免會撐得慌了。可「她」眼見那隻「黃毛」已經吞食掉四隻蚊子了，卻還不肯罷休地繼續向蚊群進攻着——看來是蜻蜓中的一隻天生的吃貨。

「她」討厭吃貨，不管是人還是蜻蜓，而且眼見自己的同類受到一次次無法招架的攻擊，頓然心生出同情和俠義來。還沒等她那作為女人的意識想好了究竟該不該管這等閒事，作為蚊子的「她」已經本能地果斷地採取行動了。

「她」從樹葉上起飛，向「黃毛」衝了過去。「黃毛」雖有一對複眼卻看不見「她」，它只是從氣流的變化預感到將有什麼對自己不利的事發生了，但還沒來得及有所反應就已被「她」撞得在空中連翻了幾個筋斗。它憑着高超的飛行技巧剛一穩住身子，竟被「她」用六隻「手」緊緊抓牢了尾部。「她」就那樣拖着「黃毛」在空中忽上忽下地飛，使「黃毛」對自己的身子完全失控了。如果說「黃毛」是一條蛇，那麼大隻的「她」則宛如一條巨蟒，而「黃毛」根本不可能是「她」的對手，只有被「修理」的份兒了。

「黃毛」看不見「她」，那群不知怎樣才能有效自保的蚊子同樣看不見「她」。但蚊子們感覺到了一隻強大的不知從何而來的無形的同類的存在——那是蚊子之間的化學信息的傳遞和接收現象，只有蚊子們之間才能明白的事，它們看到了「黃毛」被「修理」的慘狀。那時，「她」的六隻「手」已自上而下地牢牢地鉗制住了「黃毛」的頭，只要「她」想就可以輕而易舉地將「黃毛」的頭扭下來，或僅僅兩下就用吸針刺瞎它的雙眼。比較而言，後一種手段雖然「蚊道」一些，但「黃毛」還是必死無疑。

「她」猶豫着究竟該怎樣結束戰鬥。

越聚越緊密的蚊群發出了更大的嗡嗡聲，同時也做

出了集體的釋放性更強的生理化學反應，那種反應類似於人的歡呼與口號：

「王！王！神聖的蚊之王！……」

「吾王萬歲！吾王萬歲！……」

在「她」聽來，確切地說是「她」所感受到的化學信息經由她作為女人的意識譯成了歡呼與口號。

蚊群中的每一隻蚊子都特亢奮——「她」的無形的存在，使它們以為「她」是無限大的，當然也就可以佔領全部空間。它們想像着同類中產生了如此偉大的一隻，那麼地球以後肯定便是屬蚊子們的常樂家園了！

更多的蚊子迅速地從四面八方聚攏了過來，歡呼與口號之化學釋放波頻更密集也更聲如雷動了。

這反而使她作為女人的那一部分意識頓時冷靜了。

「見鬼！我怎麼會被呼作蚊子們的王？我才不要做什麼蚊子們的神聖之王！我才不願墮落得不可救藥！見鬼，見鬼，見鬼！……」

作為一個曾經的女人，她所反感甚至可以說討厭的事之一，就是呼眾集群起鬨架秧子。她的經驗告訴她，不論什麼人，一旦參與了那種事，也不論在其中扮演什麼角色，不被利用幾乎是不可能的。要麼成為主角利用由群氓組成的烏合之眾，要麼反而被烏合之眾所裹挾，最終身不由己地被利用，結果也變得與他們差不多了。

何況，現在的情形是聚蚊成雷，是絕對的害人蟲們的集結，比人類中的烏合之眾的起鬨架秧子更討厭啊！

於是，「她」的六隻「手」鬆開了，將已認命一死的「黃毛」放生了。

「黃毛」倉皇地飛走了。

「戰無不勝！戰無不勝！……」

群體龐大了許多的蚊子們，亢奮不減反增。

討厭的情緒在「她」作為蚊子的身中成了主要的行動本能，使「她」明智地選擇了逃之夭夭。

「追隨吾王！追隨吾王！……」

龐大的蚊群憑着生理化學定向本能地窮追不捨。

「我討厭這種事！」

「她」也釋放出了強烈的生理化學信息，隨之加快了飛行速度……

四

「她」不知怎麼摔落在自家的衛生間裏，幸而並沒摔傷——在落地那一瞬間又恢復為女人。

她一時有點蒙，未明白是什麼事發生在了自己身上，以為自己不小心滑倒了。

她離開衛生間，從冰箱中取出瓶礦泉水坐在沙發上喝了一口，覺得腦子裏一片空白。雖然天還沒黑下來，但掛錶的指針顯示的時間已是七點多了，而對於自己在已經過去了的一個白天裏的經歷則毫無印象。

「我又病了嗎？」

她摸了一下自己的額頭，並不發燒。

電視遙控器就在手邊，她隨手拿起來打開了電視。央視新聞是她一向要看的，之後是本省新聞，那也是她照例要看的。

「今日上午，省第一人民醫院收住了一名奇怪的重傷患者：該患者是由某縣醫療搶救中心緊急送來的。據其自述，他是在開會時突然被看不見的什麼東西叮咬了。為了不引起公眾沒有必要的恐慌，上級指示暫不報道那一縣名……」

伴隨着男播音員永遠波瀾不驚的語調，屏幕上出現了由手機實拍剪輯成的新聞畫面：

那個被她報復過的男人的雙眼腫得像大眼泡金魚的雙眼，他的脖子腫得快跟頭一般粗了，他的鼻子腫得像獏的鼻子了，他的手腫得像熊掌……

還有記者對現場目睹者們的事後採訪：

「您沒看見和某東西是看不見的，這兩種說法的意思很不同。您究竟是哪種意思呢？」

「我的意思很明白啊，當時會場中那麼多人，什麼都沒看見的不只我自己嘛，沒有一個人敢說自己看見了什麼呀！許多人都用手機拍照了，錄像了，結果都是沒有呈現什麼可見的活物嘛，這跟什麼東西是看不見的意思沒什麼不同嘛！……」

此則新聞報道使她一下子憶起了自己的所作所為，卻無法明白自己怎麼就能又恢復成了一個女人。然而，成功實施了報復的痛快之感，使她又一次祈禱起來：「上

帝啊，另外那些卑鄙男人的行徑也是應該受到懲罰的呀，那麼我還是得多次變成蚊子啊……」

她在心中默默這麼祈禱時，卻無意間從鏡中發現——自己的頭在漸漸縮小，面容在漸漸發生改變。

那種改變令她大駭。

「噢，上帝上帝，不是這時候，不是這時候，您怎麼比我還性急呢？……」

於是她的頭和臉又復原了。

於是聰明的她領悟了，自己是可以通過內心祈禱來控制身為女人與身為蚊子之間的變化的。她大喜過望，移坐桌前，執筆展紙，開始寫一份報復名單。

「嗡……」

她聽到了飛蚊發出的聲音，一隻身子呈霉草根色的蚊子轉瞬間落在白紙上。她下意識地舉手欲拍，卻並沒拍下去，一種莫名其妙的親和之感使她的手又輕輕放在了紙旁。

「王，我的神聖的法力無邊的蚊王，請原諒我貿然出現在您面前。我有些至關重要的話希望能與您坦誠交流。」

她知道，只有老蚊子的身子才是那種顏色的。

出於「敬老」的禮貌，她向老蚊子傳遞出了「洗耳恭聽」之信息。

於是，她與那隻老蚊子之間進行起生理化學信息的「思想碰撞」。

「王，我無限崇拜的王，沒想到您還能化為人形，這真使我大開眼界啊！」

「老者，您得明白，我討厭別人，不，討厭別的蚊子對我說個人崇拜那套話，非常討厭。請您開門見山。」

「那好，那好。不過，首先還是得允許我講講歷史。」

「允許。」

「在地球上，我們早於人類幾億年就出現了。可是呢，現在地球反倒主要成了他們人類的。自從他們聰明了一點兒，就千方百計地想要徹底消滅我們。這是一個事實吧？」

「是的。」

「他們連電蚊拍都發明出來了，以後不知還會發明

出什麼東西來對付我們。可我們呢，我們那麼渺小，發明不出來任何足以自衛的武器，更不要說進攻性的武器了。人類譴責在他們中使用化學武器，但對我們使用起大規模殺傷性武器來卻彷彿天經地義。這公平嗎？」

「那是因為我們，不，因為你們……因為蚊子傳染疾病……」

「王，我的王，我不介意您說『我們』還是『你們』的。您是至尊至聖之蚊王，與我們普通的悲催的蚊子當然不可混為一談。但，說到我們對人類健康的危害，那我就必須認認真真地與您討論一番了。我們蚊子能在人類中傳播區區幾種疾病啊，更多的疾病是他們自己搞出來的呀！如果沒有生了血液性傳染病的人，我們想傳播又怎麼能傳播得了呢。就尋常叮咬而言，我們一次才吸他們多點兒血啊，那一般後果無非就是癢一陣或腫個小包嘛。相對於他們自己對自己造成的危害，比如戰爭，比如天天吃被農藥嚴重污染的食品，我們的危害豈不是微不足道嗎？」

「你說的不是一點兒道理也沒有，但是以你的年齡你應對這世界的真相具有一些常識性的認知才對。這世界上的許多事，本就是公說公有理，婆說婆有理的。」

「是啊，是啊。不幸身為一隻蚊子，今天已經是我活過的第九天了，能活過十幾天的蚊子少而又少，這一點想必您也知道。既然您說這世界上的許多事是說不清孰是孰非的，那麼老蚊我斗膽請教，人類又憑什麼認為徹底消滅我們是絕對正義的事呢？」

「老蚊，我不願與你討論下去了，以免咱們傷了和氣。你就直說吧，究竟為何不請自來？」

「我的王啊，蚊子將死，其言也雷人。史有蚊言曰：『量小必人類，傳病真蚊子。』懇求您以蚊王雄風，號召世界各地各等蚊子，組成天下最眾之蚊子大軍，與人類決一死戰！天下者，蚊子之天下也。下定決心，不怕犧牲，將被人類控制的天下歸屬權奪回來！那細皮嫩肉且易於我們吸血的人類，我們可運用傳播疾病之戰術使他們成為癱瘓人，從而不能再對我們的叮咬構成危險，並變成我們的永久血庫。如此一來，我們蚊子的一生，將不再是忐忑的一生。我們的壽命，也許就不再是十來

天，而可能是幾十天，甚至幾個月、幾年、幾十年了。這地球，也將是我們蚊子的常樂家園了……」

「住口！簡直是一派胡言，瘋話！」

然而，老蚊子一經竹筒倒豆子般說起來，便剎不住車了。

它滔滔不絕地只圖痛快地繼續說：「我知道在某處有一片拆遷造成的殘垣斷壁，那裏曾是早年的傳染病醫院，因為條件根本不達標所以被拆了。那裏的許多斷壁上留下了斑斑點點的乾血跡，偶爾還能發現我們蚊子的乾屍沾在上邊。想想吧，傳染病醫院啊，那些乾血跡全是有病毒的啊！不過，乾了沒什麼的，我們可以用我們的唾液去化開。據更老輩的蚊子們傳下的回憶，那裏還有艾滋病患者住過院呢。人類以為我們不能傳染艾滋病，那他們就大錯特錯了！只要我們攜帶着艾滋病患者那種有病毒的血跡，即使是一星半點兒，即使是乾了許久又用我們的唾液化開的，只要弄到他們人類皮膚的傷口處，使他們傳染上艾滋病的概率也是很高的。至尊至聖的王啊，暫且先將這縣城當成戰場吧，讓我們蚊子將它折騰得人仰馬翻吧！用詞不當，用詞不當。如今，縣城裏也看不到馬了，那就聲東擊西地搞得它人心惶惶吧！……」

鄭娟是不聽猶可，越聽越怒從心頭起，惡向膽邊生。她猝擊一掌，但聽「啪」的一聲，老蚊子被拍扁在白紙上了——六條細腿平平地呈現着，翅膀也是如此，完好無損，如同絕佳的扁平標本。

她覺得自己的心隨之顫抖了一下，那是一種人們形容為「心疼」的微感覺。她心裏甚至還產生了一種類似罪過的意識，卻一點兒懺悔都沒有。

當她用紙將老蚊子包起時，想到死了的是一隻有今天沒明天的老蚊子，便連類似罪過的隱約意識也完全消失了。

她想將紙團扔進紙簍，卻沒那樣；想將紙團由馬桶沖掉，也沒有；最後將紙團在煙灰缸裏燒成了灰燼，加了點水，澆在花盆裏了。這樣做完了，她的心情也就恢復了此前的平靜，彷彿剛才的事根本沒發生過。

她又開始列報復名單。

於是，第二天、第三天又有男人被什麼「看不見」的古怪東西螫了。雖然後果的嚴重程度不同，卻照例被送到了省裏的醫院。縣城裏的醫院不敢貿然收治，也治不了，更怕擔責任引發醫患糾紛。至於後事的嚴重程度不同，乃是由她實施報復時的憤怒程度怎樣來決定的，而對誰「刺」下留情了幾分，誰的下場便不至於太慘。

不論省裏、市里還是縣裏，電視台進行報道時都統一了新聞口徑，一致將「看不見」的東西說成是「沒人看見」的東西，為的是避免使人心恐慌。

起初，縣城裏的人們普遍相信「沒人看見」之說。沒人看見嘛，不過就是沒人看見嘛，極少有人往「看不見」方面去想。大多數人猜測，可能是某種毒螞蟻之類的蟲子順着人的鞋爬到了人身上——它們那樣咬了誰，誰自己和別人確乎是不太容易看見的。

有些人幸災樂禍，「喜大普奔」。這年頭，沒有冤家的人屈指可數啊！何況，那三個男人都是縣城裏為人不仁、行事霸道、口碑惡劣之人。他們原先並不那樣，但有了點兒權勢後漸漸地身不由己似的就那樣了。所以，除了他們的老婆孩子，幾乎沒人同情他們。他們的朋友們談到他們的遭遇時，表面上裝出同情他們的樣子，其實內心裏也是挺歡快的。他們那種男人是不太可能有真朋友的，正如他們自己不太可能是別人的真朋友一樣。

然而，縣城裏的各種防蟲水脫銷了，特殊人士們甚至託關係、走後門搞到了被毒蛇、毒蜂、毒蝙蝠、毒蜥蜴之類的咬傷後足以保障生命安全的預防藥品。同時，網上開始銷售同類進口藥品，真真假假，價格不菲。儘管，縣城裏從沒出現過以上有毒的厲害東西。

然而，她「兩耳不聞窗外事，一心只圖報復功」。按照名單排列順序，一天收拾一個，行動為「蚊」，在家為「人」，從容不迫，幹得越來越順遂，越來越有成就感。

到了第七天，她出門扔垃圾袋時見小區裏停着幾輛大卡車，那是三戶人家同時在搬家，而且有一戶還是與她同一單元同一樓層的斜對門鄰居。

她問：「大娘，你們怎麼都搬家了呀？」

鄰居家大娘說：「鄭娟，你一點兒不知道嗎？」

她又問：「您指的什麼事啊，大娘？要發生地震？」

大娘說：「也不是地震那麼嚴重的事，但也怪嚇人的。縣城裏都鬧了好幾天的古怪事了，也不知有了什麼人眼看不見的東西，一旦被它叮咬了結果是夠慘的。雖然到目前為止被叮的全都是大男人，誰知道以後呢？如果哪天也開始叮女人和孩子呢？省城派來了專家，可也沒能給出個明明白白的說法。所以，有別處可住的人家，寧肯麻煩也要先搬走一段時間避避……」

回到家裏，她坐在沙發上吸着一支煙。她曾是一個吸煙的女人，雖然戒了多年了，但那天破戒了。

斯時，她心生出一種大罪過感來。

這是擾民啊，擾民擾得太嚴重了呀！

一向安分守己的她，沒法不自我譴責了。

但名單上還剩下一個名字沒被劃掉，而那是她認為必須予以懲罰的一個男人，與第一個報復過的男人一樣必須予以懲罰——她本是求助於他的，他不但沒相助，反而趁機蹂躪了她之後還惡語相威脅，警告她應該明智點兒，不許再執迷不悟。

她決定傍晚時分去將最後一檔事了結了……

一眼看過去，未滿周歲的嬰兒在年輕的母親懷中愜意地吮乳。

「難怪幾天來我眼皮跳抖不止的，不想你爸上午去區裏視察時還前呼後擁的，下午就被『規』了去了！剛才我到銀行一問，咱們幾口人名下的存款都被凍結了，連寶寶名下的賬戶也取不出現金來了。人家是早就暗中將你爸查個底掉了，可你爸還懷着僥倖心理以為能平安過關！家中值錢的東西都不知該往哪兒轉移好，這可怎麼辦？這可怎麼辦？光那些東西也值幾百萬啊？你聾啦？倒是出出主意呀！……」

一個西葫蘆身材的女人歪坐於沙發哭唧唧地說着，那是被懲罰的男人的老婆。

「媽，你別絮叨了行不行啊！事到臨頭，我能想出什麼對策啊！」

那年輕的母親哭了，眼淚滴在孩子臉上。

一個青年進入了這戶人家，看樣子是當女婿的。

那女婿急赤白臉地說：「都他媽是白眼狼，向誰都探聽不到什麼情況！不管認識我的不認識我的，都東躲西

躲的不肯見我！……」

這戶人家的三個大人彷彿身在汪洋大海中的一葉小舟上，而小舟無帆無槳的且開始滲水，他們都顯出束手無策的大惘惶來。

斯時，鄭娟已在這個家中了。此時，該懲罰的男人被「雙規」了，她挺索然。但她也不願白來一次，正猶豫究竟應由誰來替罪。

她聽說那位是老婆的女人有心臟病，怕那女人根本經不住自己的襲擊就一命嗚呼了，即使刺得留情。

那是女婿的男人經常吸毒——這在縣城裏早已是公開的秘密，雖然他一次也沒被關進去過。她怕他的髒血污染了自己的血。

孩子太小，實在無辜，而且同樣可能會因她的間接報復危及生命。

最後，她決定對那個女兒採取行動——「父債子還」，這是民間法則。同樣，父親作孽，當女兒的替父親承受一定程度的懲罰也不算蠻不講理。何況，「她」是一隻雌蚊，其報復並不具有性侵犯的性質，更不打算取對方的性命。

忽然，那嬰兒不吃奶了，瞪大一雙烏黑的圓溜溜的眼睛盯着「她」看。

她聯想到了民間一種帶有迷信色彩的說法——未滿周歲的嬰兒的眼，可以看見大人們看不到的東西。

這一聯想，她斷定那小小人兒確實看見了「她」。

那小小的人兒咯咯笑了，笑得如同初開的向日葵，使她覺得自己心裏彷彿有一輪太陽懸在叫心尖的地方，向下投射着舞台頂燈般的光，將她心靈的邊邊角角都照亮了。

她做過母親的經驗告訴她——嬰兒如果起初吃的是奶粉，改吸母乳後基本上不需要什麼適應過程，因為那是他們的天性更願意接受的改變。反過來則情況大不相同，如果一個嬰兒吮慣了母乳，改吸奶嘴則是會發生排斥現象的，有的嬰兒甚至會哭上一整天，直到餓極了才肯含奶嘴……

她不願使那咯咯笑着的小小人兒遭受大人之間的怨毒的牽連，不管她是否真的看到了「她」，不管她可愛的

笑與「她」有關沒關。

「媽，孩子他爸，你們快過來看寶寶怎麼了？先是不錯眼珠地看那兒，後又咯咯地笑起來沒完……」

於是當爸爸的和當姥姥的都湊了過來。

當爸爸的橫着一根手指在孩子眼前移來移去，繼而轉身四處巡視着房間。

孩子卻已不笑了，目光隨着「她」的轉移而轉移。

當姥姥的雙手一拍：「不好了。我想起了一種迷信的說法，也許有什麼邪性的東西進來了……」

言罷，雙膝跪地，雙手合十，閉上眼睛快速地唸起什麼經咒來。

「她」一下子飛到茶几底下去了。

「她」是不怕任何咒語的，但那半老女人的語速令「她」討厭。「她」還沒有穿壁的本領，只能在誰開門時趁機出去。

她放棄了最後一次報復行動，那也是一次狼狽的行動。

「鄭娟，你已經三個多月沒產生不良幻覺了，想出院嗎？」

問話的是坐在她對面的女醫生。

她點了一下頭。

「那麼，你今天就可以出院了。哦，這份報紙你帶走，是它使你的病情迅速好轉的，留作紀念吧。」

她默默接過了報紙，霎時淚如泉湧。

報紙上有篇整版報道，通欄大標題是——「中紀委明察暗訪懲辦腐敗，組合拳自上而下重擊魍魎」，副標題是——「三年前交通事故竟是謀殺，一干人等盡數判刑」。

自從讀了那篇報道，她的心情（將她送入精神病院的壞人們認為她犯了精神病）日愈平靜，甚至都有點兒不在乎被視為瘋子了。

她換上自己的衣服，拎着一個紙袋走出了精神病院的大門——紙袋裏裝着些小東小西，是她被強制送來時從她兜裏翻出的。

那是初秋一日，上午九時許，天空晴朗，陽光明媚。

一個男人佇立於一輛轎車旁，捧着一大束鮮花。

他笑了，快步向她走來。

她猶豫了一下，也向他走去，臉上幾乎沒有所謂的表情可言，但心情多少有那麼點兒愉快了。她對他早已不陌生，一年半以來他每個星期都來醫院看她，每次都給她帶她想吃的，並陪她度過一個上午或下午。

他說：「我所遺憾的是，一心想幫你，可根本沒幫上。」

她說：「人的能力有大小，謝謝你的盡力而為。」

他將鮮花遞向她，她高興地接過去了。

他拉開了車門，她又猶豫了一下，然後坐進去了。

車開走時，她不禁扭頭朝醫院望了一眼——白底黑字的牌子的下半部被剛停在那兒的另一輛車擋住了，只望見了「精神」二字……

咪娜

一

咪娜是乾貓。

咪娜是一隻兩歲又兩個月的漂亮的小母貓。

對貓而言，咪娜的「身體」已不算小，看上去不太會繼續長了，如同發育良好的少女，身材定型，不太會再長高了。它或許會長胖的，若它貪吃的話。但咪娜並不貪吃，簡直也可以說，它似乎具有人一樣的節食意識，以保持自己「身材」的美觀。它每次吃得很少，就像人形容人每頓吃得太少時說的那樣——「吃貓食」。

現在，它已不像一歲多的時候那麼貪玩了。那時，哪怕一個小紙團都會使它發生極大的興趣，一玩起來就玩半天，直至呼哧帶喘玩不動了為止。它喜歡從假花上咬下花骨朵叼到什麼地方去自娛自樂，尤其喜歡將花骨朵撥到有腿兒的傢具下邊玩。倘那縫隙的高度是它可以鑽入的，便鑽到下邊將花骨朵撥出，自己則貓在下邊不出來，只伸出一隻爪子繼續玩弄花骨朵，像是要顯示自己的「手臂」有多麼長似的。倘那縫隙太窄，它根本鑽不進去，就會趴在地上竭力將爪子伸進去。為了能將花骨朵撥出來，它往往會仰躺着，將身子儘量向上彎曲，用兩隻後爪反蹬着傢具，像在表演雜技或練瑜伽。如果還不能將花骨朵撥出來，那它就會去向它的小主人芸求助

了。芸是初二的女生，如果以人與貓的換算年齡來說，芸比她的愛貓還小兩三歲呢。但它向芸求助時，如同是獨生子的纏人的小孩兒向寵愛自己的媽媽耍賴般。如果芸一時顧不上幫它，它的耍賴便接近於厚臉皮。倘芸是站着的，它會仰躺在地上抱住芸的腳踝咬她的褲角，即使她走動了，它也不肯放開，任她拖着它走。那時，芸則無奈地低頭對它說：「咪娜呀咪娜，沒你這樣的啊，太過分了吧？」——嘴上這麼說，卻只得去幫它。往往，她幫它將花骨朵從傢具底下撥出來了，但它的玩興反而過去了，只蹲着看一會兒那花骨朵，便不屑再擺弄一下了，於是大搖大擺地毫無謝意表示地離去。芸自然會很生氣，瞪着它抗議道：「咪娜，你給我站住！為什麼不玩了？成心耍我是不是？」

咪娜的尾巴離開時又往往是旗杆般地豎着的，顯然它明知芸的話是對它說的，也似乎聽得懂她的話是抗議性質的——因為它的尾巴尖那時會勾起來。

芸從網上查過，早已知道貓咪的尾巴如果豎着且將尾巴尖勾起來，證明它們那時的情緒是快樂的。

「咪娜，你氣死我了！你耽誤了我的時間，分散了我的精力，而你心裏還特高興是不是？我要懲罰你！」

然而，咪娜不理她那一套。它往往會若無其事走向芸的床，像穿山甲似的將褥子拱起，鑽洞般鑽入底下，結果平整的褥子被它拱得亂七八糟。——這表明它要睡覺了。

那時，芸就不知訓它什麼好了，只有望着自己的床生氣。

被咪娜如此這般捉弄一通，卻還不是芸對它最不滿的時候。芸最不滿的是，咪娜在她坐着的時候去糾纏她。那時，它的騷擾特過分——它會顯示輕功般地躍上椅背，之後將腹部搭在她肩頭，並喵喵叫個不停。如果她在看書，它便大獻殷勤地替她翻書頁。若它真能那麼做得很好，當然也是芸沒什麼意見的，但它似乎認為芸應該一目十行幾秒鐘就可看完一頁！它的爪子替她按那麼快的閱讀速度翻書，芸當然也就看不成書了。若她在寫字呢，那它會一次次用爪子撥筆桿，同時也抗議般地喵喵叫，彷彿在說：「寫什麼呀寫，看不出點兒事呀，不

明白我是在向你求助呀？」

於是，芸會叫起來：「討厭，別煩我！」

咪娜則不達目的不罷休。它一貫的做法是——後爪往椅背一蹬，於是四隻爪子同時站在芸肩上，隨之四腿繃直，將背高高聳起，然後在芸肩上伸一次只有貓咪們才能做到的高水平的懶腰。別以為那之後它就會一邊頭一邊屁股地重新「搭」在芸肩上了，才不會呢！它又露了一手——隔着芸的脖子，它閒庭信步似的從芸的這一邊肩頭邁着優雅的貓步走到那一邊肩頭，隨之再伸一次高水平的懶腰。接着，一躍而上，在芸的頭頂趴將下去，並成心似的將屁股扭向芸的臉的方向，於是一條貓尾巴從芸的臉的正中垂將下來，使她的鼻尖癢癢的直想打噴嚏。

現在，咪娜已不那麼欺負芸了。自從一年前芸偷偷帶它去寵物醫院為它做了節育手術，之後它那種搗蛋鬼的行徑就不再了，常態安靜，變得像一隻淑女貓了。更多的時候，不論芸在做什麼，它只不過乖乖地臥於她旁邊，一動不動地注視她。如果她看它一眼，它則往往將頭一轉望向別處，但那並不意味着它對芸有什麼怨氣。它似乎不久就忘了芸曾帶它去過寵物醫院使它大受過一次驚嚇那件事了，或者雖還沒忘，但根本不明白兩個穿白褂子的陌生人究竟將它怎麼樣了。它不再亂伸爪子，當芸看它一眼時又將頭一轉望向別處，彷彿更是出於一種懂事——不願因自己的存在而分散了主人的注意力，彷彿還進一步明白——主人正在做着的事對主人是重要的事，是比它刨沙子將自己的屎尿蓋住重要得多的事。確乎，咪娜從一年前起不但變得「淑女」了，也可以說變得更通人性了。它注視着芸時，兩隻貓眼似乎流露着理解和體恤。它似乎明白，人作為人，是沒福分像一隻受寵愛的家貓那樣吃飽了喝足了便玩耍一場的，玩累了便糾纏主人給予愛撫或四仰八叉地酣然大睡的。——人必須每天做某種同樣的事，情願也罷，不情願也罷，絕大多數人都必須做，而且得認認真真地做，因為那是人的宿命。如果人做得不好，人的「人生」就會出現問題，有時會是大問題。

芸是絕大多數人中的一個。儘管她還只不過是一個

少女，但在咪娜看來，她已經是一個「人生」很容易出現問題的「人」了。

因為她是寵愛自己的主人，於是咪娜看她的目光特溫柔，含情脈脈的。

貓既有眼，當然也是有目光的。

養貓的人都知道，貓眼才不是不能傳達感情的只不過好看的眼，實際上貓眼的感情內容是相當豐富的，但要結合它們的某些細微的肢體語言來領會。一隻目光中充滿體恤且含情脈脈地注視主人的貓，如果它那時臥在主人近旁，兩隻前爪大抵是相對着蜷起的。不是指兩條前腿，僅指兩隻前爪，而人類的雙手從來不會那樣子，甚至犬科動物的前爪也很少那樣子，只有貓科動物才有的現象。如果它們穿帶袖的衣服，那時它們彷彿是冬季裏穿棉襖的北方的農村老漢。那些老漢「袖」起雙手時，是他們心腸極軟之時，即使心腸很硬的他們，只要那樣子了，也證明他們的心腸已開始由硬變軟了。貓那樣子時，如果它正注視着主人還不想引起主人的注意，它的頭又大抵是向一邊歪着的，它的尾巴則肯定是收向腹部而絕不會在屁股後邊的，它的尾巴尖往往貼着腹部紋絲不動的。它的耳朵也向左右放平不再豎着，它的兩眼也不再睜得那麼圓且眼上方的弧稍微下垂，使它的眼形看去像是被磨平了邊緣的硬幣。是的，正是那時，一隻貓注視着它主人的目光顯得含情脈脈。——當然，並不是所有的主人對自己養的貓都有那種感覺，而芸自認為是能夠看出咪娜目光中的感情內容的，正如她認為咪娜能聽懂她說的每一句話，也能理解她的全部表情。

芸對咪娜那種目光特敏感，像咪娜的眼睛對光綫那麼敏感。她只要一發現咪娜在以那種特異的目光注視自己，不管她是在看書還是在寫字，都會情不自禁地撫摸着它，並親昵地說：「咪娜真乖，咪娜真是一隻好貓咪！你知道，這時候不應該搗亂是吧？等我完成了作業，一定陪你玩一會兒啊！」

二

咪娜本是野貓的後代。

城市野貓或是被棄的家貓，或是它們的兒女，如咪娜。其實，它們一點兒也不比家貓野，而「野」只不過是將它們區別於家貓的人的概念。恰恰相反，大多數的它們比家貓膽小。它們的膽小，主要表現在怕人方面。生存的本能使它們靠攏人家和社區，因為在遠離人家和社區的地方將因尋找不到食物而餓死；自我保護的本能卻使它們提防着人，因為傷害它們的除了人不會是任何別的東西。如果一隻所謂的野貓的爺爺奶奶是被棄的家貓，那麼就可以說它們是名副其實的「野貓」了。名副其實的「野貓」實際上也並不「野」，只不過它們那種親近人的基因嚴重退化了而已。所以，一隻成年了的那樣的野貓是較難再被養熟為家貓的。但一隻那樣的小野貓卻不同，生存經歷尚未將它們異化到視人類為天敵的程度。如果被善良的人抱回家去，它們在十幾天後的全部行為又會表現為家貓了。在城市裏，繁衍到第三代的野貓是不多的，能繁衍到第四代、第五代的野貓極少——生存的艱難和疾病，加上人的傷害，使野貓後代的存活率很低很低。小野貓活到五歲以上，簡直便可以說是「資深」野貓了，但「資深」野貓也是不多的。城市食品垃圾的管理系統越來越嚴格，它們往往在五歲前便死於營養不良或由此引發的別種疾病了。一隻被棄的家貓也容易在不久之後便死去，因為它若不及時融入某一野貓族群，就難以學會並積累獨自生存的經驗，而野貓族群本身已很難形成。如果有人憐憫於它，肯每天賜給它點兒吃的，那麼它對那個善人的表現像極了乞兒對施捨者的表現——希冀、卑怯，試圖討好而又不敢貿然討好。對於愛貓的人，那種樣子的野貓特別是小野貓，往往使他們心軟得不行。是的，愛貓的十有八九是女人。貓與女人相同的方面很多，所以她們愛它們，如愛別樣的自己。假若果有人命之輪迴，不少女人內心的想法是託生為貓，當然是被寵的家貓了，而有品位的貓身上也每每表現出有品位的女人的某些性格特徵。

然而，芸起先並不是一個愛貓的少女。在成為咪娜的小主人之前，可以說她長那麼大還沒怎麼關注過貓。這並不意味着她對狗反而更感興趣，因為她長那麼大也沒怎麼關注過狗。她出生在山裏一個窮苦的農家，而所

在的小村尚未脫貧。她自幼耳濡目染的自家以及別人家的種種淒愁，幾乎侵蝕掉了她和小伙伴們對貓狗的喜愛之心。那小村裏為數不多的貓狗也都處於苟活之境，它們反應遲鈍、無精打采，比城市裏無家可歸的貓狗的命運強不到哪兒去，基本喪失了主動與人親近的本能。

芸小學二年級時奶奶去世了，爺爺成了唯一與她相依為命的人。她小學五年級時，爺爺也去世了。於是，在城裏打工的父親不得不將她帶到了城裏，那是他十二分不情願的事，因為他多次當面說她是累贅。

然而，芸是聰明、刻苦的少女。在「借讀生」的班級裏，她的學習起先跟不上，但那種令她備感壓力的日子並不長，六年級時她的成績已在班裏排於前幾名了。成為中學生以後，她居然成了班裏的學習尖子，老師、同學都對她刮目相看。老師多次在全班表揚她，認為她有種「奮發圖強」的學習精神。那是事實，學習好是她唯一可「圖強」的事，她為「唯一」而督促自己「奮發」再「奮發」。

她的父親在一幢老舊樓房的地下室租了一個十四五平方米的小房間，雖是地下室，卻不潮濕，甚至也不能算陰暗。這間小房間有半截高出外邊地面的朝東的小窗，被十來根手指粗的鐵條防護着，窗子可在房間裏打開——但不論是她還是她父親，想打開窗子都得站在凳子上。每天早上，有些許陽光會從小窗灑入房間裏——如果是晴朗的一天的話。

那時，芸覺得世界畢竟還是美好的。

她總是擔心，某一天會由於某一種原因使她和父親將不得不離開那個在城市裏的家。城市裏可供人租住的房屋固然很多，但以她父親打工所掙的那點兒錢，只能租得起便宜的地下室的小房間。每年年初貼在地下室入口處的催促交租的通告，總使芸看着惴惴不安。地下室所有的房間一律半年一租，直至她從父親口中套出話——「半年的房租交了」，她那顆懸着的心才會安定下來，卻也只不過是又安定了半年。

父女二人臨時的家裏有兩張單人床，一張是鐵架子的，原本便有；一張是木架子的，是父親從舊傢具市場買的。兩張床之間是一張桌子，一把椅子。在父親與母

親住時，桌上擺着一台十四英寸的黑白電視機，一台微波爐和暖水瓶等盆盆碗碗之類的東西。芸從出現在這個家裏那一天起就沒見到母親，之後也一直沒見到過。算上以前沒見到過的日子，她快四年沒見到母親了。為了使芸有寫作業的地方，父親將同樣是從舊物市場買的微波爐從桌上搬了下去，放在一摞人行道方磚上。那些方磚是新的，紅色，有花紋，挺美觀。在施工隊重鋪人行道時，有一天夜裏，父親強迫芸跟着他一次幾塊往返多次偷回來的。微波爐對芸很重要，一直保障她夏天不吃涼飯，冬天不吃冷飯，而她的父親自己不經常在家裏吃飯。房間的門邊有一台舊冰箱，那是樓裏某戶人家搬走時不要的，父親白撿回來的——他將門旁的牆上鑽了一個洞，將插頭綫接長引入到了房間裏，於是父女倆的這個家也是一個有冰箱的家了。物業的人起初是嚴厲禁止的，不知怎麼一來，又睜隻眼閉隻眼不再管了。父親經常買回些熟食放進冰箱裏，這使芸不至於捱餓。

芸曾問過父親：「爸，我媽呢？」

父親沒好氣地回答：「不知道！」

後來，她又間接地這麼問過：「我媽怎麼總也不回家呢？」

父親光火地說：「她回來睡了，那你睡哪兒？！」

芸便再也不敢問了。

有媽而不知媽在哪兒，更不許問媽在哪兒。——她漸漸地認自己這種命了。

兩年前那個冬季裏的寒冷的夜晚，剛成為搬運公司搬運工的父親在外邊喝醉了酒，一進家門就吐了個滿地，接着一頭栽倒在自己的床上鼾聲大作。

芸拖乾淨了地，將一袋髒物扔入外邊的垃圾筒裏時，見一個小小的單薄的影子從兩隻大垃圾筒之間閃了出來。

她看出那是一隻小貓，肯定它想從垃圾筒裏找到什麼吃的，但垃圾筒太高了，它沒法達到目的。

如果芸當時並沒叫它一聲，那麼她以後便不會成為它的小主人。

可是，對貓並不關注的芸竟鬼使神差地叫道：「咪咪……」

已經搖搖晃地走開了的小貓站住了，回頭看着她。

她不由自主地又叫：「咪咪……」

那小貓猶猶豫豫地走到她腳旁，微躬其背蹭她的褲角，同時乞憐地「喵喵」回應了兩聲。它的叫聲像青衣在舞台上的唱腔，那一方面是天生的，另一方面是因為有氣無力而叫聲極小。

芸的第一個反應是夜異常寒冷，它又這麼小，看上去也就她的文具盒那麼長，如果找不到暖和的地方躲避寒流，很可能會被凍死的。

芸彎下腰憐憫地將它抱了起來，它那瑟瑟發抖的身子立刻偎向她胸口，頓時軟得沒了骨頭似的，且又「喵喵」叫了兩聲，彷彿在哀求她不要將它放下。它很輕，輕得像她的中學課本。

芸將它抱緊了，以使它儘快獲得溫暖。她抱着它發了一會兒呆，嘆口氣又將它輕輕放下了。它似乎明白了它的希望完全落空了，頭也不回地無聲無息地向矮樹牆走去。

芸又情不自禁地叫了它一聲。是的，確實是情不自禁，當時沒有任何想法的一種情不自禁。

它就又站住了，卻並未回頭，也未再以自己的叫聲回應她的叫聲。

那時突然颳來一陣寒風，芸渾身哆嗦了一下，穿得少的她覺得快被凍透了。小貓竟被寒風颳倒了。那麼輕的小身子，當然會弱不禁風了。它並沒隨即便站起來，被颳倒時是四腿伸直的，也就那樣子臥在地上了，不知是已經沒有力氣站起了，還是想等那陣寒風颳過再站起來。

芸連猶豫都沒猶豫就第二次抱起它跑向了地下室入口，就像抱着的是自己被颳掉在地上的什麼東西似的。

父親還在鼾聲大作，這對芸是件幸事，對那小貓也是。否則，芸會受到怒斥，而小貓的命運也不能改變。

芸不知該將小貓置於何處，因為不論讓它待在哪兒，父親一醒來都會發現的呀。她猜測得到，父親會拎起它連話都不說就將它摔到門外的。她想了想，騰空自己裝衣服的旅行袋，將小貓放入裏邊後並將拉鏈拉上了一半。

她悄悄對它說：「待在這裏，千萬別動啊！要不，你我都會沒好下場的。」

她關了燈，懷着忐忑的心情漸漸入睡。

不論對於芸還是那隻小貓，很幸運的是第二天父親得上班去，而芸則不必上學——她在寒假中。

當她醒來時，從小窗已投入了幾束陽光。她立刻想起昨晚的事，欠身將旅行袋拖到床邊，拉開拉鏈，但小貓已不在裏邊了。她心中一驚，以為父親醒來時發現了它，而它已遭到了不測。她心中正替它難過，忽覺腳下濕答答的，坐起來掀開被子一看，原來小貓不知何時鑽入了她的被窩正睡在她腳下呢。她的床上鋪着電熱毯，特暖和。它留下了行為不良的鐵證，將褥子尿濕了一大片。她想打它，見它睡得極香的樣子，舉起的手沒捨得打下去。她看着它呆呆地尋思，肯定的，它自從來到這世上，就沒在冬季睡過那麼暖和的一次覺，而且睡得還那麼安全。它一定是在自己不知道的情況下才尿在她被窩裏的，「小孩子」尿床也是常事呀。

她無可奈何地原諒了它。

那天上午，她跑到女同學家去借到了吹風機。她用電熱水壺燒開了幾壺熱水，倒在她的洗腳盆裏，將它渾身揉遍洗髮液為它洗了一次澡。它剛接觸到水時當然是驚恐的，於是她一邊洗它一邊柔聲細語地說：「乖，別怕。你身上太髒，不洗洗我是不會收養你的。興許還有跳蚤什麼的，多打幾次肥皂就能將寄生蟲殺死。」

聽着她說的那些話，大概也由於熱水使它感到舒服了，她髮廊洗髮妹一般的指尖動作也使它解癢了，它漸漸順從了。既然它順從了，那麼她洗得更認真了，洗了兩遍，用清水「淋浴」了一遍。

當她用吹風機吹乾它的毛時，她才有心思欣賞到它的漂亮。除了加菲貓，世上大多數的貓皆是好看的，甚至可以說貓是世界上最好看的動物。貓的好看，體現於「萌、嫵、媚」三方面。

狐是絕對做不出任何萌樣的。除了畫上的它們，現實中的狐是並不嫵的。對於狐態，其實只有一個「媚」字可言。它們的臉形過於尖俏，行為也過於狡黠，這便使它們連「嫵」也談不上了。「嫵」是指女性美得無邪，

所以「嫵」與「媚」二字組成「嫵媚」一詞，才是一個正面的形容詞。不論以單獨的一個「媚」字來談女人或任何一種女性化的動物，都等於同時在強調其「邪」性的不容忽視。這是不言而喻的，即使以最大量的態度來理解「邪」字，那也起碼包含着「詭計多端」的意思。

考拉和熊貓之類的動物無疑是常態很萌的動物，但是它們不能以「嫵媚」來形容。不論「男」、「女」，它們的樣子一概是無性的。

鹿一類動物，尤其小時候，卻完全可以說是好看得「嫵媚」的，但它們也是不能給人以「萌」的印象的。與狐相反，小鹿不「萌」是由於它們的樣子太過單純，而萌態卻是這麼一種樣子——「看我單純得很可愛是吧？那就要多給我一些愛喲」，透着博寵的意味。

鹿的基因裏沒有與人親密的遺傳，它們是不善博寵的。

大型狗的樣子幾乎都是雄性的，喜歡它們的男人大抵是在喜歡自己類似的一面或想要具有而並不具有的一面——狗有男人之人性的某一面；喜歡它們的女人潛意識裏大抵埋藏着被壓抑的雄性崇拜激情——她們總想要任性地隨時隨地釋放，但作為女人的她們當然也知道那是特不明智的。對於小型狗，尤其那些被打扮得「小女人味」十足的小型狗，它們的樣子看上去是完全不自然的，那表明它們的女主人總想將自己捯飭成類似的樣子，也表明的是她們從小到大未曾改變的對女性美的一廂情願的一種品位。

世上只有好看的貓們的好看才是「萌、嫵、媚」三方面綜合的一種好看，或也可以一言以蔽之地說它們是世上唯一一種「萌、嫵、媚」動物。愛貓的女性，不論漂亮或不漂亮，身上必有某一點是令別人喜歡她的。芸不是漂亮女生，男同學和女同學卻都挺喜歡她——因為她性格溫良，而這也是大多數貓招人喜歡的方面。

一隻貓如果算得上是漂亮的，那麼也就差不多是在說它好看得像是一件美觀的工藝品了。

芸「撿」回去的那隻小貓便是一隻漂亮的貓。

它是黑白兩色的短毛貓，黑多白少。它白的部位雪白，白得美妙——下頦是白的，白至前頸，在那兒以領

結般的形狀結束；腹部也是白的，但如果它不側臥着那是看不到的。它又是一隻長腿貓，這使它看上去體態婀娜。它的四爪同樣是白的，卻不是人所形容的「四蹄踏雪」那麼一種白法，而是一直白到腿彎為止。這使看着它的人會聯想到黑披風裹身，穿白高筒靴的小美女。它從頭到背到尾又全是漆黑的，儘管營養不良，然而還是由基因所決定的黑得發亮。

芸一邊將它的毛吹乾，一邊讚嘆：「貓咪，你是這麼漂亮，真叫我不知該拿你怎麼辦才好啊！」

其實，她已經決心收養它了。

那一天，它有了名字——咪娜。

芸的生活裏開始多了一件事，每隔幾天就要從某處建築工地拎回一塑料袋細沙。城市裏建築工地比比皆是，這並沒使她犯愁過。她撿回一個水果箱作為貓砂盆放在她的床下，每天兩次按時清理。咪娜經常蹲在一旁看着她清理，很慚愧的樣子。也許是出於體量，它從不將沙子弄得滿地都是。

芸的父親終於發現了咪娜的存在，他大發雷霆怒吼着命令芸將咪娜扔出去。她怕咪娜遭到父親的毒手，便將它緊抱於胸前。

父親的手高舉起來了。

芸雙膝跪下了。

咪娜嚇得屏息斂氣。

芸臉上淌下淚來，並異常堅定地說：「不。」

父親的巴掌僵在半空了。

咪娜就這樣獲得了存在權。

春季裏，咪娜的「黑披風」黑得更亮了。晚上，每聽到外邊有別的貓們求偶的叫聲，那叫聲便使咪娜躁動不安。

芸知道，她必須帶咪娜去寵物醫院了，否則它的叫聲會招致一片抗議的。

然而，她哪裏有錢能為咪娜付手術費呢！

但她還是帶着咪娜去了一家門面頗大的寵物醫院。出於責任心，她不願意在附近一家門面很小的地方讓咪娜上手術台。

「你認為這個很值錢嗎？」

一位中年男醫生細看着她給他的一枚戒指，疑慮重重地問。

她誠實地說：「不知道。」

「你這種年齡的女孩，怎麼會有這種東西呢？」

「奶奶留給我的。」

「你奶奶，已經不在了？」

芸點頭。

「你以它來代替手術費，爸爸媽媽同意嗎？」

「我目前只和爸爸一個人生活在一起，他知道了會打我一頓的。」

「你剛才說這隻貓是你撿的？」

「是的。」

「它好漂亮。」

「是的。」

「但我無法判斷這隻戒指是不是金的……」

「求求您了！」

「如果是金的，那麼價值超過手術費好幾百呢……」

「我不會反悔的。」

「可如果是鍍金的，收下它對我也沒什麼意義……」

「求求您了！」

自從上了中學，芸只流過兩次淚。她是個內心剛強的女孩，常要求自己「女孩有淚不輕彈」。

「別哭，別哭。其實，我的意思是……我為什麼不可以免費為你這隻漂亮的小貓做手術呢？……」

芸與醫生對話時，咪娜就在她的書包裏，而她的書包反背在胸前。它從書包裏探出頭來，好奇心特強地東張西望。見芸流淚了，它才不安地將頭縮入書包裏。

動完手術的咪娜，脖子上被戴上了一個限制罩，形狀如同喇叭，硬塑料做的。戴上了那個東西，它就舔不着傷口了。但對於咪娜，那隻「喇叭」太大了，像小傘，使它想趴下去都不能夠了。

一回到家裏，芸立即操作起剪刀來，要將那東西改造得小一點兒。但她失敗了，將那東西改造廢了。

醫生囑咐，最要緊的是防止咪娜當夜將縫合的刀口舔開，那對它是有生命危險的事。束手無策的芸，只得抱着下身「癱瘓」的咪娜在床上坐了一夜。後半夜時，

它在她膝上睡過去了，她卻唯恐自己也睡過去，一直看書看到大天亮。

後來，芸經常對咪娜說：「好咪娜，對不起啊！我知道那種事對你太不公平，可我也實在是沒有辦法呀。理解萬歲啊！……」

變成了「淑女」的咪娜，每每從窗口望着外邊發呆。芸明白，它是嚮往自由了。雖然小小的房間形同咪娜的牢房，但她不敢放它出去玩，怕它一亂跑就失蹤了——那它的命運又將凶多吉少了。她只有經常踏着凳子將它放到窗台上，那裏是它很喜歡待的地方，從那裏可以望出去很遠，可以望到樹、花與玩耍的孩子和遛狗的大人……

芸的父親曾嚴厲地對她說：「你要是因為一隻撿回來的貓而影響了學習，那我還是會將它扔出去的！」

芸的學習成績非但沒下降，反而更優秀了。

一天，班主任老師單獨對芸說：「你自己也知道，老師因為這個班級裏有你是很高興的。但是，你一定要將我對你說的話如實告訴你爸爸：上級下達了文件，『借讀生』都只能『借讀』到初三為止了。你現在已是初二學生了，要早做打算……」

老師的話說得很糾結。

芸說：「我明白。」

她的話說得很酸楚。

她沒將老師的話告訴父親，怕父親又借酒澆愁，並在酩酊大醉之後耍酒瘋……

三

此刻，芸背靠床頭半躺半坐，微閉着眼睛似睡非睡。她在等待着一件事的發生或是終結，但也有另一件事使她放心不下。

她背後墊着枕頭，腿上蓋着被。

咪娜趴在她腿旁的被子上，憂鬱地望着它的小主人。她面色蒼白，臉龐瘦削了許多。

這一天是五月中旬的一天，此刻是上午十點左右，外邊的陽光很明媚，賜給地下室這一個房間裏的陽光也

比往日多了一些，還有一小片斜照在被子上。

芸因為患了腎癌快死了。

學校的老師、同學們為使她的父親能付得起住院費發起過募捐了，社會上的慈善人士們也以種種方式向她表達過愛心，但為時晚矣。芸太能忍了，她的病一被查出便是晚期，癌細胞已大面積擴散，不論再花多少錢再用多麼高級的藥都救不了她的命了。

芸是多麼敏感的女孩呀！她從醫生、護士和她父親的話語中歸納出了她的真實病情，也就是她的厄運，於是她堅決而強烈地要求回到家裏來。既然死是命中注定的事了，那她就不願自己再成為本市新聞的一個內容再牽動許多人對她的愛心了。

她希望平靜地死，希望被忘卻地死。

然而醫院的醫生們卻沒忘卻她，昨天下午派了一位醫生和一名護士來探視她。醫生轉身離去時落淚了，而護士一出門就哭出了聲。

於是芸意識到死神迫近着她了。

她所等待的事便是死。

她對死自然是極恐懼的，但現在已不恐懼了。世上只有一件事的發生和結束是同時的，那便是死。她對於死甚至有幾分好奇了，就像人對世界末日之說既恐懼又好奇那樣。她已沒有什麼痛苦的感覺，只不過極度困倦而已。初三畢業後不能再以「借讀」的方式在城市裏上學，這件令她暗自發愁得每每整夜睡不着的事也將不再糾纏她了，她對死反而頗覺欣然了。

她放心不下的是咪娜。

在她住院的日子裏，父親告訴她——咪娜跑了，她偷偷哭了一場。

她回到家裏的第一天，發現咪娜出現在小窗外邊，將一隻爪子伸過鐵條的縫隙不停地撓玻璃。她喜出望外地讓父親開了小窗，咪娜便擠過鐵條的縫隙跳進來。它與她親熱了好一陣子，她看出它大喜過望。

……

咪娜輕輕叫了一聲。

芸睜開了眼睛。

她父親到列車站接她母親去了——她這個女兒就快

死了，那作為母親的女人終於現身了。

然而，芸對於母親在自己臨死前出現還是不出現，已經既不計較也不在意了。

她拍了拍腹部。

咪娜迅速起身趴到她那兒去了。

芸說：「咪娜呀，我死了，你可怎麼辦呢？」

咪娜說：「我的小主人啊，我不忍看着你死去。」

芸驚訝極了：「怎麼，你居然會說話？！」

咪娜仰起頭看着她，說：「是的，我的小主人，我不是一隻尋常的貓。兩年前，你收養了我，按照人類的說法那是我們之間的一種緣分。人類這麼說也沒錯，其實緣分是天地間的一種秘密現象。你小的時候，在你家鄉的那個小村裏，有一天幾個男孩下套子逮住了一隻野貓想將它折磨致死，僅僅為了取樂。你還記得那件事嗎？」

芸想了想說：「記得。」

咪娜繼續說：「是你，趁他們不注意將那隻野貓放跑了。我的小主人啊，被你放跑的可是我的母親呀。我的母親一直記着你對她的大恩大德，於是我出現在你的生活中，其實是奉了母命前來報答你的。」

咪娜說人話的聲音極好聽，好聽得無法形容。如果有誰聽過天使說話的聲音，那麼便是那一種聲音了。

「咪娜呀，可你怎麼救呢？即使你們貓真的有九條命，你也沒法給我一條命呀！不過，你不是一條尋常的貓這一點真使我高興，那我就不必擔心我死後你的命運了……」

芸忍不住將咪娜抱起來摟在懷裏。

於是不可思議的事發生了，當芸的手愛撫着咪娜時，享受着那種愛撫的已不是咪娜，而是芸自己了。

芸的父親將她的母親和她的小舅接到了家裏。

他們在門外聽到了芸的說話聲。

「芸」說：「我的小主人啊，現在我們的命相互置換了。我是一隻年輕的貓，命中注定還能活上七年多呢。那麼，就是說你也還能活上七年多。我最大的本領，只能完成這樣的一件事了。別了，我感恩的人……」

芸的父母和小舅都以為她在說胡話，都流下了淚來。畢竟是親人，不可能不難過。

當房間裏安靜得沒有任何聲息了，他們才推開門一個接一個地進入。

芸已經死了。

她懷中抱着不再是一隻貓的咪娜……

四

芸的後事簡單得不能再簡單。

正是期末考試的日子，老師和同學都沒去送她。她的父母是重男輕女的父母，當時難過了一陣子倒也是真的，但三天後接到殯儀館的火化通知時，感情已平靜得不能再平靜了。最後一次見到她的，只有她的父母和小舅。她小舅主要是為了保護她母親才去的，怕她母親單獨和她父親在一起時被她父親欺負。

芸的父親和母親在返回途中便達成了和平離婚的協議。

當他們進入那個地下室的小房間時，見那隻貓伏在芸撿來的曾裝過水果的籃子裏，裏邊鋪了一條舊毛巾，那是咪娜白天常打盹的地方。那三個人不知道咪娜叫什麼，而對於他們，它不過就是一隻貓而已。

她父親說：「女兒死了，我可不再養它。如果你當媽的願意替你女兒養，那就抱走。」

她母親說：「我的女兒？芸可姓你的姓，不姓我的姓。我才不替你女兒繼續養它！」

她小舅說：「行了行了，別又戧戧起來。既然都和平離婚了，分手前將和平進行到底吧！」

那隻貓倏地將頭扭向了芸的小舅。

她小舅說：「你個讓人心煩的東西，瞪着我幹什麼？」又想了想，對她母親說：「我倒有一個好主意，既然芸生前寶貝它，乾脆讓它為芸陪葬了怎麼樣？你們雙方都不願浪費錢為芸買骨灰盒，那她的骨灰還不得找個地方埋了嗎？讓它為芸陪葬，也算你們都對得起芸了不是？」

她父親說：「它終究是隻活貓，那麼做太傷天害理了吧？我可下不了手弄死它！」

她母親急赤白臉地說：「你不下手誰下手？難道應該我下手嗎？」

她小舅便往外推他倆，說：「我下手我下手，傷天害理的事由我來做就是！你們先都出去，我一分鐘搞定。這還不容易！」

門一關上，她小舅立刻對那隻貓下手了。

貓憤怒了，不但撓傷了他的雙手，還將他的臉也撓出了深深的血道子。門外那對男女聽到他的慘叫聲出現在屋裏時，貓已從小窗口逃之夭夭了。

一年後，冬季的一天傍晚，幾名放學了的初三學生結伴走在回家的路上，他們發現一隻野貓從垃圾筒裏躍了出來。那時，大雪紛飛。

一名女生指着說：「看呀，那隻貓多像芸養過的貓啊！」

一名男生望着說：「沒錯，肯定是！我以前見過它，芸給它起的名字是咪娜！」

貓猶豫了一下，緩緩地以儘量顯出尊嚴的樣子走向他們。它身上的黑毛已不再發亮，它的一條腿受過傷，走得一瘸一瘸的。

他們都蹲下了，一齊向它伸出戴棉手套的手，而它用頭一一蹭他們的手套。

一名女生摘下手套想用手愛撫它，卻失聲叫起來：「哎呀，它生癬啦！」

於是那女生將手伸入手套趕緊站起來，不禁後退一步。

其他同學也看出那貓的身上因生癬有幾處脫毛了。

他們七言八語起來：

「它好可憐，你們誰將它抱回家收養了吧？」

「你為什麼不呢？」

「馬上要考高中了，我哪兒有那種心思啊？」

「我們就例外了？」

「是啊，是啊。再說，我們誰又能像芸那麼愛它呢？」

在他們默默無言地互相望着且都大動惻隱之心卻又都不知如何是好之際，那隻貓悄無聲息地走開了。

一年來，「她」活得特別堅強，也可以說特別頑強。但「她」抱定了一種信念，不論多難也要活下去，因為這一次的命是咪娜給的，以它的死作為代價。

「她」與「她」的咪娜有一個約定——七年後，不，再過六年，「她們」還會在一起的。「她」也不知道會以什麼樣的一種關係，但她的咪娜保證那時「她們」都將是幸福的。

「她」確信咪娜的保證，因為它不是一隻尋常的貓啊！

等那幾名學生再低頭看時，雪地上只見足跡，而貓已無影無蹤，不知去向。

天黑了，雪下得更大了……

丟失的心

K先生病了，確切地說，是K先生覺得自己病了。

在不到一個月的時間裏，K先生數次對夫人憂鬱地說：「我肯定病了。」

他覺得他心臟出了問題。

「它好像根本不是我的了。」他第一次指着心口這麼說時，引起了K夫人的高度重視。

K夫人問：「具體什麼感覺呢？」

K先生囁嚅地回答：「說不太清楚，反正我就是覺得它不是我原來的心臟，而是別的什麼人的了。」

聽了他的話，K夫人反倒不怎麼認真對待了。

「它已經開始影響到我這裏了。」K先生第二次說時，指的不再是心口，而指的是頭顱了。

「你頭疼過嗎？」又引起了K夫人的重視。

「比頭疼還糟糕。我想，也許不久以後，我整個人都會被改變的。我的，也是咱倆共同的生活方式，必將隨之改變，可我不願出現那樣的情況。」

確實，K先生這個人有點兒變了，夫婦二人習以為常的生活方式也有點兒變了。自從他們結婚後，三十幾年裏家中不曾有過一本閒書，有的全是財會方面的、股市交易經驗方面的書，因為他退休於證券交易所，而夫人退休於財會科長的崗位。夫婦二人都曾是很敬業的專業人士，從不看閒書的。他們認為看閒書的皆是精神空

虛，是對自己的人生找不着北而完全喪失了方向的人。他們不屑於與那樣一些人交往，朋友圈裏也沒有一個那樣的人。

「老婆，你看我居然開始買閒書了！不但親自到書店裏去一本本挑選，買回來後還一本本讀，讀了後居然還要思考寫書人的觀點對不對，居然還與寫書的人進行單方面的探討、辯論。如果讀到欣賞的段落，居然還會再讀一遍，甚至反覆讀；而且還會做出更可笑的事，居然向朋友們推薦！……」

K先生居然在他並不算長的話語中多次用到「居然」二字，以強調事態的荒唐程度。他們兩口子及他們的朋友們，一向將世上所有的書分為兩大類——讀了有用的和讀了沒用的。有用的，指能立竿見影地指導人解決實際問題，助人實現實際願望，達到實際目的之書；其餘的，一概是無用之書。對於寫前一種書的人，他們尚會頗懷敬意地稱其為「作者」；對於後一種寫書的人，則往往以「靠寫書掙錢的人」來談論了，往往談論時還難免流露出不屑的意味。即使在有用的書中，兩口子大半輩子以來也基本上只讀三類書——菜譜、養生保健、傳授如何掙到更多的錢的書。此外，偶爾也讀某些已然掙到很多很多錢的躋身富豪階層的成功人士的傳記。

確乎，近半年以來，他們家的書架上多了幾十本無用之書，無非是些文學的、文化的、藝術的、歷史的以及關於人生與社會的思想類書。一言以蔽之，用他們的話來說，純粹是「精神極度空虛，無聊到不知究竟該拿自己怎麼辦才好的人所讀的閒書」。

「老婆，難道你居然一點兒都沒覺得我已經變得多麼不正常了嗎？我怎麼變成現在這樣一個人了呢！難道你居然一次也沒問過為什麼嗎？咱們的朋友們約咱們聚餐、打麻將，我居然變得不怎麼情願了！我也不怎麼愛陪你看電視劇了！當你告訴我網上的關於明星的八卦新聞時，我也幾乎沒有了與你分享的樂趣了！以前，咱倆經常一上午或一下午地自編幾段夫妻笑話發給朋友們，可這半年以來咱倆壓根兒就沒再共同創作過那樣的段子也是一個不爭的事實吧？更要緊的是，有幾次別人請我去講座我都拒絕了，理由居然是因為正在按照自己給自

己定的讀書計劃讀某一本閒書！這他媽的算什麼見鬼的理由？！如果一個人對掙錢的態度都開始漠然了，那麼這個人豈不是就快變成白癡了嗎？！……」

K先生對自己種種不正常的表現憂心如焚，說着說着居然眼淚汪汪了，如同那種種不正常的表現是癌症前兆一樣。

K夫人認為，雖然他的那些表現屬不太正常的表現無疑，但顯然還沒不正常到值得他惶惶不安的地步。

K夫人善於排憂解愁，安慰道：「老公，你與從前的你相比，儘管真的有些不正常的、古古怪怪的表現，但那種不正常和古怪不是也不算太出格嗎？別忘了，咱倆大學本科學的都是中文，當年都有先見之明，預感到了學中文的沒出息才一塊兒奮發圖強考上了經濟系研究生的。我想，那四年的中文底子肯定會在咱們的頭腦之中殘留下某種影響，而現在那種影響找到你頭上了，所以你才會有那種種古怪的表現。你當年是一名優秀的中文學子嘛，殘留的影響當然會根深蒂固一些。不像我，我從來就沒喜歡過閒書這種浪費人時間和精力的有害無益的東西。我當年考中文只不過是權宜之計罷了。所以呢，那種殘留的影響雖然頭腦中也有，但奈何不了我。這大概有幾分基因遺傳的原因，我家幾代人中根本沒有一個愛讀閒書的。可你的家族中，有那種愛讀閒書的壞毛病的人太多了吧！你父親，所謂的文化知識分子，大學教授。你母親，偏偏又在圖書館工作了一輩子，一年到頭經常接觸到的十之八九是從閒書中找學問來做的人。往上望，你的先人們中不乏秀才、舉人什麼的，還出過一位進士。你沒退休之前，不是經常說退休以後一定要做一個以讀書為樂的人嗎？這都是基因所決定的，而一個人不能偏偏與自己的基因較勁兒，只能順其自然地以平常心看待自己身上的不良基因反應。咱們這樣的人家還缺錢嗎？不缺錢了，是吧？咱們呢，銀行裏存的錢足夠安度晚年的，單位給繳的醫保也很高，退休金也很豐厚，不但在城市最好的地段住着寬敞的大房子，在市郊還有聯排別墅，而且私家車也是開出去體面的那一種。兒子呢，在國外學的也是金融，並且已在國外銀行穩定工作了，成了年薪頗高的人士。在以上這麼一種前

提之下，你忽然又愛看閒書了，那就看唄！就算不正常，就算是毛病，但不是也對身心並沒多大的危害嗎？」

「可在咱們的朋友圈中，有人覺得我變得不正常了。」

K先生沒能控制住沮喪，到底還是淌下淚來了。

K夫人看他那可憐的樣子很是心疼，卻也想不出什麼辦法，只有接着相勸：「是啊，是啊，我也聽到了一些閒言碎語。所以呢，朋友們再聚餐，你還是不要拒絕；再約咱們打麻將，你還是要表現得一如既往的高興。總之，要使朋友們覺得，你還是和大家一樣的人。其實，朋友們也是為你好，怕你在不太正常的道路上滑得越來越遠，變得越來越不正常，越來越古怪，所以你大可不必將他們的話當成是嘲諷……」

然而，那一次相勸並沒起到什麼實際上的良好效果。

某日夫婦上床後，K夫人已關了頂燈開了床頭燈，K先生卻經久地靠着床頭沉思默想。

K夫人白天心情特好，上床之前便對上床之後心懷期待，溫語柔言地問：「老公，想什麼呢？」

K先生一臉嚴肅地反問：「伯陽的話便句句是真理嗎？」

K夫人困惑了，又問：「伯陽是誰呀？」

K先生似乎也困惑了，看了她一眼，一副不屑於再回答的樣子，然後又陷入了沉思默想。

K夫人將他放在枕旁的書拿過去一看，原來是《道德經》注釋本，於是大學本科所學過的知識殘留遂沉渣泛起。

「你指的是老子？」

「你應該知道的。古往今來，有不少學人對《道德經》的自相矛盾之處，宣揚愚民思想，幾乎完全否定其前文化的『世人皆醉我獨醒』的個人文化沙文主義，不乏質疑與批判。正因為有那些先哲們的異議存在，我反倒認為老聃是偉大的。好比一件古物，不論是金的銀的銅的鐵的或玉的石的木的，如果能使現代人覺得早已達到了那等造就水平，就已很不錯了，挺了不起了。但若考據它們的精美之點，非說遠遠高於現代的工藝水平，甚至說成是現代無法企及的，則我就認為是誇大其詞了。」

K夫人不認識他似的瞠目結舌，不知說什麼好了。

K先生話匣子一打開，便滔滔不絕起來：「老聃關於『小國寡民』的思想，明明有閉關鎖國、使民愚安的意思嘛。某些當今學者，非要為古哲諱，硬說其偉大，文過飾非嘛。老子言：古之善為道者，非以『明民』，將以『愚之』。民之難治，以其『智』多。『明民』、『愚民』、『智』，都是帶了引號的原文。原文，原文，哪一種原文才是真正的原文呢？不帶引號的原文，自古以來坊間那也是層出不窮的。如果老子確實是反話正說，那麼也同樣應該用引號裏的字詞，怎麼就不用引號了呢？比如，『絕聖棄智，利民百倍』、『絕仁棄義，民復孝慈』，人家李耳也沒用引號嘛。當今的某些學者，又憑什麼非說老子此處所言的『聖、智、仁、義』是指偽聖偽智假仁假義呢？這難道不是有阿諛古哲之嫌嗎？但『阿諛』不是老子所鄙唾的嗎？老子早已指出，『凡阿諛者，必有所圖』。他們圖什麼呢？」

K先生的目光凝視着夫人，像導師向學生提問似的問：「你說說看，他們圖什麼呢？」

K夫人不僅瞠目結舌，而且大驚失色了。

K先生沉思默想，接着說：「我覺得，咱們中國人有一種很古久的毛病，往往一個時期裏將自己的文化成就、文明成果自我否定得一無是處，一概地說成是『瞞』和『騙』的文化；一個時期裏卻又將自己的文化、文明百般美化，彷彿美輪美奐、白玉無瑕。在這世界上，哪一個國家總體的文化會是那樣的呢？哪一個國家的文明史又沒有往事不堪回首的一面呢？」

K夫人駭然地問：「你怎麼了？」

K先生神情莊肅地反問：「你認為我怎麼了？」

K夫人口吃了：「你……你胡思亂想些什麼呀？老公……你……你……你可從來不這樣的啊！沒什麼正經事可想了嗎？值得為……為那些根本不值得一想的破問題費腦子嗎？……」

「我是不是又不正常了？是啊，是啊，我這是怎麼了？我怎麼會變成這樣呢？我多次說過我變得不對勁兒了嘛，可你總是不當回事，掉以輕心！可怕，太可怕了！」

於是K先生緊張兮兮的了，如同癌症患者又在自己

身上摸到了致命的腫塊。

「你捧本閒書看了一天，看一會兒出一會兒神發一會兒呆的，那時候肯定頭腦亂成一鍋粥了！乖乖睡吧，大寶貝兒，不要再胡思亂想了啊！」

K夫人吻了他的額頭一下，將床頭燈也關了，並將《道德經》壓在了自己枕下。

黑暗中，K先生居然慢條斯理地又說：「對『民可使由之，不可使知之』，也有兩種不同的解釋。我覺得，主張『愚民』的說法上反而更靠譜一點兒。」

K夫人小聲地請求般地說：「睡吧。」

她眼角流淚了。

第二天是周日，每月的那一個周日，幾戶人家的夫婦朋友或曰朋友夫婦都要聚餐一次。他們都是生活較優渥且獨生兒女工作了、成親了的人家，都有共同的簡單的且感到特別充實的生活樂趣——對吃喝的永不饜足的享受、對股市行情的深入熱烈的討論和對「時事」的本能般的關注，但「時事」在他們之間不是明星或名人們的緋聞就是這個「門」那個「門」的。他們從不談政治的話題，與政治有間接關係的話題也不談，認為那些話題太玄幻，容易引發人的不良情緒。他們都願做中國特色的優秀的中產階層人士，而優秀當然就要優秀在「從心所欲，不逾矩」方面。他們雖然都離七十歲還有些年頭，但都覺得有條件「從心所欲」了。那就何必太教條呢，況且他們的「從心所欲」挺自制，不亂來。為了「不逾矩」，所以不談政治——這是他們的共識。他們早已將本市上檔次的飯店吃了個遍，這次是第三輪從頭開始了。

這次，K先生又不願去了，請求夫人允許他留在家看書。

K夫人不悅地說：「前兩次你就沒去，我再編不出謊言替你解釋了。就算還編得出來，朋友們也不會信的。」

那意思就是，凡事不可一而再再而三，何去何從自己看着辦。

K先生怕夫人大為掃興，又表示願意去了。臨出門，他居然帶了本書。K夫人不拿好眼色瞪他，他又趕緊將書放下了。

聚餐時，K先生的表現還算正常。朋友們大快朵頤，他也吃得津津有味。朋友們交流保健經驗，他也發表看法或洗耳恭聽。他們一向自詡「食者」，以區別於「吃貨」，以表明對「美食家」應有的謙虛。不得不承認，他們男男女女皆是「食詣」特高的食者，什麼好吃的都不錯過、都吃不夠，卻又不至於吃出健康方面的問題來。他們經常互相傳授如何吃卻吃不胖或吃不出脂肪肝、「三高」之類的豐富經驗，其經驗中最寶貴的一條居然不是鍛煉之法，而是常服一種據說原屬宮廷秘方且如今也只有少數幸運的人才知曉的中草藥湯。其中，某幾味中草藥還不太容易買到，但那對他們不是什麼難事，他們都是有門路也不乏神通之人。在互相傳授經驗這一點上，他們都特無私，誰對誰都不瞞着掖着的。

吃罷，照例是要搓麻將的。

搓麻將時分為三桌，數局之後K先生表現出他的不正常了。

在K先生那桌有位原是區委副書記的D先生，他說：「中國玩麻將，外國玩撲克、橋牌，但是若論文化含量，外國的撲克、橋牌是沒法與咱們的麻將相提並論的。咱們的麻將可以是良竹的、珍木的、玉石的、瑪瑙的，其上的點可以是鍍金的、鍍銀的，那是怎樣的一種手感啊，而外國的撲克、橋牌卻永遠只能是紙的。這就是文化差異，而文化差異決定一個國家的歷史、當下和未來。」

同桌另外二人點頭稱是。

K先生既沒點頭也不稱是，卻說：「中國、外國，還有更發人深省的文化差距呢。」

他的話及語調聽來莫測高深，於是他們的目光一齊望向了他。

D先生說：「請道高見，願聽其詳。」

K先生索性放下了麻將，雙手疊於桌上，垂着目光說：「我是沒有什麼思想可言的。」

他們便也都放下了麻將。

K先生又說：「當然，現在也是有一點兒的囉。」

他居然讀了《梁啟超傳》，記住了梁任公給新生上課時的口頭禪，並將其中的「學問」改為「思想」，權當成

自己的話來表明他知曉自己的斤兩。

但他們是絕不讀《梁啟超傳》一類閒書的，當然不明白他只不過是藉名人言以炫辭令——掉書袋了。

一人催促：「你就別賣關子了，說吧說吧。」

K先生說：「如果承認孔子是中華文化的蒙師，那麼他的國家思想大體上是一種回頭看的思想。在他那個時代以前，有過一個周朝，也許那是一個相對而言較好的時代。一個較好的時代確實存在過，於是使孔子那樣的思想家不可能不含情脈脈地回望它，而那樣一種太有感情色彩的回望，使較好的在他心目中逐漸變成為很好的、特好的、完美的，這就妨礙了他以向前看的眼光拓展他的思想維度。在思想維度方面，他顯然不如老子的思想維度廣闊，儘管老子也有老子的思想局限性。與外國對比，就以希臘為例吧，蘇格拉底們所處的時代是古城邦文明的鼎盛時代，回頭看也沒發現有什麼更進步的時代可言，所以蘇格拉底們也就不會以含情脈脈的目光回望了。又所以言，他們的思想是朝前看的，具有對未來的想像與設計的性質……」

同桌的三個男人一時間你看我我看他，最後又都一齊將目光注視在K先生臉上，彷彿三頭猩猩忽然看出原以為是同類的某猩猩其實不是猩猩而只不過是猢猻。甚至，連另外兩桌的男人、女人也皆轉身或扭頭看着K先生了，包括K夫人。

K夫人說：「老公，別談政治，別談政治行不行？」

K先生說：「我沒談政治，我談的是文化。」

D先生說：「孔子、老子，何許人也？你這麼談文化，也太大言不慚了吧？我們維護自己的傳統文化還來不及呢，你倒好，一番言論全盤否定了！」

K先生辯道：「我何以是全盤否定呢，只不過是在學習的過程中有了一點兒感想。這要感謝書籍，不讀書我連現在這點兒感想還沒有呢。」

D先生怫然色變，嚴厲地訓斥：「我看你是中了某些閒書的毒害了！」

K先生反脣相譏：「我讀的閒書你又沒讀過，你怎麼知道有沒有毒？」

二人你一句我一句，脣槍舌戰起來。

D先生一怒之下，拂袖而去。

K夫人尷尬地哭出了聲，一幫子朋友不歡而散。

回到家裏，K夫人對K先生泣訓：「你怎麼可以對人家那麼失禮，人家曾經的地位比你我都高。你又不是不知道？」

K先生懊悔地說：「我那是不由自主，我也不想那樣啊。我有不正常的表現，能全怪我嗎？我的心，我原來的心丟失了啊！……」

他雙手抱頭坐於沙發，一副深受病魔所害而無辜可憐的樣子。

多少年的友情畢竟在那兒，絕不是一陣風就能颳沒的。傍晚，幾位朋友先後與K夫人通了電話或發了短信。朋友們的一致看法是——K先生確實病了，他說的那些話證明他真的太不正常了，一個正常的人的頭腦裏怎麼會想那些亂七八糟的呢。以前，K先生多正常啊，除了養生、股市行情和理財經驗，幾乎就不往頭腦裏再裝什麼了，而那才叫活得簡單，做人做得純粹。現在，他已經那麼不正常了，得及時看病，千萬別拖着。甚至，連D先生也高姿態地做了自我批評，並對K先生的不正常情況表示極大關心，還發給K夫人一首詩請她讓K先生看。

詩云：

啊朋友朋友，
哭泣吧哭泣吧哭泣吧！
你丟了你的心，
變成一朵毒之花，
讀閒書，這多麼可怕！
啊朋友朋友，
看病吧看病吧看病吧！
你要乖乖地聽話，
友誼之樹長青，
找回心，得靠我們大家！
……

K先生大受感動。

K夫人問：「那咱們去不去看病呢？」

他乖孩子般地回答：「去。」

但他堅持首先進行心臟方面的檢查，問題畢竟出在他自己身上，他自己更能對醫生說得明白。像他們那麼重視保健、珍惜生命的人士，有病是必定要啟動關係網找專家看的，十幾分鐘後夫人就用手機聯絡妥了。

在面對一位心臟病主治醫生時，K先生才吞吞吐吐道出了實情。原來，半年多前，有一個什麼專門組織各類授課活動的公司，看重了他的人脈資源以及股票方面的權威性投資經驗，贈予他到某國旅遊的往返機票。他患有恐高症，一生最大的遺憾就是害怕出國，但那次不知怎麼鬼使神差地竟登上了出國的飛機。他所加入的旅行團多半是第一次出國的中老年人，好奇心都特強。旅遊領隊一問想不想欣賞「重金屬」特色的樂隊的演出，他們異口同聲地都說：「想！」結果大多數人就都去了，那是一支主要由黑人樂手組成的樂隊。他們的座位好，在第一排，離舞台只有兩米多遠，在舞台燈光下連那樂手手指上的戒指都看得清清楚楚。他們以為第一排是頭等座位，其實對於「重金屬」特色的樂隊來說，那是最廉價的座位。演出開始不久，有位老先生便在震耳欲聾的擊打聲中心臟病發作而一頭栽倒了，隨之有幾個男女被震得嘔吐了……

K先生講到此處看了夫人一眼，收住了話。

K夫人鼓勵道：「說呀，醫生在注意聽呢。」

醫生也耐心可嘉地說：「是的，我在認真聽。請講下去！」

K先生接着說：「我看見他們將心都嘔吐出來了，而那位老先生也是嘔吐了之後才暈倒的。演出停止了，他們就在地上爬着四處找心。我也那麼找，因為我的心也嘔吐出來掉在地上了。我是最後才找到一顆心的，便趕緊吞下去了。當時，我就覺得那並不是我的心，我一米八幾的身材有的應該是一顆大個兒的心。我也明明看到了我嘔出的心是大個兒的，像大紅蘿蔔那麼大，掉在地上的響聲聽起來很瓷實，證明我的心質密度很高。可我找到的是一顆蘋果那麼大的心，拿在手裏也軟乎乎的，但我還是將它給吞下去了。」

K夫人聽得瞠目結舌了。

醫生不動聲色地問：「明明看出不是自己的心，為什麼還要吞下去呢？」

K先生羞愧地說：「我怕。萬一有人找不到心呢？如果我不趕緊吞下去，連那樣一顆我瞧不上眼的心也被別人搶奪去了呢？」

醫生又問：「蘋果那麼大的心也不是人想吞下去就能吞得下去的呀，你是怎麼做到的呢？」

K先生回答：「這我也覺得奇怪，反正當時就是吞下去了，而別人也都將他們找到的心整個兒吞下去了。回國一個月後，我發現我變得不太正常了。以前我是根本不看閒書的，現在我開始變得愛看閒書了。以前我頭腦裹從不想亂七八糟的問題，現在我頭腦裏盡想些古古怪怪的問題。我敢肯定，這是因為我胸膛裏的心不是我自己的心了。就是這麼回事！」

「你的意思是說，有一個別的什麼人將你的心找到吞下去了？」

「對。一看那麼大個兒的心，心質密度結結實實的上好的一顆心，那還不人見人愛啊，成心將錯就錯唄！」

「會不會有另一種情況，就是你的心當時滾到了什麼犄角旮旯沒被誰找到呢？」

「不可能！不可能！每一個嘔出了心的人最後都找到了一顆心吞了下去！」

「那麼，什麼人最有可能將錯就錯將你的心給吞下去了呢？」

「那個暈倒了的老傢伙！肯定是他！他是小個子，我吞下去的那顆心的體積正適合他的身材。再說，他就愛看閒書，在飛機上、在大巴上都手不釋卷的。都什麼時代了，還看書，那不是作秀嘛！」

醫生再也什麼都沒問，指示一名護士帶領K先生先去做心電圖。

當只有K夫人與醫生時，K夫人眼淚汪汪地說：「醫生，你聽他那一通神乎其神的亂說亂講，都不正常到了什麼地步了呀！您千萬要將他治好，幫他恢復到原先正常的狀態啊。拜託了！」

醫生說：「您先生剛才的話您也親耳聽到了，確實神

乎其神。我看這樣，只做心電圖還不夠，得再拍一次心臟的片子，進行一番心血管透視檢查。容我想一想，等看了諸項結果後再出結論。好不好？」

大約兩小時後，K先生夫婦回到了醫生面前。

醫生看過諸項檢查報告，恭喜地說：「我很負責任地告訴您，以我二十多年的經驗判斷，不管是不是將錯就錯，目前你胸膛裏的心很健康，一點兒問題都沒有。」

「不可能！不可能！難道我是裝的不成嗎？難道我是編故事嗎？」K先生急了，彷彿自己被當成小孩子哄騙。

醫生說：「你要相信醫療科學。我們醫院的設備是更新了的，是國際水平的。我已經為你開了藥，你回去先服着，好好休息。我不是一般醫生，是主任醫生，又是朋友介紹你找我看病的，所以我會對你負責任的。鑒於你的情況，我將徵求其他醫生的意見，再為你進行一次會診，過幾天再告訴你結果。」

回家路上，K先生一邊開車一邊嘟囔：「在我胸膛裏跳的心，怎麼可能是一顆正常的心呢？明明是那老傢伙的衰老心嘛！他可佔了大便宜了，又有一顆上等的心了！我就算找到了他也無濟於事啊，這年頭誰佔了大便宜還肯拱手相讓呢！」

K夫人卻已收到了醫生發給她的短信：「我現在就可以告訴您結果，您先生肯定精神方面出了問題，而這是我當着他的面不便直言的。趁現在還不嚴重，建議及早送他去精神病院。我聽您說還是他親自開車來醫院的，這太危險了。千萬別讓他繼續開車了，你們打的回家吧。」

K夫人看着短信，心中一時如打翻了五味瓶，說不清是種什麼感覺了。她是定力較強的女人，並沒亂了方寸，只讓K先生將車開往一家商場，然後命K先生去買幾樣東西。K先生不知是計，買回東西時見夫人已坐於駕駛座了。

一路平安地進了家門，夫人立即命他服藥，而醫生開的全是穩定情緒及安眠之類的藥。K先生倒還聽話，也不問是什麼藥，就乖乖地服了。片刻，他便覺困意上來，說了句「我想睡會兒」就進入臥室仰面睡去了。

此時，K夫人才覺心中慌亂，流下淚來。她不敢一

個人和K先生待在家裏了，邊流淚邊按手機號碼將住在本市的弟弟喚來壯膽。朋友們不久也都得知了K先生大為不妙的情況，也都互相用手機通話或發短信為K夫人出主意、想辦法、獻計獻策。正所謂，人間自有真情在，憂患之際見友誼。朋友們最終統一了意見，認為像K先生那麼要面子、自尊心特強的人，如果一下子就被直接送往精神病院，恐怕反而大大刺激了他的神經，使他尚不嚴重的精神病由輕轉為重。有位朋友的朋友是心理醫生，大家建議還是先讓K先生接受一個時期的心理治療，看效果如何再說。

過了幾天，K先生在夫人、小舅子及朋友們的輪番說服之下，總算答應接受心理治療了。

然而，一星期後，K先生的不正常表現一點兒都不見少，心理醫生也顯得束手無策了。

K夫人失望地問：「那你們一談一上午一下午的，都談了些什麼呢？」

心理醫生苦笑道：「到我這兒來過的人，就沒見過你家先生求知欲望那麼強的。他似乎一心想要『餓』補，我說的是飢餓的『餓』，不是兇惡的惡。你家先生多文質彬彬的一個人啊，一點兒都不兇，在我這兒也從沒有過惡的目光或表情。不像有些到這裏來過的人，動不動就顯出與全中國人、全世界人結下了深仇大恨似的。你家先生都是退休的人了，卻像要考文憑的青年，一看起書來就那麼全神貫注……」

K夫人忍不住打斷道：「你還沒回答我的問題，你們在一起都談些什麼呢？」

心理醫生說：「他向我請教心理學方面的知識，我聽他談他的種種讀書心得。有時，我看我的專業書，他安安靜靜地看閒書……」

K夫人不滿道：「可我們送他到您這裏，不是讓他一上午一下午的來看閒書的。」

心理醫生眨眨眼，自有一番道理地解釋道：「那是，那是。但我如果不多側面地研究他，就無法搞明白他為什麼從一個正常的人變得不正常了。他關於他的心的說法，依我想來，也不全是瘋話。他出國旅遊了一次，這是事實。他們去聽了什麼『地動山搖』樂隊的演出，這

也是可能的。有一位老者當場暈倒，也未必就是他瞎編的。只有一點肯定是瘋話，那就是他們中有人包括他自己將心嘔吐了出來的胡言亂語。還說他自己將錯就錯地吞下了那老者的心，更是典型的瘋話。這明顯是意識幻覺。他頭腦中之所以產生那麼一種幻覺，分明是因為強烈的現場印象對他的精神造成了刺激……」

「可那種刺激與他變成了一個喜歡看閒書的人，由此又變成了一個愛胡思亂想的人，這之間又有什麼因果關係呢？」

「有的，有的。人類的基因返祖現象分兩大類：一類是肢體的，一類是大腦的。前一類多，後一類極少。在你家先生的先人中，不是幾乎個個都是愛讀書的人嗎？這種基因，在你家先生身上忽然被喚醒了。我前邊說了，可能正是始料不及的強烈的現場印象，對他的腦神經系統造成了巨大的衝擊、震撼，於是沉睡的家族基因被激活了，使他不但愛看書了，還愛思想了。一個從不愛看書不愛思想的人一反常態了，當然使親友們覺得不正常了。雖然對於當下國人而言，愛讀書確實太古怪，愛思想肯定證明大腦出了問題，但也就是於己不利、於家庭不利，對社會倒是沒什麼大危害的，所以您也大可不必過分擔憂……」

K夫人第三次打斷心理醫生的話，她極不愛聽地說：「您這是什麼話？於我先生自己不利就等同於我不利，於我們夫婦二人都不利就等同於對我們兒子不利。家庭是社會的細胞，已經於我們一家三口都不利了，豈不等同於社會細胞發生病變了嗎？我希望，你作為心理醫生要本着對全社會負責任的態度來幫助我先生，也就是幫助我們這個家庭，而不是誇誇其談、無所作為！」

心理醫生說：「您別激動嘛！我的想法是，分兩個步驟來拯救您丈夫行不行？第一步，先請精神病醫生醫治他的精神病，也就是通過藥物治療消除他的幻覺。第二步，由我對他進行心理疏導，使他逐步認識到閒書對他的危害性，從而使他不但討厭閒書，還討厭一切的書……」

K夫人強調道：「只使他討厭閒書就行，菜譜、保健之類的書除外。」想了想，又補充道：「男女笑話之類的

書，也可以不討厭。」

她似有收穫似無收穫地回到了家裏，見K先生在上網。

「你在看什麼？」

「不是看什麼，是舌戰群儒。」

「那是種怎樣的遊戲？」

「也不是玩遊戲，是在進行思想辯論。我只不過發了篇博文，指出中國即將進入老齡化社會是種必然，而多讀書乃是將來減少老年癡呆症、孤獨症、憂鬱症的一劑良方。如果老年人習慣於與書為伴，是比乞憐於兒女的孝心更明智更愉悅的晚年生活方式。結果，引起了不少人的反對，還有抗議。他們亂扣帽子，還辱罵我，說我企圖將嚴重的社會問題轉移為個人生活方式問題，替政府充當可恥的辯士！可我博文的意思只不過是——一個人如果年輕時養成了愛讀書的良好習慣，晚年就更能體會到書籍是自己多麼貼心的老友……」

夫人湊前一看叫苦不迭，已有人在網上詛咒K先生斷子絕孫、慘遭橫死了！

她一言不發，立刻將電腦關了。

她對自己的丈夫不知如何是好了，她的弟弟對大姐夫也不知如何是好了，朋友們更是奉獻不出什麼良策了。

結果，K先生在服了安眠藥酣睡時被親人、好友送入了精神病院。

兩個月後，院方態度堅決地催促K夫人儘快將K先生接出院。理由有二：一是根據兩個月的觀察，醫生、護士皆不認為K先生的精神有任何問題，而且他對人生和社會現象每有獨到的、智慧的、幽默的甚至可以深刻言之的看法，很少人云亦云，這使醫生、護士們心懷敬意。即使對自己被當成了精神病患者這件事，他也都能幽默看待，並笑言：「外邊的世界很精彩，精彩太多了於是無奈。精神病院的生活很無奈，但是看開點兒，除了不怎麼精彩也並非多麼無奈。」二是醫生、護士若背地裏向K先生請教炒股經驗，而K先生總是認真地予以指導，這使那些醫生、護士在股市上嘗到了幾分甜頭，於是更多的醫生、護士背地裏向他請教，大有將精神病院演變為炒股講習所之趨勢，雖然院領導三令五申，但

仍有陽奉陰違者。因此，院方更加意識到將K先生這樣一位精神正常的人士當成精神病人收治，不但是不人道的，而且是不利於院方整肅紀律的……

K夫人沒轍，只得接丈夫出院。那時，他們的兒子小K已回國了。兒子沒見到父親時，傷心欲絕，及見到了父親，轉憂為喜了。常言道，知子莫若父，反過來說也是那樣。兒子並不覺得父親的精神問題有多麼嚴重，他對於使父親恢復正常狀態把握挺大。

兒子說：「我爸不就是想找回屬自己的那顆心嗎？」當舅舅的替當媽的說：「談何容易？」

兒子說：「只要捨得花一筆錢，不是太難。」

K夫人的反應敏感了，問：「得多少錢？」

兒子胸有成竹地回答：「十萬足矣。」

K夫人鬆了口氣，痛快地說：「媽出得起。」

兒子說：「那你們就放心，別管了，允許我按我的高招行事即可。」

K夫人囑咐：「你千萬別亂來，絕不許做違法的勾當。」

兒子保證地說：「怎麼會呢！我的高招很有創意的。」

兒子有位高中同學，後來考上了電影學院製片專業，現今在影視界已有一幫子弟兄了。

兒子找到了自己的高中同學，將自己要求的事一說，同學當即表態：「眼下正閒着，這活兒我接了。不就情景再現嘛，小菜一碟。」

過了幾天，一個晚上，兒子說要帶父親去看一場只限內部人看的獨幕劇綵排，K先生眉開眼笑地答應了。

綵排在一間不大不小的攝影棚進行，私人的，小K那高中同學的哥們兒之一承包了。租金是交稅價，六折。小K所謂「獨幕劇綵排」，其實便是K先生「丟心歷險」之印象再「創作」。

父子倆進入時，台上已或坐或立着幾名「黑人」樂手了，都是些年輕人化了裝冒充的。大個的打擊樂器之類，中西混雜，業已擺妥位置，只待「指揮」一給手勢，便鏗鏘之聲大作。同樣化了裝冒充的「旅遊者」們也已各就各位，「導演」已對他們的表演風格做出了要求——

動作要儘量誇張，不誇張不刺激，但同時要表現得特別真實，不真實就往荒誕去了，就沒現實感了。用「導演」的話說，那就是——「大家都要帶着深厚的、飽滿的感情來參與。既然我是你們哥們兒，小K是我哥們兒，那麼你們也要將他視為哥們兒，哥們兒的老爸便是咱們大家的老爸。咱們老爸的心丟了，咱們當兒子的不急誰急？咱們有責任幫他找回來！幹活和幹活不一樣，這不僅是對得起工錢對不起工錢的問題。咱們中國人是最講孝道的，不管外國佬們承認不承認這一點，但咱們中國人得想像咱們確實是那樣的，所以咱們的合作是對得起、對不起的倫理親情問題。哥們兒們呀，血濃於水，父子情深比海深，每個人都不能對自己的角色有半點兒含糊！」

那位被嚴重懷疑見利忘義並成心錯吞了K先生的心的「老先生」也到場了——當然不是本人，而是一哥們兒化裝的。「老先生」本人是位社會學兼文化學學者，領政府津貼的專家級人物，已不幸於一個月前去世了。「他」旁邊的空座是留給K先生的，但實際上當時「他」與K先生的座位並不挨着。不過，為了加強K先生的印象，有意那麼安排的。年輕人們一旦特有責任感地做事，做起來是很認真的。他們事先徵求了那位心理學家的意見，問那麼安排是否會引起大家的老爸「出戲」？心理學家也特感動於年輕人的認真，同樣很有責任感地翻閱了大量心理學書籍，給出了支持性的結論——只管那麼安排就是，只要大情節是真實的，細節的不真實絕不至於影響大情節的可信程度。因為沒有任何人的記憶是百分之百全面的，即使具有一等記憶力的人，其記憶也是有空白的。何況，K先生並不是具有一等記憶力的人，他的記憶力的深刻點明顯只在於心的丟失，其他部分也明顯忽略了。又何況，「老先生」的樣子、衣着都是依據K先生最後一次回憶所化裝、所搭配的。

小K說：「爸，你看就等咱們到場了，快入座吧。」

於是父子二人匆匆走過去坐下了。

「老先生」問：「您是這個位置嗎？」

K先生不由得看了「老先生」一眼，表情頓時無比驚訝，不僅驚訝而且目光裏還有譴責與怨惱。

「老先生」那句「台詞」是小K親筆加到台本中的。因為沒那麼一句台詞，K先生可能就不會看對方，不看就不會立刻認出對方來，而沒立刻認出對方來，就不會立刻「穿越」到再現的情景之中。

小K之目的達到了。

「對，這是我父親的座位。」

小K替父親回答了。霎時，燈光齊暗，不是暗到像電影院那樣，是像燭光舞會——三步內見表情，五步外見身影。幾乎同時，「樂手們」大動大作，各顯其能，於是震耳欲聾之樂聲響起，又恐其聲欠響，並輔助以錄音。除K先生父子，別人都是預先堵了耳的。小K堅持不堵耳，非要與乃父體驗同等感受。片刻，小K覺胸腹翻江倒海，兩眼金星亂冒，受不了啦。K先生卻定力超強沒怎麼樣似的，注意力全集中在旁邊的「老先生」身上了，不錯眼珠地瞪着對方，專等對方將原本屬他的那顆心嘔出。又片刻，「老先生」開始乾嘔了，於是一片混亂。眾人紛紛站起，捧腹彎腰的，扒胸頓足的，捂耳撞牆的，彷彿一個個都被孫悟空鑽進了肚子裏似的乾嘔不止，狀態難以形容。

就在那時，燈全滅了，黑暗中但聽這裏那裏有人高叫：

「哎呀，我的心嘔出來了，別踩了我的心！」

「放手，是我剛嘔出來的心，別搶我的！」

「是我的，才不是你的。我咬你手了啊！」

已經掉在地上的心引起了人們的爭奪，斥罵聲、毆打聲不絕於耳；還有些心剛掉落，聽來像氣足的皮球拍在水泥地上，幾乎都蹦了幾蹦才滾向四面八方。

「停止！停止！趕快停止！」

「心！我找不到我的心啦，要出人命啦！」

「他媽的聾了，立刻讓樂隊停止！」

在又一陣喊叫聲中，樂聲戛然而止，隨之全部的燈同時亮了。

這時，除了小K，已無人再坐着了。有人保持着爬的姿勢，分明還沒找到一顆心。有人在捋脖子，有人在撫胸膛，看上去是已吞下了一顆心，卻不知是自己的還是別人的，是健康的還是有病的，驚魂甫定，滿臉茫

然。有人則在雙腳離地儘量高跳着，看上去吞心吞得極不順溜，心堵在食道或胃門了，想要吞將下去。

「樂手們」皆以擊打之姿僵在舞台上，猶如被人使了定身法。「指揮」出現，朝他們做了個手勢，他們才一個個「活」轉來。「指揮」又做了個手勢，他們恓恓惶惶地退到台後去了，有的在台口居然還不忘反身謝幕。

當下之中國，幾乎人人都是一流演員，年輕人尤善此道，更是無師自通，於角色表演與本色表演結合得水乳交融。

「老先生」仰面朝天昏在地上。

小K在用目光尋找K先生。K先生不知從哪兒爬過來了，一見「老先生」，速爬過去，雙手使勁按壓「老先生」的胸膛。

小K一邊往上扶父親，一邊關切地問：「怎麼樣，老爸？您是外行，別幫倒忙了，已經有人傳呼過120了。」

K先生將兒子推開，急赤白臉地說：「我不是要搶救他！我胸膛裏的心又嘔出來了，可我還沒再吞下去一顆心！黑暗之中，我根本沒搶到心！現在，我的胸膛裏空空如也，沒有心不是比有一顆次等的心更糟糕嗎？！」

小K裝模作樣地說：「是啊，是啊。老爸，您是想……把他的心從他胸膛中按出來？」

K先生又急又氣，怒斥道：「那顆心原本就是我的！今天是物歸原主的日子到了，你倒是左擋右擋地攔着我幹什麼？！」

小K也不敢不攔着呀——怕父親使一通蠻勁兒真鬧出人命來，那麻煩不就大了嘛！

小K說：「老爸，你省省勁兒，我替你來按！今兒，咱父子不達目的誓不罷休！」——於是小K替父親按壓起「老先生」的胸膛來。

「公民們，請安靜！」——又一個至關重要的人物出現了，單手舉一顆大紅蘿蔔似的心，像莎士比亞戲劇演出中的串場人。

繼續趴在地上找着的和胸膛仍不適的人們，無一例外地將目光望向了那人。

那人朗聲道：「本人是這裏的負責人！出現了如此意外的情況，非誰所能預料。本人虔誠道歉，保證承擔諸

位的精神損失。」說完話鋒一轉，他另一隻手指着高舉過頭的手，又大聲說：「我們的工作人員撿到了一顆心，但我們的工作人員都是道德品質很高的人，不是自己的東西，哪怕再好也不會據為己有。不像有的人，明明不屬自己的心，一看好，便成心將錯就錯。這一顆大個的心，分量重，彈性好，外表光滑漂亮，肯定是一顆質地優良的心，富有旺盛生命力的心！……」

他高舉着一顆大個兒的心的藝術範兒，令人聯想到高爾基筆下的丹柯。

「我的！」

「我的！！」

「我的！！！」

所有雙手着地的人全都站了起來，爭先恐後向舉心之人衝過去。

此時，及時出現了十幾名身強力壯的保安，一個個手挽手圍成一圈，將舉心之人圍在中央。他們雖然也是花錢僱的，卻真的是保安。

K先生沒擠過別人，被擠到一邊去了。他在邊緣處喊道：「可恥！他們全都撒謊！那是我的心！我丟失了它已經很久很久了！我兒子可以做證！兒子！兒子！」

小K也站起來喊：「我做證！那是我老爸的！誰他媽敢搶，我跟誰玩命！」

仰躺在地的「老先生」見沒人理自己的死活了，一個鯉魚打挺躍將起來，人不知鬼不覺地找地方吸煙去了。

舉心之人大聲說：「真的假不了，假的真不了。我從骨子裏相信你們父子！」

他將心有把握地一拋，便被小K的雙手準準地接到了。為了那一拋一接之絕不會失誤，二人互練了無數次。那是成敗在此一舉的拋與接，否則極可能局面失控，前功盡棄。

「老爸，給！」

K先生從兒子手中捧接過那顆心，頓時激動得淚如泉湧。

小K催促：「別呆看着了，老爸。快把它吞下去！」

那麼大個兒的一顆心，人嘴怎麼可能吞得下去呢？但緊急之下，人是不會多想的。

K先生竭力將嘴張大，吞勁加上雙手往嘴裏的塞勁兒並使，用老北方的民間話說——就是「禿溜」一下居然將那顆心吞了下去。——果凍類的東西做的，吞下去也不難。

所有欲搶奪那顆心的人皆轉過了身，一個個如狼似虎地瞪着K先生。

此時，響起了輕柔的歌聲：

在很久很久以前，
你擁有我，我擁有你

K先生被眾人瞪得發毛，小聲對兒子說：「咱快回家，我恐怕……」

小K不待K先生說完，拽着他的一隻手逃也似的離開了。

正是中午時分，旭日當頭，陽光普照，藍天白雲。真是老天配合呀！那麼好的天氣，在中國絕大多數季節的絕大多數城市都是可遇而不可求的，越來越被珍惜的了。

K先生仰望天空，不禁流下淚來，喃喃道：「擁有自己的心，感覺真好。」

他一回到家裏就困了。——在他吞下去的心裏，有安眠藥成分。

K先生一覺睡到快中午了才醒，起床後發現書架上那幾排自己買的書，奇怪地問：「誰買回家這麼多閒書？」

K夫人撒謊道：「你兒子唄。」

他問小K：「你從什麼時候有看閒書的壞毛病了？」

小K也撒謊道：「其實還沒養成毛病，也就偶爾翻翻。」

K先生諄諄教誨起來：「兒子，你要小心了，壞毛病都是偶爾為之才養成的。你小時候，我不是一再告訴過你嗎，一個人一生所要讀的書無非那麼幾類——應試的、保健的、教人如何頭腦聰明地掙錢的，加上菜譜。在『吃喝玩樂』四字中，『吃喝』二字在前是有道理的，因為有講究，凡有講究之事皆有學問。『玩樂』是無須教

與學的，本能加信息就行。你忘了嗎？」

小K只有諾諾連聲說：「不敢忘。」

K先生邊親自清理書架邊自言自語：「下去，下去，下去吧！一會兒，通知收廢品的全收走，有閒書的家庭會出精神空虛、不務正業的人。」

於是一本本書掉在地上。

吃午飯時，K先生意猶未盡，繼續教誨兒子：「人生的真諦，乃是生活目標明確、生活欲望單純、始終保持旺盛的掙錢能力。生活目標明確，那就是指吃喝玩樂。生活欲望單純，那就是指頭腦裏想的事要少。頭腦單純了，欲望必然單純。以上兩點，都要由錢來輔助。如果頭腦裏想太多不相干的事，掙錢能力就沒有不下降的。」

K夫人由衷地說：「對，對。」

小K半由衷半不由衷地說：「老爸，我一定銘記在心。」

那時，小K的高中同學正跟哥們兒們在分錢。

一哥們兒說：「每人才分幾千元錢，多乎哉？不多也。」

另一哥們兒說：「中國人口太多，咱們這樣的，既非官二代，也非富二代，又不具備天才般的商業頭腦，比上不足，比下有餘。滿意吧，你。」

小K的同學忽然笑了。

大家問他：「笑什麼？」

他忍住笑說：「想想小K他老爸老K也真夠二的，一個受過高等教育的人啊！難道他居然就不明白，如果誰覺得自己變成了一個喜歡胡思亂想的人，其實和心臟沒甚關係。可話又說回來，他要是非換腦子而不是心臟，咱每人這區區幾千元錢還掙不成了。」

哥們兒們便都苦笑。

小K又回外國去了。

K先生又回到朋友圈中了，用他的話說就是「以一個更加純粹的人的嶄新面貌回到了純粹的中國人中間」。

他與D先生也和好如初了。